BUZZ

© 2021, Jessica Anya Blau.
© 2023, Buzz Editora.
Todos os direitos reservados.
Publicado mediante acordo com Custom House, um selo de
HarperCollins Publishers.

Publisher ANDERSON CAVALCANTE
Editora TAMIRES VON ATZINGEN
Assistentes editoriais LETÍCIA SARACINI, PEDRO ARANHA
Preparação SILVIA MASSIMINI FELIX
Revisão ARIADNE MARTINS, CRISTIANE MARUYAMA
Projeto gráfico ESTÚDIO GRIFO
Assistente de design NATHALIA NAVARRO

Nesta edição, respeitou-se o novo Acordo Ortográfico da Língua Portuguesa.

Dados Internacionais de Catalogação na Publicação (CIP)
(Câmara Brasileira do Livro, SP, Brasil)

Blau, Jessica Anya
  Mary Jane / Jessica Anya Blau
  Tradução: Juliana Dias de Lima
  1. ed. – São Paulo: Buzz Editora, 2023
  Título original: *Mary Jane – a novel*

ISBN 978-65-5393-163-3

1. Ficção norte-americana I. Título.

23-142243   CDD-813

Aline Graziele Benitez | Bibliotecária | CRB-1/3129.

Índices para catálogo sistemático:
1. Ficção: Literatura norte-americana 813

Todos os direitos desta edição reservados à:
Buzz Editora Ltda.
Av. Paulista, 726, Mezanino
CEP 01310-100, São Paulo/SP
[55 11] 4171 2317
www.buzzeditora.com.br

Jessica Anya Blau

MARY JANE

Tradução de Juliana Lima

Para Marcia e Nick

1

A sra. Cone me mostrou a casa. Minha vontade era parar em cada canto e examinar as coisas que estavam empilhadas e amontoadas em lugares aos quais não pertenciam: livros sobre uma das bocas do fogão, uma xícara de café dentro de uma caixa de sapatos no hall de entrada, um Buda de cobre em cima do aquecedor, uma boia inflável cor-de-rosa no meio da sala de estar. Eu tinha acabado de completar catorze anos, era 1975, e o que eu pensava sobre casas, móveis e limpeza fluía por mim como o cordão umbilical da minha mãe. Enquanto um dos pés descalços da sra. Cone – com as unhas pintadas de vermelho cintilante – chutava para o lado uma pilha de suéteres, tive um súbito momento de reflexão. As pessoas realmente viviam assim? Acho que eu sabia que em algum lugar do mundo alguém devia viver assim, mas nunca esperei encontrar uma casa como essa no nosso bairro, Roland Park, que minha mãe dizia ser o melhor bairro de Baltimore.

No segundo andar, todas as portas de madeira escura, exceto uma, estavam abertas. A metade inferior da única porta fechada estava cheia de adesivos com dizeres como IMPEACHMENT: *Now More Than Ever*[1] e um pôster do Snoopy dançando, de nariz empinado. Tudo um pouco torto, como se tivesse sido colado ali por um bêbado de joelhos.

– Este é o quarto da Izzy. – A sra. Cone abriu a porta e eu a segui, passando pelo Snoopy e entrando em um quarto que parecia ter sido atingido por um canhão que atirava brinquedos. Uma lousa mágica;

---

1 "Impeachment: agora mais do que nunca." [N.E.]

um jogo Operando; Legos; livros de bonecas magnéticas; uma caixa de adesivos; livros de Richard Scarry; e um monte de cavalos de plástico. Não havia uma superfície livre. Fiquei imaginando se Izzy, ou a mãe dela, esticava o braço na cama durante a noite, jogando tudo no chão.

– Izzy. – Eu sorri. Nossa vizinha, a sra. Riley, havia me dito que o nome dela era Isabelle. Mas eu gostava mais de Izzy, do jeito que a pronúncia do nome fazia minha língua fervilhar. Eu não conhecia ninguém chamado Izzy ou Isabelle. Eu nunca tinha conhecido Izzy Cone. Mas, por recomendação da sra. Riley e depois de um telefonema da sra. Cone, fui contratada como babá durante o verão. Imaginei que o telefonema seria uma entrevista, mas a sra. Cone apenas me falou sobre Izzy. "Ela não gosta de brincar com crianças da idade dela. Acho que não está interessada no que outras crianças de cinco anos fazem. Na verdade, ela só quer sair comigo o dia todo", disse a sra. Cone. "O que quase sempre é bom, mas estou ocupada com outras coisas neste verão, então..." Ela parou de falar, e eu me perguntei se deveria lhe dizer que aceitava o emprego ou esperar que ela me oferecesse oficialmente.

Uma criança de cinco anos que só queria sair com a mãe era alguém que eu entendia. Eu também fui uma garota que só queria sair com a mãe. Ainda ficava feliz ajudando minha mãe nas tarefas da casa, sentando-me ao lado dela e lendo, fazendo compras, procurando os melhores pimentões ou o melhor corte de carne. Quando tive de socializar com crianças da minha idade – como nas festas do pijama para as quais todas as garotas da classe eram convidadas –, eu me senti uma estrangeira. Como as garotas sabiam sobre o que sussurrar? Por que estavam todas pensando nas mesmas coisas? Dependendo do ano, poderiam ser Barbies, fantasias, meninos, penteados, brilho labial ou a revista *Teen Beat*; nada que me interessava. Não tive amigos de verdade até o ensino médio, quando as gêmeas Kellogg se mudaram de Albany, Nova York, para Baltimore. Elas também pareciam não conhecer os costumes e rituais da infância. Também ficavam felizes em passar a tarde ao lado do toca-discos ouvindo a trilha sonora de *Pippin*; ou tocando piano e cantando canções barrocas; ou assistindo a reprises de *The French Chef* e depois testando uma das receitas; ou até mesmo fazendo uma sobremesa simples que tinha saído na revista *Good Housekeeping*.

Quanto mais a sra. Cone me falava sobre Izzy naquele telefonema, mais eu queria cuidar dela. Tudo em que eu conseguia pensar era como seria muito melhor passar meu verão cuidando de uma garotinha que não tinha amigos do que ir à piscina do nosso clube e *ser* a garota que não tinha amigos. Mal ouvi quando a sra. Cone me disse quanto eles pagariam. O dinheiro parecia um bônus. Antes que a ligação terminasse, decidi que guardaria todo o meu salário e compraria meu próprio toca-discos no fim do verão. Um aparelho que eu poderia manter no meu quarto; talvez até tivesse alto-falantes à parte. Se sobrasse dinheiro, compraria um rádio para ouvir o American Top 40: as músicas dos discos que minha mãe nunca me deixaria comprar.

Pude ouvir a porta da frente se abrir e depois se fechar no andar de baixo. A sra. Cone parou, ouvindo, perto da entrada do quarto.

– Richard? – chamou. – Richard! Estamos aqui em cima!

Meu estômago se contorceu com a ideia de que o dr. Cone poderia me pedir para chamá-lo de Richard. A sra. Cone me disse para chamá-la de Bonnie, mas não consegui. Na minha cabeça, eu pensava nela como a sra. Cone, embora, na verdade, ela não se parecesse com *sra. Qualquer Coisa* para mim. O cabelo da sra. Cone era comprido, ruivo e brilhante. Havia sardas em todo o seu rosto, e seus lábios brilhavam, por causa do batom laranja vibrante. Ela vestia algo que era ou uma blusa de seda longa ou um vestido de seda muito curto. O tecido de aparência líquida se balançava contra sua pele, revelando o contorno dos mamilos. O único lugar em que eu vira mamilos assim havia sido em pôsteres de celebridades ou mulheres em anúncios de bebidas. Eu nunca tinha visto nem a sombra dos mamilos da minha mãe; nas duas vezes que entrei no seu quarto ela estava de sutiã, então foi como ver seios em uma armadura bege.

– O quê?! – gritou o dr. Cone ao pé da escada.

– Mamãe! – Izzy berrou.

– Richard! Izzy! Subam!

A gritaria era maior que tudo que eu já tinha ouvido na minha própria casa. Certa vez, pouco antes de dormir, minha mãe disse em voz alta "Droga!", quando pisou em um caco de vidro de um prato que eu tinha deixado cair na cozinha no início do dia. Eu achava que o mundo estava prestes a desmoronar, como uma cabana de papel sendo consumida pelo fogo. Não foram apenas as palavras; eu nunca tinha visto minha mãe descalça antes. Meus olhos devem ter saltado do rosto enquanto eu a observava puxar o caco do seu calcanhar. "Mary Jane", minha mãe dissera, "suba e pegue meus chinelos para eu limpar este chão direito." Ela tinha me supervisionado quando limpei o chão depois de ter quebrado o prato. Bem, obviamente, eu não tinha feito um bom trabalho. "Por que você está descalça?", perguntei. Minha mãe apenas disse: "É por isso que nunca devemos ficar descalças. Agora vá pegar os chinelos".

– Desça você! – bradou o dr. Cone ao pé da escada. – A Izzy fez uma coisa!

– Eu fiz uma coisa! – gritou Izzy.

– A Mary Jane está aqui! – gritou em resposta a sra. Cone.

– Quem? – berrou o dr. Cone.

– A MARY JANE! A babá do verão!

Sorri ansiosa. Será que o dr. Cone sabia que eu tinha sido contratada para trabalhar na casa dele? E quantos gritos seriam ouvidos até que todos chegassem perto uns dos outros?

– Mary Jane! – Os pés de Izzy faziam um *tum tum tum* abafado enquanto ela corria escada acima e entrava no quarto. Seu rosto parecia ter saído de um cartão de dia dos namorados vitoriano, e sua energia era como a de uma raio globular. Eu já gostava dela.

Eu me recompus e recebi um abraço da menina.

– Ela estava muito ansiosa para a sua chegada – disse a sra. Cone.

– Olá. É muito bom te conhecer! – Passei os dedos pelos cachos ruivos de Izzy, que estavam meio embaraçados.

– Eu fiz uma coisa! – Izzy se virou e abraçou a mãe. – Está lá embaixo.

O dr. Cone apareceu na porta.

– Mary Jane! Eu sou o Richard. – Ele estendeu a mão e apertou a minha, como se eu fosse uma adulta.

Minha mãe achou legal eu trabalhar para um médico e para a esposa dele durante o verão. Ela disse que uma casa com um médico era um lar respeitável. A parte externa da casa dos Cone certamente parecia respeitável; era uma estrutura revestida de telhas de madeira, com venezianas azuis em todas as janelas. O paisagismo não era lá essas coisas – havia manchas de terra no gramado e metade das sebes estava morta, parecendo bracinhos mirrados de crianças magricelas –, mas ainda assim minha mãe nunca teria imaginado a quantidade de coisas empilhadas nos degraus, espalhadas pelo corredor ou jogadas por todo o quarto onde estávamos naquele momento.

E minha mãe também nunca teria imaginado as longas costeletas que o dr. Cone tinha. Duas coisas espessas e caprinas que rastejavam pelo rosto dele. O cabelo parecia nunca ter sido penteado – era um redemoinho marrom jogado para um lado e para o outro. Meu pai tinha o cabelo liso, que penteava com cuidado. Eu nunca tinha visto um bigode ou mesmo uma sombra de pelo no rosto do meu pai. Uma pessoa com menos de quarenta anos jamais o chamaria de outra coisa que não de sr. Dillard.

Se meu pai soubesse que eu trabalharia para a família de um médico, teria aprovado. Mas ele não prestava muita atenção aos assuntos que diziam respeito a mim. Ou que diziam respeito a qualquer pessoa, para ser sincera. Todas as noites, ele voltava para casa do trabalho, sentava-se na sua cadeira perto da janela da sala e lia o jornal *Evening Sun* até minha mãe anunciar que o jantar estava pronto. Nesse momento, ele ia para a sala de jantar, onde se sentava à cabeceira da mesa. A menos que tivéssemos um convidado, o que era raro, meu pai continuava a ler o jornal enquanto mamãe e eu conversávamos. De vez em quando, minha mãe tentava incluí-lo na conversa, dizendo algo como "Gerald, você ouviu isso? A professora de inglês da Mary Jane, a srta. Hazen, teve um poema publicado em uma revista! Você acredita?".

Às vezes, meu pai respondia com um aceno de cabeça. Às vezes, ele dizia coisas como "Isso é legal" ou "Bem, eu ficaria feliz com isso". Na maioria das vezes, ele apenas continuava lendo como se ninguém tivesse dito nada.

Quando o dr. Cone entrou no quarto e beijou a sra. Cone nos lábios, quase desmaiei. Seus corpos estavam colados, suas cabeças a apenas dois centímetros de distância depois do beijo enquanto eles sussurravam algo um para o outro. Eu teria escutado, mas não consegui porque Izzy estava falando comigo, puxando minha mão, pegando brinquedos do chão e explicando algo sobre eles para mim como se eu tivesse crescido na Sibéria e nunca tivesse visto brinquedos norte-americanos. Sobre Legos, Izzy afirmou: "Você junta os blocos e *voilà*!". E então jogou para o alto os blocos que tinha acabado de encaixar. Eles aterrissaram, quase invisíveis, sobre uma pilha de bonecos com cabeças circulares da Fisher-Price, que estavam ao lado de um ônibus escolar amarelo de cabeça para baixo.

O doutor e a sra. Cone continuaram conversando, a boca deles respirando a mesma fina fatia de ar, enquanto Izzy explicava para mim a campainha do jogo Operando. As gêmeas tinham esse jogo, e eu me considerava uma especialista nele. Izzy segurou a pinça contra a borda de metal, propositalmente desencadeando o zumbido elétrico. Ela riu. E então olhou para os pais.

– Mãe, você *precisa* ver o que eu fiz! – O doutor e a sra. Cone se viraram para Izzy no mesmo instante. Seus corpos ainda se tocavam de cima a baixo, como se fossem um único ser de duas cabeças.

Izzy liderou o bando escada abaixo, quase tropeçando em um cacto num pote de cerâmica. A sra. Cone estava atrás dela, eu estava atrás da sra. Cone, e o dr. Cone estava atrás de mim, falando durante todo o trajeto. Eles tinham de reformar o terceiro andar. Precisavam de um colchão novo na cama e também de uma iluminação melhor. Poderia ser uma suíte de hóspedes muito confortável.

Ao entrarmos na sala de estar, a sra. Cone pegou a boia inflável e a arremessou na direção da mesa de jantar. O objeto atingiu a longa mesa coberta de lixo e então caiu silenciosamente no chão. Nós quatro nos reunimos em frente à mesinha de centro, que estava coberta de livros, revistas e um pacote de biscoitos de goiabinha que parecia ter sido rasgado por um lobo. Ao lado dos biscoitos, em cima de uma pilha oscilante de livros, havia um farol artesanal mal-acabado, feito de papel machê. O farol tinha cerca de um metro de altura e era curvado para a direita.

– Que bonito – falei.

– É um farol? – A sra. Cone se inclinou para o lado a fim de inspecionar melhor o objeto.

– Sim! Na baía de Chesapeake! – Izzy estava em um acampamento de barcos e artesanato em Inner Harbor. Hoje tinha sido o último dia dela. A sra. Cone havia mencionado o acampamento em nosso primeiro telefonema. Ela o descreveu como "um bando de garotos malcriados de escola particular que não se importam em excluir a Izzy de todos os jogos".

– É magnífico – disse a sra. Cone. Ela pegou o farol e foi até a lareira. Sobre a cornija havia mais livros, taças de vinho, bongôs que pareciam de cerâmica e couro de animal, e o que eu pensava ser um ukulele, mas talvez fosse algum outro tipo de instrumento de cordas. Ela colocou o farol em cima dos livros.

– Perfeito – comentou o dr. Cone.

– Parece um vibrador gigante – falou baixinho a sra. Cone, talvez para que Izzy não escutasse. Eu não tinha ideia do que era um vibrador. Olhei para o dr. Cone. Ele parecia estar segurando uma risada.

– Eu amei! – Izzy pegou minha mão e me puxou de volta escada acima. Talvez seu instinto estivesse certo e eu fosse uma espécie de turista da Sibéria na casa deles. Eu nunca havia conhecido ninguém como o doutor e a sra. Cone. E eu nunca estivera em uma casa onde cada espaço era abarrotado de coisas para olhar ou pensar a respeito. Será que nem todas as bagunças eram ruins e não precisavam ser eliminadas com tanta eficiência? Senti um carinho instantâneo por Izzy e fiquei feliz por ser a babá dela. Mas eu estava feliz por outras coisas também: porque eu faria algo que nunca tinha feito antes, porque passaria meus dias em um mundo tão diferente do meu que podia sentir uma camada de euforia sob minha pele. No mesmo instante, eu não quis que o verão acabasse.

2

Em meu primeiro dia de trabalho na casa dos Cone, vesti os shorts de veludo vermelho e a blusa listrada de arco-íris que escolhi como parte do meu novo guarda-roupa de verão. Minha mãe achou os shorts muito curtos, mas não encontramos nada mais comprido na Hutzler's do centro da cidade, pelo menos não na seção infantojuvenil. Mamãe disse para eu prender meu cabelo loiro-escuro em um rabo de cavalo. "Você precisa ser profissional. É a casa de um médico", aconselhou.

Prendi meu cabelo, calcei os chinelos e caminhei pelo bairro em direção à casa dos Cone. Era um dia tranquilo e ensolarado. Vi alguns homens de terno andando até seus carros, prontos para dirigir até o trabalho. E avistei apenas uma mulher: nossa nova vizinha. Minha mãe e eu tínhamos passado de carro em frente à casa quando estavam descarregando os móveis; ela diminuíra a velocidade para espiar um sofá de chita sendo carregado para fora do caminhão. "Um pouco azul demais", dissera mamãe, uma vez que o sofá estava fora de vista.

A nova vizinha usava calça de jardinagem e camisa xadrez. Nos cabelos loiros, pusera um fino lenço azul triangular. Ela estava de joelhos, inclinada sobre um buraco que tinha acabado de cavar no contorno de terra do gramado. Ao lado dela havia um caixote de madeira cheio de flores.

A mulher se endireitou e protegeu os olhos do sol enquanto eu me aproximava.

– Bom dia – ela falou.

– Bom dia. – Diminuí a velocidade, mas não parei, embora quisesse. A mulher parecia um personagem de um filme do Hitchcock.

Era bonita. De aparência asseada. Será que tinha filhos? Era casada? Cresceu na cidade? Frequentou a escola Roland Park só para garotas, onde eu estudava?

Antes de cruzar para o próximo quarteirão, olhei para trás, na direção da minha nova vizinha. Seu quadril apontava para cima, as mãos estavam enfiadas na terra, e o lenço na sua cabeça balançava com o vento tal qual as asas de um pássaro prestes a alçar voo. Ela se sentou rapidamente, me pegou olhando e acenou. Acenei de volta, envergonhada, e corri na direção oposta.

A sra. Cone abriu a porta para mim, sorrindo e segurando uma xícara de café. Ao fechar a porta atrás de nós, deixou respingar um pouco do líquido no chão do hall de entrada. Ela vestia uma camisola que ia até os joelhos e estava desabotoada na frente, mostrando quase tudo. Tentei não olhar.

– Eles estão na cozinha, pode entrar. – Ela se virou e disparou para o segundo andar, ignorando o café derramado.

– Mary Jane?! – Izzy berrou. – Estamos na cozinha!

– Estamos na cozinha! – gritou o dr. Cone na sequência, como se Izzy não tivesse acabado de fazer a mesma coisa.

– NA COZINHA! – repetiu Izzy.

– Estou indo. – Fui incapaz de gritar, então anunciei minha chegada novamente ao sair da sala de estar, passar pela sala de jantar e entrar na cozinha. – Cheguei.

O dr. Cone vestia calça de pijama e uma camiseta. Izzy vestia calça de pijama cor-de-rosa e nenhuma camiseta. Sua barriga magra saltava suavemente para fora.

– Estou pintando! – anunciou Izzy.

– Eu adoro pintar. – Sentei-me ao lado dela na banqueta almofadada azul. A vista da janela que ficava atrás da mesa da cozinha se abria para o quintal e para a garagem, onde havia uma lâmpada acesa que parecia repousar sobre uma espécie de mesa ou escrivaninha.

O dr. Cone percebeu que eu estava olhando e apontou na mesma direção.

– Aquele é meu escritório.

– A garagem? – Imaginei uma enfermeira lá dentro, macas de hospital, bolsas de sangue, ambulâncias estacionando na frente da casa.

– Bem, foi uma garagem um dia. E um celeiro antes disso.

– A minha casa também tinha um celeiro.

O bairro tinha sido fundado cerca de oitenta anos atrás por um dos irmãos Olmsted, que projetaram o Central Park, em Nova York. Era cheio de estradas sinuosas, árvores já maduras e um estábulo nos fundos de cada casa. Eu adorava que o nosso bairro tivesse uma conexão com Nova York. Gostava de me imaginar na cidade, andando ao lado de todos aqueles prédios superaltos e entre as pessoas que lotam as calçadas, como vi nos filmes e nos programas de tevê. Mas, acima de tudo, eu tinha vontade de ir a um espetáculo da Broadway. Minha mãe e eu fazíamos parte do Clube de Músicas de Espetáculo e recebíamos um novo álbum do elenco da Broadway todo mês. Eu tinha memorizado todas as canções dos grandes espetáculos, e as melhores canções dos espetáculos ruins. Minha mãe adorava as canções da Broadway, ainda que não gostasse da cidade de Nova York, que ela dizia ser cheia de ladrões, viciados em drogas e degenerados.

– O que a gente vai pintar? – Izzy vasculhava uma pilha de quinze centímetros de altura de livros para colorir.

– Tem uma enfermeira lá dentro? – perguntei ao dr. Cone, indicando a garagem com a cabeça.

– Uma enfermeira?

– Que te ajuda com os pacientes.

O dr. Cone riu.

– Sou psiquiatra. Um médico que trabalha com pensamentos. Vícios, obsessões. Eu não lido com corpos.

– Ah... – Fiquei pensando se minha mãe achava que psiquiatras eram tão importantes quanto os médicos que lidavam com corpos.

– Corpos! – exclamou Izzy, chacoalhando um livro de colorir na minha frente. *O corpo humano*, dizia a capa.

– Esse parece legal – falei, juntando os gizes de cera que estavam espalhados pela mesa e os agrupando por cores.

– Vamos pintar o pênis. – Izzy abriu o livro e começou a folhear as páginas. Meu rosto queimou e me senti um pouco trêmula.

– De qual cor você vai pintar o pênis? – o dr. Cone perguntou para Izzy, e eu quase engasguei. Nunca tinha ouvido um adulto dizer *pênis*. Eu mal tinha ouvido pessoas da minha idade dizerem *pênis*. As gêmeas Kellogg eram as melhores alunas da nossa classe e elas nunca disseram palavras como *pênis*.

– VERDE! – Izzy parou em uma página que mostrava um pênis e testículos. A coisa toda parecia caída e molenga; os testículos me lembravam goiabas meio apodrecidas que começavam a enrugar à medida que encolhiam. Linhas conectavam algumas palavras impressas ao lado do desenho às respectivas áreas do órgão. O pênis era maior e muito mais detalhado do que outro que eu tinha visto no desenho de anatomia durante a aula de educação sexual no ano anterior. Na verdade, ao receber o folheto naquele dia, a maioria das garotas pegou uma caneta e riscou o pênis para não ter de olhar para ele. Não rabisquei o meu porque tinha medo demais da professora. No entanto, Sally Beaton, que se sentava ao meu lado e não tinha medo de ninguém, viu meu folheto impecável e se esticou da mesa dela até a minha para rabiscá-lo.

Izzy pegou um giz de cera e começou a pintar freneticamente o pênis de verde. Fiquei em dúvida se deveria colorir com ela ou não. Se não fosse um pênis, eu teria colorido. *Mas era um pênis*, e o dr. Cone estava bem ali. Perguntei-me se ele gostaria de ter uma garota que pintou um pênis cuidando da sua filha. Por outro lado, a filha em questão estava pintando um pênis! E deduzi que ele ou a sra. Cone tinham comprado o livro para Izzy.

– Me ajude! – Ela me entregou um giz de cera vermelho. Nervosa, comecei a colorir a glande.

O dr. Cone olhou de relance.

– Meu Deus, parece que está mijando sangue.

Eu congelei. Senti meu coração paralisar. Mas, antes que pudesse dizer alguma coisa ou largar o giz de cera vermelho, o dr. Cone saiu da cozinha.

Izzy e eu terminamos o pênis. Fiquei aliviada quando ela virou a página e começamos a colorir um útero e as trompas de laranja, amarelo e cor-de-rosa.

Naquele dia, nem o dr. nem a sra. Cone foram trabalhar. E também não trocaram de roupa antes do meio-dia. Na minha casa, meus pais estavam de banho tomado e vestidos às seis e meia. Meu pai saía pela porta às sete da manhã de segunda a sexta-feira. Ele era advogado. Usava gravata todos os dias e só a tirava na mesa de jantar, depois que agradecíamos ao Senhor pela comida e rezávamos pelo presidente Ford e sua esposa. Um quadro do presidente Ford sorrindo ficava pendurado na parede logo atrás da cabeça do meu pai. O olhar de Ford na foto estava sempre voltado diretamente para mim. Seus olhos eram de um tom azul-camurça. Seus dentes pareciam pequenos grãos de milho. Uma bandeira dos Estados Unidos ondulava atrás da sua cabeça. Às vezes, quando pensava em uma figura paterna ou quando as pessoas falavam sobre seus pais, eu imaginava o presidente Ford.

O trabalho da minha mãe era em casa. Eu nunca tinha visto uma pessoa mais ocupada que ela: arrumava as camas, varria, fazia o café da manhã e o jantar todos os dias. Esfregava o chão da cozinha todas as noites. Passava o aspirador na casa a cada dois dias e ia ao supermercado às sextas-feiras. Ela também dava aulas de catequese na Igreja Presbiteriana de Roland Park aos domingos. E era muito boa nisso. Às vezes, as crianças coloriam desenhos de Jesus enquanto minha mãe lia versículos da Bíblia. Às vezes, ela jogava bingo bíblico com elas. Mas a melhor parte era quando tocava violão. A voz dela era grossa e rouca, como se suas cordas vocais tivessem sido esculpidas a partir de um tronco oco.

Mamãe dizia que Jesus não se importava que ela não tivesse uma voz bonita, mas Ele preferia quando eu cantava junto. Além de ser natural para mim, mamãe ficava orgulhosa quando minha voz harmonizava com a dela. Então, todo domingo, com uma plateia de oito a quinze crianças – dependendo de quem aparecesse –, ela prendia o violão no ombro e nós ficávamos juntas em frente à classe no porão da igreja cantando canções sobre Jesus. O esperado era que as crianças cantassem junto, mas só metade delas nos acompanhava. Algumas brincavam com os sapatos, ou cutucavam os colegas e sussurravam alguma coisa, ou se deitavam de costas e encaravam o teto manchado de água. Quando começavam a perder o foco de verdade, nós cantávamos "Rise and Shine", porque todas as crianças adoravam a música.

Havia um intervalo de trinta minutos entre a aula de catequese e o culto de domingo. No decorrer desse tempo, mamãe ia para casa guardar o violão e buscar meu pai, enquanto eu corria para ensaiar com o coral de jovens – durante o ano letivo – ou com o coral de verão – durante o verão. Eu preferia o coral de verão, pois era composto sobretudo de adultos e apenas alguns adolescentes – que raramente apareciam. Eu me sentia menos constrangida com os adultos do que com os jovens do coral. Quando cantava com os colegas da minha idade, nunca permitia que minha voz alcançasse um tom muito alto, pois não queria que fizessem piada com meu vibrato ou com o fato de eu entrar em uma harmonia quando meus ouvidos me dissessem que era o certo a se fazer.

Estávamos em casa sempre antes do meio-dia aos domingos. Depois do almoço, mamãe preparava as refeições que serviria durante a semana ou cuidava do jardim. Nosso gramado parecia um tapete felpudo verde. Azaleias floresciam na parte da frente da casa, todas aparadas exatamente na mesma altura e largura. No quintal, mais árvores e canteiros de flores se curvavam em torno das pedras e delineavam a propriedade como um fosso florido roxo e cor-de-rosa. Os jardineiros vinham uma vez por semana, mas ninguém conseguia manter o jardim tão arrumado quanto minha mãe. As ervas daninhas que se atreviam a pôr a cabeça verde e pontuda para fora do solo eram imediatamente aniquiladas pelas suas mãos enluvadas.

Toda primavera, uma equipe de homens aparecia para lavar as tábuas brancas que revestiam nossa casa, consertar as venezianas que estivessem soltas e retocar a pintura onde fosse necessário. Depois dos retoques, minha mãe fixava vasos de flores no peitoril de cada janela na parte da frente da casa. Quando eu tinha mais ou menos a idade de Izzy Cone, minha mãe contratou um artista para pintar um quadro da nossa casa. A pintura agora estava pendurada acima do sofá da sala. Às vezes, quando eu ajudava a arrancar ervas daninhas, regar flores ou plantar novas mudas nos canteiros, mamãe dizia: "Temos que ser fiéis à pintura, Mary Jane. Não podemos deixar que a pintura seja ficção!".

Os Cone pareciam não se importar com a aparência da sua casa. A única coisa com que pareciam se preocupar era em transformar o terceiro andar em uma suíte de hóspedes, assunto que discutiam todas as vezes que passavam por Izzy e por mim – na sala de televisão, durante a hora do almoço na cozinha e na varanda, onde Izzy e eu brincávamos de Erector.[2]

Quando deu minha hora de ir embora, às cinco da tarde, Izzy e eu andamos pela casa procurando seus pais.

– Mamãe! Papai! – Izzy gritou.

Já estava começando a me acostumar com a gritaria, ainda que eu mesma não conseguisse gritar.

– Senhora Cone? Doutor Cone? – chamei baixinho.

No segundo andar, todas as portas exceto a de Izzy estavam abertas.

– Por que a porta do seu quarto é a única que está sempre fechada? – perguntei a ela.

– Para manter a bruxa do lado de fora – Izzy disse. – Mamãe! Papai!

– Qual bruxa?

– A que assombra a casa. Se eu fecho a porta, ela não entra no quarto quando não estou.

Izzy caminhou direto até o quarto dos pais dela. Fiquei parada no corredor esperando, até que ela voltou um minuto depois.

– Eles não estão lá dentro. Eu estou com fome.

Descemos as escadas, passamos pelas salas de estar e de jantar, e atravessamos a porta vaivém da cozinha. Na minha casa, a cozinha pertencia à minha mãe, e era ela quem decidia se estava "aberta" ou "fechada". Na maioria dos dias, fechava às duas da tarde, pois ela não queria que ninguém perdesse o apetite antes do jantar. Embora às vezes fechasse logo depois do almoço.

Eu me perguntei se a sra. Cone planejava cozinhar naquela noite. Não havia nada no forno dos Cone, nada descongelando na pia, nenhuma panela no fogão. Não havia nem sinal de que alguém tinha se programado para alimentar a família.

---

2 Marca de conjuntos de construção de brinquedos de metal. [N.E.]

Tive a sensação de que o dr. e a sra. Cone não ficariam bravos se eu fizesse o jantar para Izzy.

– Deixe eu ligar para minha casa – falei. Olhei ao redor da cozinha em busca do telefone. Lembrava-me de ter visto o aparelho em algum lugar mais cedo, mas não conseguia recordar onde. – Onde está o telefone?

Izzy encontrou o fio conectado à parede abaixo do balcão e o seguiu com as mãos o mais alto que podia alcançar.

– Está em algum lugar por aqui!

Afastei o roupão que repousava sobre o balcão e encontrei o telefone.

– Posso discar? – Izzy subiu na banqueta de madeira laranja e se equilibrou sobre os joelhos. Ela tirou o telefone do gancho e o pousou no balcão.

– Quatro...

Observei enquanto Izzy examinava cuidadosamente as cavidades no discador numérico, até encontrar e inserir o dedo mindinho gordu-cho no número 4. Tinha uma linha de sujeira embaixo das suas unhas e fiz uma nota mental para dar um banho nela depois do jantar, se eu acabasse ficando tempo o suficiente para isso.

– Quatro! – Izzy rodou o discador até atingir a coisa prateada que parecia uma vírgula, então tirou o dedo, fazendo o disco voltar para a posição inicial.

Continuamos assim por seis números. No sétimo, desviei o olhar tempo o bastante para Izzy discar 9 em vez de 8. Quando o discador terminou seu *clique-clique-clique* arrastado, peguei o telefone e o colo-quei de volta no gancho a fim de desconectar a chamada, depois o tirei de novo para que pudéssemos recomeçar.

Quando enfim conseguimos discar os números, aproximei o tele-fone do ouvido. Izzy chegou mais perto e eu o inclinei um pouco na direção dela.

– Residência dos Dillard – minha mãe atendeu.

– Oi, mãe, eu preciso ficar e dar o jantar para a Izzy.

– Ãh? – A voz da mamãe saiu como um ruído agudo.

– Ela precisa me dar o jantar! – Izzy gritou.

Eu me endireitei e afastei o telefone do ouvido de Izzy.

– Essa é a Izzy?

– Sim – respondi. – Ela é uma bobinha.

– Parece mesmo. Por que você precisa alimentá-la? Onde está a mãe dela?

Eu não queria admitir que não sabia onde estavam o dr. e a sra. Cone. Afastei-me de Izzy para que ela não pudesse escutar.

– O pai dela está com um paciente e a mãe está de cama – sussurrei.

Até onde me lembro, foi a primeira vez que menti para minha mãe.

– Ah – ela disse. – Essa não... O.k. Bem, talvez eu devesse ir ajudar.

– Não, está tudo bem – prossegui. – Tudo o que a sra. Cone ia preparar está no balcão. O forno também já está ligado. Só preciso enfiar a caçarola lá dentro e...

– Cereal! – exclamou Izzy.

Ao me virar, vi que ela abrira um dos armários e puxara para fora quatro caixas diferentes de cereal.

– Ligo depois do jantar para avisar a que horas estarei em casa – falei.

– Peça ao dr. Cone que caminhe com você ou te dê uma carona se já tiver escurecido – minha mãe disse.

– O.k., mãe. Tchau! – Desliguei rápido antes que Izzy pudesse gritar outra vez.

– Quero jantar cereal – Izzy repetiu.

– Você já jantou cereal alguma vez? – perguntei. Parecia tão absurdo quanto usar uma banana como telefone.

– Sim.

– Vamos ver se encontramos algo na geladeira que seja mais saudável. Você costuma tomar banho antes do jantar?

– Não, sem banho.

Izzy abriu a geladeira de cor verde-abacate antes de mim. Eu a empurrei de leve para o lado e dei uma olhada no interior da geladeira. As prateleiras da porta estavam abarrotadas com mostardas, óleos e garrafas engorduradas cheias de coisas que não reconheci. Nas prateleiras internas, dois potes cobertos com papel-alumínio, uma bandeja de ovos, um pedaço de queijo sobre uma caixa de comida chinesa e uma cabeça de alface-americana destacavam-se em meio à multidão de itens semiarmazenados e quase impossíveis de identificar. Tudo, incluindo a alface, tinha uma aparência oleosa e estranha. Alguma coisa malcheirosa criava uma barreira invisível que me impedia de chegar muito perto. Talvez o queijo.

– Onde está o leite? – perguntei.

Izzy deu de ombros.

Item por item, esvaziamos a geladeira, colocando as coisas em qualquer espaço que estivesse livre na bancada de linóleo laranja. Por fim, encontrei o leite atrás de tudo. Quando o puxei para fora, o conteúdo da caixa balançou e eu senti uma consistência incomum.

Izzy subiu em uma banqueta e pegou duas tigelas.

– Vamos ver se o leite está bom.

Abri o dosador triangular da embalagem e imediatamente joguei a cabeça para trás devido ao fedor que me atingiu como um tapa na cara. Cheirava como se um animal tivesse morrido lá dentro.

– Ecaaaa! – Izzy gritou, ainda equilibrada em cima da banqueta.

Coloquei o leite na bancada e segurei as pernas miúdas de Izzy, que eram cobertas por uma fina camada de penugem loira. Pensar que ela poderia cair enquanto estava sob minha responsabilidade era mais pavoroso que o cheiro do leite.

– Izzy?! – o dr. Cone berrou do hall de entrada.

Meu estômago se fechou tal qual uma bolsa daquelas de cordão. Levantei Izzy da banqueta e a botei no chão. Imaginei se o dr. Cone me demitiria simplesmente por permitir que ela subisse lá.

– Aqui! – gritou Izzy.

– O que vocês estão aprontando? – o dr. Cone perguntou ao entrar na cozinha.

– Íamos preparar cereal para o jantar – Izzy anunciou. – Mas o leite está fedendo.

– Acho que azedou. – Apontei para a caixa de leite que repousava sobre a bancada.

– Ah sim, esse é do mês passado. Não sei por que ninguém jogou fora. – o dr. Cone riu e eu ri junto com ele. O que minha mãe pensaria a respeito do leite que coalhou e apodreceu com o tempo? Difícil de acreditar. Embora, agora que estava vendo um com meus próprios olhos, não parecesse tão absurdo.

– O que acha de irmos ao Little Tavern comer hambúrguer com batata frita? – o dr. Cone ofereceu.

– Little Tavern! – Izzy comemorou.

O dr. Cone mexeu na bagunça espalhada pela bancada da cozinha, procurando alguma coisa.

– Onde está sua mãe? – Ele bateu nos bolsos algumas vezes antes de pescar as chaves e balançá-las no ar por um segundo, como se tivesse acabado de fazer um truque de mágica.

– Não faço ideia – Izzy deu de ombros.

– Nós não a vimos – eu disse.

– Vamos! – Izzy marchou para fora da cozinha, elevando os joelhos como se fizesse parte de uma banda marcial.

O dr. Cone sinalizou com as mãos para que eu fosse na frente dele, e eu fui. Segui Izzy pelo corredor até o lado de fora da casa, onde uma caminhonete com detalhes em madeira estava estacionada. O dr. Cone não trancou a porta da frente. Perguntei-me se a sra. Cone estava em algum lugar da casa. Se ela não estivesse, o dr. Cone teria trancado a porta, não teria?

– Quantos hambúrgueres sua mãe costuma comer? – o dr. Cone perguntou para Izzy, que abria a porta do carro.

– Ela virou virginiana essa semana. – Izzy subiu no banco de trás e fechou a porta.

– É mesmo? Pensei que já tivesse superado a fase *virginiana*. – O dr. Cone piscou para mim e encarou a janela aberta no terceiro andar da casa. – BONNIE! – ele gritou com as mãos em concha ao redor da boca. Olhei de um lado para o outro da rua me certificando de que ninguém presenciava aquela cena. – BON-NIE!

A cabeça da sra. Cone apareceu na janela. Seu cabelo estava bagunçado ao redor do rosto brilhante.

– O que foi? – ela perguntou.

– Você quer alguma coisa do Little Tavern?

– O QUÊ?!

– VOCÊ QUER ALGUMA COISA DO LITTLE TAVERN?

A sra. Cone fez uma pausa como se realmente quisesse pedir alguma coisa. Em seguida, fez que não com a cabeça.

– ESTOU TENTANDO NÃO COMER CARNE!

– ELA É VIRGINIANA! – Izzy gritou de dentro do carro.

– E BATATAS FRITAS?! – o dr. Cone perguntou.

A sra. Cone assentiu e fez "joinha" com as mãos antes de desaparecer no sótão.

– Você come no Little Tavern? – o dr. Cone perguntou para mim.

– Sim. – Na verdade, eu só havia ido lá uma única vez. Minha família não tinha o costume de comer em restaurantes. Até jantávamos fora uma vez na semana, mas sempre no clube do qual éramos sócios. Muito raramente, quando alguém de outra cidade nos visitava, íamos a um restaurante. No entanto, meus pais nunca comiam no Little Tavern, cujo slogan era "Compre hambúrgueres aos montes!". Na única ocasião em que estive no Little Tavern, era aniversário das gêmeas e os pais delas nos levaram para comemorar.

– Está bem, então, entre! – O dr. Cone indicou o assento da frente do carro com a cabeça. O banco do passageiro estava coberto de papéis e uma pasta de arquivo marrom. Organizei tudo em uma pilha e a posicionei no centro do banco, em direção ao dr. Cone, para que eu pudesse me sentar.

Izzy imediatamente escorregou para a frente e encaixou a cabeça no encosto do banco dianteiro. Ela não parou de falar durante todo o trajeto e eu tentei lhe dar atenção, mas meu cérebro estava pensando em milhares de perguntas. A sra. Cone tinha passado o dia inteiro no sótão? Ela estava convertendo o ambiente em um quarto de hóspedes? Por que não desceu para fazer o jantar? Como os Cone jantavam normalmente? Quem era responsável por ir ao supermercado e por que não havia leite fresco na geladeira? Será que eles não recebiam o leite em casa como o restante das pessoas da vizinhança? Nós recebíamos duas caixas de leite integral toda semana. Minha mãe dizia que uma era para bolos e receitas e outra para a gente beber. Meu pai nunca se servia de leite durante o jantar; em vez disso, bebia um copo de refrigerante de laranja. Eu tinha permissão para beber refrigerante apenas aos finais de semana, na hora do almoço. Minha mãe dizia que bebidas com açúcar eram menos prejudiciais se consumidas antes do horário do jantar. Na residência dos Cone, o refrigerante não era nem uma opção. Apenas leite coalhado.

Dirigimos até Hampden, um pequeno bairro de casas geminadas estreitas com varandas de mármore e cães acorrentados nos quintais, que eram ou de terra ou de cimento. O dr. Cone estacionou o carro em frente ao Little Tavern, e Izzy e eu o seguimos para dentro do restaurante.

Ele pediu dois sacos cheios de hambúrgueres e quatro caixas de batatas grandes.

– O que você quer para beber? – ele perguntou a Izzy.

– Refrigerante de laranja – ela disse.

– E você, Mary Jane? – o dr. Cone perguntou para mim.

– Refrigerante de laranja – repeti o pedido de Izzy, e então olhei de relance para trás para ver se minha mãe não estava lá de alguma forma.

Assim que recebemos a comida, voltamos para a caminhonete. Izzy correu na frente. Ela abriu a porta do passageiro e subiu no banco dianteiro.

– Vamos comer no carro – declarou o dr. Cone. – É mais divertido desse jeito, além de cabermos todos no banco dianteiro. – Ele apoiou os sacos de hambúrguer e seu refrigerante no teto do carro, abriu a porta, e então pegou a pilha de papéis e a pasta de arquivos e as moveu para o banco de trás. Em seguida, sinalizou com os braços para que eu entrasse.

Passamos o saco de hambúrgueres de mão em mão. O lanche era oleoso e salgado, doce também, por causa do ketchup. Era uma das melhores coisas que eu já tinha comido.

– Então, uma coisa importante acontecerá em breve... – O dr. Cone mastigou seu hambúrguer e engoliu. Izzy tinha esvaziado o refrigerante de laranja e sugava as últimas gotículas, emitindo um som borbulhante.

– Você quer o resto do meu? – perguntei. Ela me deu um beijo na bochecha e pegou o refrigerante.

– Um dos meus pacientes vai se mudar lá para casa junto com a esposa dele neste final de semana. – O pai de Izzy desembrulhou outro hambúrguer e abocanhou metade em uma mordida.

Assenti. Não fazia ideia do motivo de ele estar me contando aquilo, ou se eu estava autorizada a fazer perguntas.

– Posso confiar em você, Mary Jane? – o dr. Cone perguntou.

Assenti novamente.

– O sigilo entre médico e paciente é muito importante na psiquiatria. Ninguém pode saber quem eu estou tratando, nem por quê, ou até mesmo onde.

– Entendo. – Eu não estava mais com fome, mas estava nervosa, então enfiei a mão dentro do saco e peguei outro hambúrguer. Se o dr. Cone estava tratando alguém, isso não significava que aquele alguém era louco? Então, um homem louco e sua esposa viveriam na casa onde eu trabalharia durante todo o verão? Eu teria de virar o rosto e não olhar para o louco a fim de preservar o sigilo médico-paciente? A coisa toda parecia séria e assustadora, e por mais que eu gostasse de Izzy Cone, da natureza de pés descalços e costeletas do doutor e da sra. Cone, e do caleidoscópio desordenado que era a casa, pensei que, talvez, esse não fosse o trabalho para mim.

– Este paciente é viciado, a essa altura até a imprensa sabe, e é por isso que estou te contando. – O dr. Cone atirou a outra metade do hambúrguer na boca e tomou um longo gole do refrigerante de laranja. Izzy ofereceu refrigerante para mim, tomei um pequeno gole e devolvi. – E a esposa dele precisa de apoio também. Você deve imaginar como é difícil quando seu parceiro, ou qualquer pessoa na família, é viciado.

Por que a imprensa saberia sobre o vício desse homem? Por acaso o *Baltimore Sun* noticiou uma lista dos viciados locais? Engoli em seco.

– Será seguro para a Izzy e para mim ficarmos na casa com um viciado lá? – perguntei.

O dr. Cone irrompeu em risadas, cuspindo pequenas partículas de comida.

– É completamente seguro! Ele é um homem inteligente, interessante e criativo. A esposa dele também. Eles nunca fariam mal a uma pessoa. Ninguém escolhe ser viciado, e meu trabalho é ajudar aqueles que têm a infelicidade de ser acometidos por algum vício. Eu trato dependentes químicos, alcoólatras, viciados em sexo... a coisa toda.

Senti meu rosto pegando fogo. Enfiei duas batatas fritas na boca. Izzy não pareceu notar que seu pai usou a palavra *sexo*. Junto com a palavra *vício*! Eu nem sabia que era possível ser viciado em sexo. Uma apresentação de slides começou a passar pela minha cabeça: imagens de pessoas se beijando, nuas, pressionadas umas contra as outras por horas e horas. Será que os viciados em sexo sentiam fome em algum momento? Era possível que eles comessem *enquanto* faziam coisas sexuais?

– Neste caso – o dr. Cone continuou –, achei melhor que o paciente e sua esposa se mudassem e ficassem conosco até que tudo esteja sob controle. Eles moram em Nova York e meu paciente pega o trem duas vezes por semana para se consultar comigo. Na verdade, ele está limpo agora. Estamos apenas trabalhando em maneiras para que ele continue sóbrio.

– Ah, tudo bem. – Peguei a bebida das mãos de Izzy, dei outra golada e entreguei a ela de novo.

– A parte complicada de tudo isso – o dr. Cone disse – é que ambos são muito, muito famosos.

– Estrelas de cinema? – perguntou Izzy.

– Isso. A mulher é uma estrela de cinema. O homem é um astro do rock.

– Um astro do rock! – exclamou Izzy. – Eu quero ser um astro do rock!

Ela segurou a bebida na frente do rosto como se fosse um microfone e começou a cantar uma música que eu tinha ouvido algumas vezes, mas não conhecia de verdade. Izzy sabia cada palavra da letra, então deduzi que os Cone tivessem o disco.

– Uma estrela de cinema e uma estrela do rock de Nova York vão se mudar para sua casa? – perguntei, só para ter certeza de que estava entendendo corretamente.

– Quem quem quem quem quem quem quem? – Izzy disparou. – É a família Partridge?

– Você verá quando eles chegarem aqui. – O dr. Cone estendeu a mão e alisou o cabelo de Izzy.

Eu tinha várias perguntas, mas não me atrevi a fazê-las. Em qual substância a estrela do rock era viciada? Eu o veria, ou a esposa estrela de cinema, pela casa ou eles estariam no escritório do dr. Cone o dia todo?

Estavam trazendo um mordomo com eles? Eles tinham uma limusine e um motorista?

Se Izzy não sabia quem eles eram, eu com certeza não saberia. Eu mal conhecia os hambúrgueres do Little Tavern! Os discos na minha casa eram todos álbuns do elenco de musicais da Broadway ou do Coro do Tabernáculo da Praça do Templo. As crianças da escola falavam sobre rock, mas os nomes dos cantores e das bandas eram tão estranhos para mim quanto os bairros e ruas a leste, oeste e sul de onde morávamos. Até onde eu sabia, a estrela do rock e a estrela de cinema, o viciado em drogas e sua esposa, poderiam ser mais desconhecidos do que o doutor e a sra. Cone eram para mim.

3

Durante todo o fim de semana, pensei nos Cone e no casal de viciados estrela do rock/ estrela de cinema que iria se mudar para a casa deles. No sábado, fui até a mercearia e folheei a revista *People* para ver se havia alguma menção a um casal de estrela do rock/ estrela de cinema lidando com um vício. Gostaria de saber se o viciado se pareceria com os viciados que eu tinha visto no centro da cidade pela janela do carro. Pessoas magras com roupas sujas, encostadas nas portas. Ou o homem de um braço só que andava por aí em um skate comprido. Eu o vi muitas vezes. Uma vez, perguntei ao meu pai se poderíamos baixar os vidros do carro e dar dinheiro a ele. Papai não respondeu, mas minha mãe disse: "Não podemos baixar os vidros nessa região".

Naquela noite de domingo, minha mãe servia presunto, ervilhas com bacon, salada de repolho e *succotash*.[3] De sobremesa, muffins de milho e tortinha de frutas na taça. Eu sempre ficava por perto e oferecia ajuda enquanto ela fazia o jantar. Passo a passo, ela narrava o que estava fazendo para que eu pudesse repetir sozinha quando crescesse. Se ela me entregasse uma faca, mostrava exatamente onde eu deveria pôr os dedos. Se ela me entregasse um batedor e uma tigela, mostrava o ângulo em que eu deveria segurar a tigela na dobra do braço esquerdo, e a velocidade e a força com que eu precisava trabalhar o batedor com

---

3   Prato típico da culinária dos povos nativos da América do Norte, que consiste em um guisado à base de milho e feijão, cozidos com vegetais e condimentos. [N.T.]

a mão direita. Mas, naquela noite, ela me deixou preparar a tortinha sozinha. Ou a maior parte dela.

Quando chegou a hora de comer, depois de eu arrumar a mesa, minha mãe e eu nos sentamos nas nossas cadeiras acolchoadas e esperamos, em silêncio, pelo meu pai. Ele finalmente chegou, ainda vestindo a gravata que usara na igreja naquela manhã. O jornal de domingo estava enfiado sob seu braço.

Papai se sentou, pôs o jornal na mesa e juntou as mãos para orar. Antes de falar, repousou a testa na ponta dos seus dedos indicadores.

– Obrigado, Jesus, por essa comida na nossa mesa, pela minha esposa maravilhosa e pela minha filha obediente. Deus abençoe esta família, Deus abençoe nossos parentes em Idaho, Deus abençoe o presidente Ford e sua família, e Deus abençoe os Estados Unidos da América.

– E Deus abençoe aquele homem sem pernas e com apenas um braço que está sempre perto da via expressa – falei.

Meu pai abriu um olho e olhou de soslaio para mim. Então fechou o olho de novo.

– Deus abençoe todas as pobres almas de Baltimore – ele acrescentou.

– Amém – minha mãe e eu completamos.

– Mary Jane – minha mãe disse, servindo presunto no prato do meu pai. – A qual clube de campo os Cone pertencem?

– Hmmm. – Bebi um pouco de leite do meu copo. – Não sei. Eles não vão a nenhum desde que comecei a trabalhar lá.

– Certamente não vão ao Elkridge. – Meu pai tirou a gravata, colocou-a sobre a mesa e pegou o jornal. Minha mãe encheu o prato dele de *succotash*.

– Como você sabe que eles não pertencem ao Elkridge? – perguntei. Esse era o clube de campo do qual éramos membros.

– O sobrenome se escreve c-o-n-e – minha mãe complementou. – Procurei no Livro Azul.

O Livro Azul era um pequeno diretório para o nosso bairro e para os dois bairros que nos cercavam em ambos os lados: Guilford e Homeland. É possível procurar pessoas pelo endereço ou pelo nome. As crianças eram chamadas de senhorita se fossem meninas e senhorzinho se fossem meninos. O Livro Azul também listava a ocupação de todos os homens e mulheres que trabalhavam. Às vezes, quando eu estava de bobeira em casa sem fazer nada, folheava o Livro Azul, lia os nomes dos adultos, das crianças, a profissão dos pais, e tentava imaginar como eram essas pessoas, como era a casa delas, que tipo de comida elas tinham na geladeira.

– Os Cone são judeus – meu pai disse. – O sobrenome provavelmente deriva de Co-*hen*. – Ele virou a página e depois dobrou o jornal ao meio.

– Bom, então também não devem ir ao L'Hirondelle. Quais os nomes daqueles dois clubes judeus? – Minha mãe olhou para o meu pai. Meu pai olhou para o jornal. Ela segurava um muffin de milho na altura do rosto.

– Tem certeza de que os Cone são judeus? – Eu não conhecia nenhum povo judeu. Exceto, agora, os Cone. E Jesus. Que, se eu acreditasse em tudo o que ouvi a respeito dele na igreja, me conhecia melhor do que eu conhecia a Ele.

– O Jim Tuttle me disse que eles são judeus – papai disse sem desviar os olhos do jornal.

– Eu deveria ter notado antes. Um médico... – Minha mãe colocou o muffin no prato do meu pai e pegou a salada de repolho.

– Eles nunca disseram nada que parecesse judeu – falei. Embora eu não tivesse como saber de que maneira soava o judaísmo. Eu sabia que havia um bairro em Baltimore onde todos os judeus viviam, Pikesville, mas nunca estive lá e nunca conheci alguém que esteve. Apenas tinha ouvido meus pais e seus amigos mencionando a área de passagem, como se falassem de outro país, um país muito, muito distante, para onde era improvável que eles viajassem.

– Tenho certeza de que eles estão apenas sendo educados. – Minha mãe estava na missão das ervilhas com bacon. – Mas ser médico compensa ser judeu.

– E eles têm que compensar alguma coisa? – perguntei.

Meu pai repousou o jornal na mesa.

– É só um tipo diferente de pessoa, Mary Jane. Fisionomia diferente. Rituais diferentes. Feriados diferentes. Diferentes escolas e clubes de campo. Um jeito diferente de falar. – Ele pegou o jornal de volta.

– Eles parecem normais para mim. E soam iguais a todo mundo. – Bom, tinha a gritaria. Será que todos os judeus gritavam? E havia os seios da sra. Cone, que, geralmente, estavam prestes a serem expostos. Isso era uma coisa de judeus? Se fosse, seria interessante, embora talvez embaraçoso, visitar Pikesville.

– Veja o cabelo deles. Muitas vezes é escuro e espesso. – Minha mãe servia o próprio prato agora. Eu me serviria depois dela. – E o nariz longo e tencionado.

– A sra. Cone tem cabelo ruivo e nariz de botão, assim como a Izzy – falei.

– Provavelmente plástica. – Minha mãe segurou a colher cheia sobre a salada de repolho, olhou para ela e depois jogou metade do conteúdo de volta na tigela.

Meu pai pôs o jornal na mesa outra vez.

– É outra raça humana. É como poodles e vira-latas. Somos poodles. Eles são vira-latas.

– Uma raça não solta pelos – minha mãe falou.

– Então Jesus era um vira-lata? – perguntei.

– Basta – meu pai disse, e em seguida o jornal estalou no ar enquanto ele virava a página.

Depois do jantar, fui para o closet procurar a melhor roupa para usar quando conhecesse a estrela do rock e a estrela de cinema. Tudo era sisudo, arrumado, novo. Minha mãe até engomou meus jeans azuis.

Puxei das araras uma calça boca de sino. A barra parava acima do meu tornozelo, o que as crianças da escola chamariam de calça pula--brejo. Elas serviram da última vez que as usei.

Mamãe e papai estavam na sala de tevê assistindo ao noticiário. Andei pelo corredor que dava na sala de costura da minha mãe com passos silenciosos. Na parede havia uma fileira de ganchos dos quais pendiam tesouras de vários tamanhos. Peguei a mais pesada delas e me inclinei para cortar a costura lateral dos jeans. Parei quando cheguei à altura do joelho. Eu queria ainda mais curto, mas teria a ousadia? Não, não teria. Parei cerca de dez centímetros acima do joelho, depois virei a tesoura de lado e cortei o restante do pano na horizontal. Quando aquela perna estava pronta, fiz a outra. Depois devolvi a tesoura ao seu lugar inicial.

De volta ao meu quarto, fiquei em frente ao espelho e examinei meu trabalho. O corte deixou as bordas dentadas e irregulares, e uma perna estava mais longa que a outra. Dobrei as barras até que estivessem simétricas.

Para a parte de cima, escolhi uma regata listrada em vermelho e branco que cobria as alças do meu sutiã. E usaria os chinelos de arco-íris que minha mãe concordou em comprar depois de ver as outras garotas na piscina do clube Elkridge usando-os. Ela não gostava que eu estivesse fora de moda quase tanto quanto não gostava que eu parecesse desleixada ou pouco feminina.

Na segunda-feira de manhã, vesti a roupa, dobrando os shorts o mínimo possível. Quando eu desci, minha mãe me olhou.

– Onde você conseguiu esses shorts?

– Eu os fiz a partir de uma calça boca de sino que estava muito curta.

– Você não pode usar isso no Elkridge.

– Eu sei.

– E se os Cone quiserem levá-la ao clube de campo judeu deles?

– Venho para casa e troco de roupa.

– E eles achariam isso bom? Não é muito profissional da sua parte.

– Acho que eles não vão a um clube de campo, mãe. A Izzy e eu ficamos em casa a semana passada inteira. E quando ela quis nadar, caminhamos até a piscina pública de Roland Park.

– Entendo. – Minha mãe olhou para os shorts cortados como se estivesse olhando para um corpo sangrento.

– Por favor? – implorei.

– A escolha é sua. Estou apenas tentando guiá-la pelo caminho certo. – Minha mãe virou a cabeça para a cafeteira como se não aguentasse me ver vestida dessa maneira.

– Eu realmente acho que eles não vão se importar de eu usar esses shorts. – Não tinha como eu dizer a ela que Izzy passava metade do dia nua e que a sra. Cone nunca usava sutiã. E é claro que eu nunca daria qualquer pista sobre a estrela do rock e a estrela de cinema, o viciado e sua esposa, estarem se mudando para a casa dos Cone. Havia a questão da confidencialidade; a promessa que fiz ao dr. Cone. E a questão com meus pais, que nunca me permitiriam pôr os pés em uma casa onde um viciado estivesse hospedado.

– Hmm. – Minha mãe continuou olhando para a cafeteira. Então ela suspirou. – Talvez seja uma coisa de judeus – ela disse quase como um sussurro.

Saí de casa antes que ela pudesse dizer qualquer outra coisa. A linda mulher loira estava trabalhando no jardim novamente; ela acenou enquanto eu passava e eu acenei de volta.

Na semana anterior, eu havia sido instruída a entrar na casa dos Cone sem bater. Ainda assim, me detive na varanda por um momento e alisei o cabelo para trás. Olhei para meus shorts e entrei em pânico com o comprimento. Certamente uma estrela de cinema e uma estrela do rock pensariam que eram muito longos. Eu os dobrei mais algumas vezes, até que eles estivessem amarrando minhas coxas como elásticos.

Girei a maçaneta e entrei. A casa estava em silêncio. As coisas estavam um pouco mais arrumadas que na semana passada. Nada havia sido removido, mas tudo o que estava espalhado tinha sido recolhido, empilhado. Em vez de revistas dispersas, agora havia uma pequena torre de revistas no degrau inferior das escadas. Fui direto para a cozinha, que era onde eu geralmente encontrava Izzy. Quando cheguei lá, quase gritei.

Sentada na banqueta, sozinha, estava Sheba, a estrela de cinema de um nome só, que uma vez teve um programa de variedades na tevê com seus dois irmãos cantores. O nome era *Family First!*. Eu assisti ao programa na primeira noite em que foi ao ar e nunca perdi um episódio. Toda semana, na abertura, Sheba e seus dois irmãos cantavam composições em três partes sobre amor, rock 'n' roll e família. O programa sempre teve grandes estrelas convidadas, como Lee Majors, Farrah Fawcett Majors, Liberace e Yul Brynner. Sheba passava por cerca de oito mudanças de figurino a cada programa – ela interpretou donzelas indianas, sereias, líderes de torcida e até mesmo uma velhinha em uma esquete recorrente.

Family First! foi cancelado logo depois de Sheba brigar com seus irmãos. As gêmeas e eu lemos sobre isso na revista *People*. Sheba disse que seus irmãos se achavam chefes e que ela estava cansada daquilo. Acontece que ninguém queria assistir ao programa sem Sheba; apenas dois episódios foram ao ar antes que fosse substituído por *All Hat, No Cattle* na grade. E Sheba não precisava do programa de qualquer maneira – ela estava ocupada fazendo filmes com coadjuvantes sensuais ou com cavalos em fazendas na África. Eu só tinha visto alguns dos seus filmes, já que minha mãe achava que a maioria deles era picante.

Eu estava sem palavras.

Sheba levantou o olhar e me viu.

– Você deve ser a Mary Jane – pressupôs ela. – A Izzy tem falado sobre você.

Assenti.

– Gostei dos seus shorts. – Ela sorriu e eu senti meus joelhos fraquejarem.

– Eu os fiz ontem à noite. Talvez sejam muito longos.

– Ah, diabos, podemos consertar isso, não podemos? – Sheba se levantou da banqueta e começou a vasculhar o balcão. – Como eles encontram alguma coisa nesta casa?

– A Izzy geralmente consegue encontrar as coisas. O que você está procurando?

– Uma tesoura!

Abri a gaveta que tinha arrumado na semana passada quando estava procurando um descascador de vegetais. A tesoura estava lá, aninhada entre frascos de esmalte, cortadores de unhas, um mapa de Maryland, pauzinhos embrulhados em papel (rasgado), moedas pegajosas, chiclete, elásticos e outras milhares de coisas. Como mágica, pude encontrar a tesoura. Eu a peguei e entreguei a Sheba.

– Suba no banco – Sheba ordenou.

Fui até a banqueta e subi. Minhas mãos estavam tremendo. Esperava que minhas pernas não estivessem tremendo também.

– Vamos desdobrar as barras primeiro. – Sheba desenrolou uma das pernas dos meus shorts. Suas mãos eram frias e gentis. Eu desenrolei a outra perna.

Ela riu.

– Você estava bêbada?!

– O quê?

– Quando cortou isso. Parece que você estava bebendo!

– Não. Eu não bebo.

– Estou brincando. – Sheba piscou para mim, depois inseriu a tesoura na extremidade do tecido em uma das pernas e começou a cortar. – Vire devagar.

Eu me virei e Sheba deslizou a tesoura fria contra minha pele, ao redor das minhas coxas até que eu estava de frente para ela novamente. O comprimento dos shorts era um pouco mais longo que minhas roupas de baixo. Minha mãe ia morrer.

– Está bom assim?

Assenti. Sheba posicionou a tesoura no tecido da outra perna. Girei devagar. Quando voltei para a posição inicial, a família Cone tinha entrado na cozinha acompanhada de um homem que parecia familiar, mas cujo nome eu não sabia. O viciado, presumi. Ele segurava um livro de capa dura em uma das mãos enormes.

– Estamos consertando os shorts dela – Sheba disse.

– Oba! – a sra. Cone falou, piscando para mim.

– Mary Jane! – Izzy gritou. – A Sheba mora aqui agora, mas não podemos contar para ninguém!

Todos riram, até mesmo a estrela do rock cuja identidade eu estava começando a reconhecer. Eu me lembrei de ter lido sobre o casamento de Sheba logo depois de *Family First!* ter sido cancelado. Seus irmãos desaprovaram e sua família a renegou. Ele era o vocalista de uma banda chamada Running Water. As garotas legais da escola adoravam o Running Water, mas eu não sabia sequer o nome de uma música deles.

– Eu sou o Jimmy – a estrela do rock disse antes de estender a mão. Estendi a minha, pois achei que ele gostaria de me cumprimentar como o dr. Cone tinha feito no meu primeiro dia. Em vez disso, Jimmy apenas a segurou. Esperei, sem saber por que ele segurava minha mão trêmula, e então percebi que ele estava tentando me ajudar a descer do banco. Respirei e desci, com o olhar fixo no chão para que ninguém pudesse ver meu rosto corado.

– Eu sou a Mary Jane – falei, a voz baixa como um sussurro. Olhei para cima e depois desviei o olhar de novo. Jimmy não parecia um viciado. Mas ele parecia fazer parte de uma banda. Seu cabelo tingido de branco estava espetado por toda a cabeça. Sua camisa estava desabotoada até o umbigo, revelando uma superfície plana de cabelos pretos encaracolados e dois mamilos espreitando como pequenos focinhos de porco-espinho. Ele usava uma gargantilha de couro em volta do pescoço com três penas azuis penduradas. Jimmy também estava descalço e usava shorts customizados como os meus.

– Sabe do que precisamos? – Sheba falou. Todos olharam para ela ansiosos.

– Picolés? – Izzy ofereceu.

– Bom, sim. Isso também. Mas olhe para nós. Somos um grupo de seis, mas apenas três de nós estão vestindo jeans cortados.

– Todos precisamos de jeans cortados! – Izzy gritou antes de correr para fora da cozinha. Normalmente, eu a teria seguido: estar com Izzy era meu trabalho, afinal. Mas eu me sentia desorientada com Sheba no ambiente e com o fato de que agora estava usando shorts tão pequenos que parecia sentir o vento soprando na minha bunda. Fiquei em silêncio, como se isso pudesse me tornar invisível, e ouvi os adultos conversando. Eles estavam sorridentes, enérgicos e felizes. Ninguém parecia louco ou viciado.

A sra. Cone foi até o freezer, empurrou umas coisas para o lado e tirou um único picolé de lá. A embalagem parecia ter sido rasgada com os dentes; o próprio picolé estava coberto por uma camada branca e grossa de gelo.

– Mary Jane – ela chamou. – Talvez você e a Izzy possam ir até a mercearia pegar alguns picolés.

– Claro – respondi. Izzy e eu tínhamos ido até a mercearia Eddie's todas as tardes na semana anterior, exceto no primeiro dia, quando fomos ao Little Tavern. Acontece que ninguém na família Cone cozinhava. No balcão de comidas prontas do Eddie's, Izzy e eu escolhíamos o jantar, que seria servido depois que eu fosse para casa jantar com meus próprios pais. Escolhia saladas de macarrão, saladas de feijão, frango assado e

39

frango frito, milho cozido no vapor, ervilhas e batatas duplamente assadas com queijo. Além disso, como Izzy as adorava, sempre pegávamos pacotes de batatas chips sabor churrasco. O dr. Cone me deu o número da sua conta bancária e disse que eu poderia pegar qualquer lanche que quisesse também. Mas, até o momento, eu não tinha tido coragem de comprar comida para mim mesma usando a conta dos Cone.

Izzy cambaleou de volta para a cozinha, segurando uma pilha de jeans.

– Jeans cortados! – ela gritou. – Um para mim, um para a mamãe e um para o papai.

Sheba começou a cantar uma música inventada sobre shorts customizados. *"Corte os jeans, pequena Izzy, corte..."* Então pegou os jeans da sra. Cone e os entregou para ela, que os vestiu por baixo do seu fino vestido de algodão. Sheba se ajoelhou e começou a cortar. Ela ainda cantava a música "Corte os jeans".

Enquanto isso, o dr. Cone examinava os próprios jeans.

– Esse é meu único par.

– Eu compro jeans novos para você – Jimmy falou, e então começou a cantar a música "Corte os jeans" também.

O dr. Cone desabotoou suas calças de sarja e eu me virei antes que ele as deixasse cair pelas pernas. Como ninguém mais se virou, fui até a geladeira.

– Alguém quer um pouco de leite? – Ninguém respondeu, mas peguei o leite de qualquer maneira. Izzy e eu havíamos comprado leite fresco na semana passada. Estava bom. Aveludado. Sem pedaços coalhados.

Quando me virei de novo, o dr. Cone já vestira seus jeans e esperava ao lado da sra. Cone, que tinha uma perna cortada e uma perna comprida.

– Eu sou a próxima! – Izzy tirou o vestido e a calcinha, até ficar completamente nua. Devolvi o leite na geladeira e fui até ela.

– Você pode ficar de calcinha. – Peguei a peça do chão da cozinha e a segurei aberta para Izzy vestir. – Vou pegar uma blusa para você.

Recolhi o vestido de Izzy e corri para o andar de cima. A porta do quarto dela estava fechada, mantendo a bruxa do lado de fora. Na semana anterior, reservei algumas horas de cada dia para pôr as coisas em ordem, e fiquei satisfeita ao ver que o quarto de Izzy ainda estava organizado. Todas as blusas estavam em uma gaveta, dobradas e separadas por cor. Eu estava usando uma regata listrada de arco-íris, então peguei a regata listrada de arco-íris de Izzy. Parecia uma ideia divertida combinar as roupas.

Quando voltei para a cozinha, Sheba estava cortando os jeans de Izzy, e a sra. Cone tinha amarrado o vestido em volta da cintura como uma camisa.

– Quer que eu vá buscar uma camisa para você? – perguntei.

– Talvez tenha uma na pilha de roupas lavadas – a sra. Cone respondeu.

As roupas estavam no sofá da sala de tevê. Na última quinta-feira, Izzy e eu assistíamos ao *Match Game 75* enquanto eu dobrava e separava tudo em pilhas que permaneceriam onde eu as deixara, alinhadas no chão. O sofá, no entanto, tinha agora uma nova pilha de roupas limpas.

Ignorei a pilha nova, fui até a que eu tinha dobrado e puxei a única blusa limpa da sra. Cone, uma regata branca. Eu já a vira nela antes, e era indecentemente transparente. A sra. Cone se preocuparia com seus mamilos à mostra com Sheba e Jimmy no ambiente? Talvez não, uma vez que o dr. Cone tinha acabado de tirar as calças na frente de todos. E ninguém notou quando Izzy ficou completamente nua. Eu gostava da ideia de todas as garotas vestirem blusa regata, então peguei a blusa e me apressei para voltar para a cozinha.

Entreguei a blusa à sra. Cone. Ela a pegou e em seguida tirou o vestido, ficando completamente nua na parte de cima. Faltou ar nos meus pulmões. Por mais que tentasse não encará-la, não conseguia parar. Passei o olho rapidamente pela cozinha. Ninguém mais olhava para a sra. Cone. Nem a estrela do rock, que estava monitorando a forma como Sheba cortava a segunda perna das calças de Izzy. Nem Sheba, que estava com os olhos focados na tesoura. Nem Izzy, que olhava para mim sorrindo, como se cortar as calças em shorts fosse a maior diversão que uma criança poderia ter. E muito menos o dr. Cone, que estava parado com as mãos nos quadris, aguardando.

A pedido de Sheba, o dr. Cone tirou uma foto polaroide de todos nós com nossos jeans cortados. Que estranho foi ver eu mesma, Mary Jane Dillard, em uma foto vestindo shorts do tamanho de roupas de baixo, ao lado de Sheba e de seu esposo estrela do rock com peito peludo; da sra. Cone, cujos seios redondos tinham acabado de se exibir para mim; do dr. Cone, com suas grossas costeletas; e da querida Izzy, que estava prensada contra meu torso como se nós fôssemos duas peças de Lego encaixadas uma na outra. Eu parecia muito feliz. Muito em casa. Como se não houvesse nenhum outro lugar no mundo onde eu gostaria de estar. E, honestamente, era verdade. Naquele momento, não existia lugar algum onde eu preferiria estar.

Havia tanto falatório e animação acerca dos novos shorts que eu tinha esquecido que Jimmy estava lá para a terapia. O momento terminou quando o dr. Cone deu um tapinha nas costas de Jimmy.

– Hora de trabalhar, meu amigo.

– Vamos até o Eddie's pegar picolés – falei para Izzy. Fui até a gaveta em que guardava a tesoura e puxei dois elásticos para fazer tranças no cabelo dela antes de sairmos.

– Um dia, talvez a gente tenha que pôr uma peruca e óculos de sol em você e levá-la ao Eddie's – a sra. Cone disse a Sheba. – Eles têm um funcionário para cada cliente. É uma experiência, cara!

– Estamos ao sul da linha Mason-Dixon? – Sheba perguntou enquanto se afastava da cozinha com a sra. Cone. Comecei a trançar o cabelo de Izzy enquanto o dr. Cone e Jimmy saíam pela porta de tela que dava para o quintal; um pacote de Oreos pendia da mão direita do dr. Cone. Antes de atravessar o gramado completamente, o dr. Cone voltou e abriu a porta.

– Mary Jane, você pode comprar alguns doces açucarados no Eddie's também? E levá-los, junto com uma caixa de picolés, para o meu escritório? – ele pediu.

– Quantas caixas de picolé devo comprar? – Prendi a trança de Izzy com um elástico.

– Quantas você e a Izzy conseguirem carregar.

– Eu consigo carregar muitas! – Izzy levantou seu pequeno braço delicado e fez um músculo invisível.

Queria perguntar ao dr. Cone quais doces açucarados ele queria exatamente, mas ele já tinha se virado e seguido Jimmy pelo gramado de ervas daninhas até o escritório na garagem-celeiro.

Izzy se sentou no chão e enfiou os dedos minúsculos das mãos nos espaços entre os dedos dos pés. Ela tirou de lá tufos de sujeira preta enquanto cantava a música "Corte os jeans" de Sheba. Tive a sensação de que ela não tinha se lavado desde que a esfreguei na última quinta-feira à tarde.

– Você quer nadar depois que voltarmos do Eddie's ou quer tomar um banho? – Agachei-me ao lado dela e comecei a trançar o outro lado do cabelo.

Izzy deu de ombros e continuou mexendo na sujeira dos pés.

– Podemos decidir depois de comprar os picolés. – Eu a peguei no colo. Ela prendeu as pernas ao redor da minha cintura e saímos da cozinha cambaleando. Encontrei dois pés de chinelos no hall de entrada, cada um de um par diferente. Procurei pelo outro pé de um dos pares antes de decidir que não faria diferença.

Botei Izzy no chão perto da porta de entrada e posicionei os chinelos desiguais na frente dos pés dela.

– Olha, parecem dois picolés de sabores diferentes.

Eu podia ouvir a sra. Cone e Sheba no andar de cima e me perguntei o que elas estariam fazendo. O que fariam o dia todo enquanto Jimmy estava sendo curado?

Normalmente, para chegar ao Eddie's, passávamos pela minha casa. Naquele dia, tivemos de usar uma rota alternativa para não encontrar minha mãe, que certamente desaprovaria meus shorts curtos.

– Vamos pela Hawthorne – sugeri. Hawthorne era uma rua paralela à nossa, Woodlawn, o que significa que minha mãe raramente tinha motivo para dirigir pela rua Hawthorne, embora fizesse isso nos feriados para ver como as pessoas haviam decorado as casas.

Izzy pegou minha mão e foi dando pulinhos, enquanto eu dava passos mais largos para manter o ritmo dela. Observamos as grandes casas de ripas e telhas, a maioria tinha algum tipo de varanda e janelas coloridas. As cores eram todas coloniais, ditadas pela associação do bairro. As casas brancas tinham janelas pretas; as casas ocre tinham janelas bordô. As casas amarelas tinham janelas verdes e as casas verdes tinham janelas pretas. As casas azuis tinham janelas azuis mais escuras ou pretas.

As portas da frente eram de laca preta ou vermelha. E muitos dos tetos das varandas eram pintados de azul-celeste.

Izzy viu uma van de plástico da Barbie em um dos gramados e parou para brincar com ela. Imaginei que a dona não se importaria se Izzy brincasse um pouco, já que tinha deixado a van do lado de fora.

– Você acha que a Sheba e o Jimmy têm uma van? – Izzy perguntou.

– Talvez – respondi. – É possível que eles tenham muitos carros.

– Aposto que eles têm uma limusine.

– Podemos perguntar a eles.

– Não temos permissão para dizer a *ninguém* que eles estão aqui.

– Eu sei.

– O que é um viciado? – Izzy empurrou a van pela passarela de paralelepípedos em direção aos degraus da varanda.

– Hmmm, é uma pessoa que faz uma coisa que não é bom para ela, mas não consegue parar de fazer isso.

– Igual quando eu cutuco meu nariz?

– Não. Porque você para. Você cutuca e depois para.

– Mas a mamãe continua gritando comigo, PARE DE CUTUCAR O NARIZ! – Estávamos de volta à calçada agora. Izzy deixou a van na grama e pegou minha mão.

– Mas cutucar o nariz não é prejudicial para você. Os viciados usam drogas ou álcool.

Eu não mencionei a parte do sexo, ainda que a ideia de um viciado em sexo tenha envenenado meu cérebro desde que o dr. Cone mencionara o assunto. As palavras *viciado em sexo* apareciam na minha mente nos momentos mais estranhos. Eu nunca as proferi, mas elas pairavam sob meus lábios como uma boca cheia de cuspe implorando para ser esvaziada. Por exemplo, quando minha mãe me pediu para engomar os guardanapos, eu quis gritar: "Sim, viciada em sexo!". E quando Izzy e eu fomos à piscina pública de Roland Park e o salva-vidas tocou o apito para que Izzy andasse, tive vontade de dizer: "Não se preocupe, viciado em sexo, vou me certificar de que ela ande!". Talvez eu estivesse viciada nas palavras *viciado em sexo*.

Izzy falou pelo restante da caminhada. Ela nomeou todos os seus hábitos e atividades repetitivas para que tentássemos descobrir se ela era uma viciada.

– E o fato de eu fechar minha porta por causa da bruxa? – ela perguntou assim que chegamos ao Eddie's.

Um velho de pele marrom-escura de aspecto rachado abriu a porta para nós. Ele piscou para mim. Eu sorri e agradeci quando passamos. Aquele homem trabalhou abrindo aquela porta a vida toda. Ele sempre me cumprimentava ou sorria, embora eu nunca soubesse ao certo se ele se lembrava de mim.

– Você acredita na bruxa? – perguntei.

– O que você quer dizer?

– Talvez a bruxa esteja apenas na sua imaginação. – Fomos em direção ao corredor do freezer.

– Não. A mamãe e o papai nunca disseram que era imaginação.

Eu me perguntei por que um psiquiatra deixaria sua filha pensar que havia uma bruxa na casa.

– Então fechar a porta é uma coisa boa.

– Você acredita na bruxa?

– Acho que não. Eu nunca vi uma bruxa.

– Você acredita em Deus?

– Sim, é claro.

– Você já viu Deus? – Izzy sorriu. Fiquei imaginando se ela havia escutado esse argumento em outro lugar e o estava repetindo. Ou se era inteligente o bastante para pensar nele sozinha.

– Está bem, vou acreditar na bruxa. Vamos pegar um carrinho para não precisarmos carregar os picolés gelados nos braços. – No caminho de volta para a entrada, passamos por um homem de avental verde estocando uma prateleira. Uma mulher parecida com um pé de salsão conversava com ele. Pensei no que a sra. Cone disse a Sheba sobre o Eddie's ter um funcionário para cada cliente.

– Tenho uma ideia para um jogo, Izzy. Você conta as pessoas que estão fazendo compras e eu conto as que estão trabalhando.

Os carrinhos do Eddie's eram menores que os de supermercados comuns. Izzy subiu na frente do carrinho, apertou os dedos minúsculos na borda da gaiola de metal e deu um impulso para trás. Fiquei minimamente emocionada, pois era algo que eu sempre quis fazer. Fui proibida

45

pela minha mãe de subir em carrinhos de supermercado, ela acreditava que era o equivalente infantil a pilotar uma motocicleta sem capacete.

– Tudo bem. – Izzy balançou a cabeça e começou a contar. – Mas por quê?

– Para que possamos descobrir a proporção entre funcionários e clientes.

– O que é proporção? Perdi a conta.

– Vamos começar no corredor mais distante. Ainda não vamos fazer compras; vamos apenas caminhar e contar. Depois passamos pelos corredores novamente para fazer as compras.

– O.k.! – Izzy levantou o punho com entusiasmo. – Mas o que é uma proporção?

– É a comparação de um número com outro. Por exemplo, a proporção entre mim e você é de um para um. A proporção de você para os seus pais é de um para dois.

– Porque eu sou uma garota e meus pais são duas. Uma garota e um garoto, na verdade.

– Sim, exatamente. Há dois deles e uma de você. Dois para um.

– A proporção de mim para a bruxa é de um para um.

– Sim, mas eu estou do seu lado, então a proporção de nós duas para a bruxa é de dois para um.

– Nós somos um time.

– Somos.

– A proporção da Sheba e do Jimmy para você, eu, minha mãe e meu pai é de dois...

– Dois para quatro.

– Eu ia dizer isso.

Chegamos ao corredor mais à direita.

– O.k., vamos começar a contar. Aí caminhamos até a área dos caixas para você contar as pessoas na fila e eu, os operadores de caixa e empacotadores.

– Isso! – Izzy empunhou o braço novamente e quase caiu do carrinho.

– Pronta? – Estávamos paradas no fundo da mercearia. – Sem conversa até terminarmos a contagem. E não se distraia com as comidas nas prateleiras.

– Combinado. – Izzy assentiu com entusiasmo. Ela estava levando a tarefa muito a sério. – Espere!

– O que foi?

– Você acha que alguma dessas pessoas é viciada? – Um dia antes, eu teria dito "De jeito nenhum, não em Roland Park". Mas agora que conheci Jimmy e ele parecia ser normal – tão normal quanto uma estrela do rock pode ser –, era possível que qualquer um fosse um viciado. Quer dizer, quanto mais as palavras *viciado em sexo* surgiam na minha cabeça, mais convencida eu estava de que eu era viciada em sexo. Uma que ainda nem tinha beijado um garoto.

– Talvez – ponderei.

– É, talvez – Izzy repetiu. Ela não parecia incomodada com a possibilidade.

– Pronta?

– Pronta.

Empurrei o carrinho e começamos a percorrer os corredores mais estreitos. Quando viramos a esquina no corredor dos enlatados, tomei um susto. Minha mãe estava parada em frente à prateleira de sopas Campbell's, correndo uma das unhas cor-de-rosa pelas latas. Seu cabelo loiro estava preso em uma faixa azul e ela usava um vestido azul com a bainha branca recortada na altura dos joelhos. Eu tinha um vestido parecido que usava com frequência para ir à igreja.

Izzy olhou para mim e eu botei o dedo indicador sobre a boca, sinalizando para que ela fizesse silêncio. Devagar, dei ré, virei o carrinho e entrei no corredor ao lado.

– Mary Jane...

Balancei a cabeça violentamente e pus o dedo sobre a boca mais uma vez.

– Mary Jane, e a proporção? – ela perguntou.

Puxei a cabeça de Izzy para perto da minha e colei a boca contra a orelha dela.

– Estamos nos escondendo de uma pessoa que está no corredor ao lado – sussurrei.

– A bruxa?! – Izzy disse em voz alta.

Perguntei-me se alguém na casa dos Cone alguma vez na vida tinha sussurrado. Eles gritavam tanto que a gritaria começava a soar como um tom de voz normal para mim. E quando falavam em um tom de voz normal, quase parecia um sussurro.

– Bruxas odeiam supermercados. – Virei o carrinho novamente até que estivesse de frente para os caixas. Eu não tinha visão de todos eles, mas conseguiria ver caso minha mãe entrasse no do meio.

Então ela apareceu na outra extremidade do corredor em que estávamos.

Empinei o carrinho e disparei de volta para o corredor das sopas enlatadas. O que minha mãe estava fazendo na mercearia *agora*? Ela ia às compras toda sexta-feira pela manhã. Hoje era segunda! Ela já tinha feito as compras da semana!

Considerei puxar Izzy do carrinho e correr para fora da loja. Poderíamos esperar atrás das caixas de jornal, espiando para ver quando minha mãe sairia.

Então me lembrei da área dos suvenires. Não havia muita coisa lá: balas, caixas de bombom, algumas canecas de café e aventais com a palavra Eddie's impressa na frente. As rodas do carrinho balançaram e estalaram quando parei abruptamente, quase me chocando contra os suvenires.

– O que estamos fazendo? – Izzy perguntou em um grito sussurrado. – E a proporção?

– Vamos fingir que somos chefs! – Peguei dois aventais da prateleira e vesti um deles rapidamente. Passei a alça do outro pela cabeça de Izzy e o amarrei em volta da cintura dela. Parecia um vestido longo. Estava terminando o nó nas costas dela quando minha mãe apareceu.

– Mary Jane? – O corpo dela estava rígido e ereto como uma tábua de passar roupas.

– Mãe! Esta é a Izzy.

– Olá, querida. – Minha mãe acenou com a cabeça para Izzy, que a encarava, de boca aberta e olhos esbugalhados, como se ela fosse a bruxa. – É seguro andar no carrinho dessa forma?

– O que está fazendo aqui? – Ignorei a pergunta da minha mãe, e Izzy também não respondeu. Ela deve ter sentido que as palavras da minha mãe eram uma declaração de desaprovação disfarçada de pergunta.

– Seu pai ligou do trabalho dizendo que está com o estômago esquisito. Preciso mudar o menu do jantar de hoje à noite.

– Ah, coitado do papai.

– Por que vocês estão de avental? – A cabeça da minha mãe se inclinou para o lado. Eu quase podia ouvir os pensamentos dela. Ela não gostava de brincadeiras e claramente não aprovava o que parecia ser um jogo perigoso no meio de um supermercado.

– A sra. Cone me pediu para comprar aventais e pensei que seria divertido vesti-los enquanto fazemos as compras.

– Você está fazendo compras para a sra. Cone? – As sobrancelhas franzidas agora deixavam clara sua desaprovação. Para a minha mãe, as compras da casa eram um assunto sério.

– Precisamos de sorvetes – Izzy falou. A voz dela não estava animada e alta como de costume.

– Pensei em começar pelos aventais, para deixar as compras mais divertidas, sabe?

– Hmm. – Minha mãe fez que sim com a cabeça, me examinando. – Sugiro que você não os use até pagar por eles.

– Mas a Izzy está se divertindo. – Sustentei o olhar dela e sorri.

– Eu pensaria duas vezes, se fosse você. – Ela virou a cabeça na direção de Izzy, que se balançava na parte externa da gaiola do carrinho. – E você precisa ficar em segurança também.

– Tudo bem. Talvez fiquemos aqui por alguns minutos, só pela diversão. – Finalmente olhei para Izzy, que estava me encarando. Ela parecia confusa, mas também parecia saber que era melhor não dizer nada.

– Até mais tarde, querida. – Minha mãe se virou abruptamente e caminhou até o caixa mais próximo. Ela não olhou para trás. Eu podia sentir meu coração como um tambor no peito e sabia que ele não se acalmaria até que minha mãe estivesse fora da mercearia.

– Sua mãe é assustadora. – Izzy sussurrou de verdade dessa vez.

– Sério? – Nunca me ocorreu que ela pudesse parecer assustadora para alguém além de mim. Sua voz estava sempre em um tom médio, estável e calmo. Ela era extremamente arrumada. Asseada. Sem muitas rugas. O cabelo dela era mais loiro que o meu. Se ela tingia, eu não sabia.

– Ela bate em você?

– Não, não com frequência. – Ela me bateu na cabeça muitas vezes. Mas nunca me pôs ajoelhada de castigo. Meu pai também nunca me espancou, mas tinha um punho grande que ele estralava em silêncio quando estava com raiva. Geralmente, sua raiva era direcionada ao jornal ou às notícias. Meu pai não gostava de muitos políticos e odiava, particularmente, os chefes de Estado de países estrangeiros.

Quando minha mãe finalmente deixou a mercearia, meu corpo relaxou e senti o sangue correndo novamente, parecendo leite morno. Virei o carrinho e entrei com Izzy no corredor mais próximo.

– Ah, não. – Izzy olhou para mim, a boca sustentada no O da palavra não. – Não me lembro em que número parei a contagem para a proporção.

– Eu sim.

– Você se lembra do meu número?

– Sim. Bem. Não. – Uma coisa era mentir para a minha mãe; outra era mentir para Izzy. – Vamos começar a contar de novo partindo desse canto. Tudo bem?

– Tudo bem.

Devolvi os aventais antes de nos dirigirmos ao caixa. Izzy contou cinquenta clientes e eu contei vinte e seis funcionários.

– Portanto, nossa proporção é de vinte e seis para cinquenta – falei.

– E a proporção de você e eu para a bruxa é de dois para um.

– Sim. E a proporção de você e eu para a minha mãe é de dois para um.

– Porque estamos no mesmo time?

– Isso. – Puxei de leve uma das tranças de Izzy. – Estamos no mesmo time.

Eu segurava uma sacola de papelão em cada braço e Izzy segurava uma com as duas mãos na frente dela. Não eram muito pesadas, mas compramos bastante coisa: cinco caixas de picolés, seis pacotes de M&M's, cinco caixas de pipoca doce, cinco barras de chocolate Chunky e cinco Baby Ruth, três rolos de bala em formato de botão, seis colares açucarados – um para cada pessoa da casa – e punhados de chicletes Laffy Taffy e Bazooka. Esperava não ter comprado coisas de mais ou de menos. As instruções do dr. Cone foram tão vagas que o fracasso parecia altamente provável. Quando minha mãe me mandava ir ao Eddie's comprar alguma coisa para ela, as instruções eram específicas: *um pote de tempero Old Bay na embalagem retangular pequena, não no cilindro maior; uma cebola branca do tamanho do punho do seu pai, sem manchas marrons; e três cenouras, cada uma do tamanho do espaço entre o osso do seu pulso e a ponta do seu dedo médio.* Tudo o que o dr. Cone tinha dito era "alguns doces açucarados".

Uma vez que passamos pela rua que cruza com a minha, cortamos para a Woodlawn. A mulher loira estava do lado de fora cuidando do jardim novamente. Quando nos aproximamos, ela se sentou de joelhos, tirou o cabelo do rosto com as costas da mão enluvada e nos cumprimentou.

– Temos um monte de doces! – Izzy disse. Aproveitamos para fazer uma pausa.

Depositei meus sacos no chão e Izzy também pôs os dela. A mulher se levantou e caminhou até a beira do gramado até que estivesse bem do nosso lado.

– O que vocês compraram? – Ela espiou os sacos.

– Picolés e balas e pipocas e chicletes e... o que mais? – Izzy falou apontando para os sacos.

– Minha nossa! Que sortuda! – A mulher sorriu para Izzy. – Você é a babá do verão? – ela perguntou para mim.

– Sim. Estou trabalhando para o doutor e a sra. Cone.

– E eu sou a Izzy. – Izzy pegou uma das caixas de pipoca doce. – Podemos comer isso?

– Claro. – Peguei a caixa da mão dela, abri e devolvi.

Izzy enfiou sua mão pequena na caixa e puxou um punhado de pipocas com casca e amendoins presos nas lacunas como insetos em âmbar. – Quer um pouco? – ela perguntou para a mulher.

– Claro. – A mulher tirou as luvas e enfiou a mão na caixa. – Qual é seu nome? – ela perguntou para mim.

– Mary Jane Dillard.

– Ah, você é filha da Betsy e do Gerald. – Ela pegou um punhado de pipoca e enfiou na boca. – Conheci sua mãe no Elkridge. Meu marido e eu estamos pensando em virar membros do clube.

– Você conhece minha mãe e meu pai? – Izzy perguntou.

– Hmm... Quais são os nomes dos seus pais mesmo? Eu sou nova aqui, então estou começando a conhecer as pessoas.

– Mamãe e papai! – Pedaços de pipoca voaram da boca de Izzy enquanto ela falava.

– Bom, vou ter de ir até lá e me apresentar.

– O doutor e a sra. Cone estão bastante ocupados este verão – falei rapidamente.

– Meu pai é o Richard. – Izzy ofereceu a caixa de pipoca para a mulher, que pegou outro punhado e a passou para mim. – E minha mãe é a Bonnie.

– Eu sou a sra. Jones. Mas há três outras sras. Jones neste bairro, então vocês podem me chamar de Beanie.

– Beanie tipo feijãozinho?! – Izzy riu.

– É como meus pais me chamavam quando eu era pequena. Eu era tão magra que parecia um feijão-de-corda. Então o nome pegou e agora todo mundo me chama de Beanie.

– O sr. Beanie te chama de Beanie? – Izzy perguntou.

– O sr. Jones me chama de Beanie. Sim.

– Seus filhos te chamam de Beanie?

– O sr. Jones e eu não fomos abençoados com crianças ainda. – Beanie Jones sorriu. Quando a amiga da minha mãe, a sra. Funkhauser, falou sobre não ter filhos, ela parecia triste. Mas o sorriso de Beanie não era nem um pouco triste.

Ela virou a cabeça em direção à casa e então pude ouvir: através da porta da frente, que estava aberta, o telefone tocava.

– Ah, eu preciso atender! Divirtam-se, garotas. – A mulher correu em direção ao telefone.

– Devemos deixar o resto da caixa de pipoca para ela? – Izzy perguntou.

– Sim. – Dobrei o papel-manteiga e fechei a caixa antes de deixá-la no caminho de paralelepípedos.

– E se um cachorro comer primeiro?

– Ponha lá na varanda.

Izzy pegou a caixa, correu até a ampla varanda de piso azul e deixou a caixa em uma pequena mesa de vidro que ficava entre duas cadeiras almofadadas de ferro forjado.

Quando Izzy e eu entramos em casa, o telefone dos Cone tocava. Ninguém parecia estar a caminho de atendê-lo, então corri para a cozinha, deixei os sacos na mesa e procurei pelo telefone. Encontrei-o entre uma pilha de listas telefônicas e uma lata de café vazia da Hills Bros que continha lápis, canetas e uma régua de madeira suja.

– Residência dos Cone, aqui é a Mary Jane.

– Mary Jane! Você voltou. – Era o dr. Cone.

– Sim, trouxemos muitos doces.

– Ótimo. Você pode trazer um pouco até meu escritório?

– Tudo bem. Picolés e...

– Pode escolher. Apenas traga muitos doces.

– Está bem.

O dr. Cone desligou e eu fiquei encarando o telefone por um segundo antes de colocá-lo no gancho. Meu estômago se agitou. Eu ainda estava preocupada em levar os doces certos para o dr. Cone e Jimmy.

– Posso chupar um picolé? – Izzy perguntou.

– Apenas metade. Não quero estragar seu jantar.

Izzy rasgou uma das caixas e sentou no chão, removendo os picolés um por um. Percebi que ela estava procurando por uma cor específica. Os picolés começaram a derreter durante o caminho de volta, e as cores estavam transparecendo na embalagem.

– Roxo. – Izzy me entregou um picolé roxo. Posicionei o espaço entre os dois palitos contra a borda da mesa e dei um tapa na parte de cima com a base da palma da mão. O picolé quebrou em duas metades perfeitas. Arranquei a embalagem, dei metade para Izzy e enfiei a outra metade na minha boca. Segurei entre os lábios o pedaço de sorvete, que derretia, enquanto descarregava as guloseimas açucaradas na mesa da cozinha.

Em seguida, abri a porta do freezer e examinei a parte de dentro. Uma camada de gelo encrustada e velha cobria todo o compartimento, como se o abominável homem das neves tivesse vomitado lá. Poucas coisas podiam ser identificadas para além de uma forma: retângulo, bolha pontuda, caixa.

– Que tal limparmos o freezer hoje?

– O.k.!

Tirei alguns itens do freezer e os ajeitei sobre os pratos sujos na pia a fim de abrir espaço para os picolés. Então acomodei quatro das cinco caixas de picolé lá dentro, e enfiei a última em um dos sacos de compra vazios do Eddie's. Sobre os picolés no saco, coloquei duas caixas de pipocas e dois de cada dos outros doces.

– Eu já volto. – Saí pela porta dos fundos enquanto Izzy rolava de barriga para baixo e continuava chupando seu picolé. Eu estava ansiosa para saber se tinha acertado na escolha dos doces. Mas muito menos ansiosa do que fiquei quando esbarrei com a minha mãe no Eddie's, percebi.

Parei no meio do gramado, olhei para cima, em direção ao sol, e fechei os olhos por alguns segundos. Meu coração nem estava batendo forte. Na verdade, eu me sentia incrível.

4

Aprendi duas coisas na primeira semana em que Sheba e Jimmy ficaram hospedados na residência dos Cone. A primeira foi que viciados ingeriam muito açúcar para substituir as drogas e o álcool. A segunda foi que ser casada com um viciado parecia mais difícil que ser viciado.

Na maioria das manhãs, eu chegava e encontrava Sheba e Izzy esperando por mim na cozinha. Sheba não gostava de cozinhar, e ela e Izzy achavam que eu preparava os melhores cafés da manhã. Comecei a fazer viagens diárias ao Eddie's junto com Izzy, onde nos abastecíamos de ingredientes para preparar um bom café da manhã no dia seguinte: ovos, farinha, açúcar, fermento, bacon, xarope de bordo, manteiga e várias frutas. Além disso, pegávamos mais guloseimas açucaradas, especialmente pipoca doce, que Jimmy tinha declarado ser essencial para sua recuperação.

Sheba falava muito quando havia adultos na sala. Ela fofocava sobre outras celebridades e uma vez chegou a reclamar por horas de um diretor em particular que queria que ela tirasse a blusa para uma cena de equitação em que "não havia nenhuma razão lógica para que a personagem cavalgasse nua!". Muitas vezes, ela falava sobre como tinha sido difícil viver com Jimmy no ano anterior. Houve a festa do Oscar em que ele "cochilou" na mesa e a cabeça dele acabou caindo no prato; o jantar privado na casa de um produtor famoso, no qual ele desapareceu no banheiro por duas horas antes de sair tropeçando e adormecer no sofá, com a cabeça caída no colo da filha de dezesseis anos do tal produtor; e incontáveis voos – particulares e comerciais – em que ele vomitou no banheiro inteiro, fez xixi nas calças ou teve de ser carregado para fora do avião assim que pousaram. Tentei imaginar como ela havia aguentado ficar com ele durante tudo isso. E então meu cérebro viciado em sexo se perguntou se tinha algo a ver com atração, se ela, como eu, era uma viciada em sexo e simplesmente não conseguia se afastar do corpo de Jimmy. Ele era esbelto e musculoso. E tinha um cheiro que me fazia querer enfiar o rosto no peito dele. Era um cheiro quase selvagem, mas doce, suave.

Às vezes, Sheba recontava histórias do Jimmy viciado bem na frente do Jimmy sóbrio. Quando acontecia, ele dava de ombros, se desculpava e, mais de uma vez, olhava para o dr. Cone e dizia: "Preciso de você, doutor".

Quando ficávamos apenas eu, Izzy e Sheba, ela era quieta e curiosa, fazia perguntas sobre Izzy e eu. Era como se fôssemos estrangeiras. Sheba virou uma celebridade aos cinco anos de idade, então, na verdade, éramos estrangeiras para ela. Pessoas do país dos não famosos.

Na segunda semana da estadia de Sheba e Jimmy, ela estava sentada no banco da cozinha com Izzy ajudando-a a pintar. Eu estava no fogão preparando "pássaros no ninho",[4] como minha mãe tinha me ensinado.

Depois que virava as panquecas, eu fazia um buraco no centro – com um copo de bebida, já que os Cone não tinham o cortador circular de biscoitos que minha mãe e eu usávamos em casa –, no qual acomodava um ovo. O truque era colocar bastante manteiga na frigideira e deixar em fogo alto para que o ovo terminasse de fritar antes que a panqueca queimasse. Também punha uma pitada de sal. E quando finalizava com manteiga e xarope de bordo, ficava na proporção perfeita de salgado para doce.

– Quem coloriu esse maldito pênis? – Sheba perguntou.

Meu rosto queimou.

– A Mary Jane – Izzy respondeu, inclinando-se sobre o livro de colorir e olhando para o pênis.

– Você odeia pênis? – Sheba perguntou para mim.

---

4 Do inglês, *birds in a nest*, é um prato de café da manhã popular nos Estados Unidos. Em geral, é preparado com fatias de pão de forma, manteiga e ovos, mas o pão também pode ser substituído por panqueca americana. [N.T.]

– Uh... – Perdi o fôlego. – Bem, não. Acho que não. Eu nunca vi um.

– Eu já vi vários. – Izzy se concentrou nos papagaios do livro de colorir sobre a natureza.

– Você viu? – Ajeitei os pássaros no ninho em três pratos diferentes. O xarope e a manteiga já estavam na mesa, assim como três lugares postos com guardanapos de pano que Izzy e eu encontramos quando limpamos e organizamos a despensa.

– Sim, eu vejo o pênis do meu pai o *tempo todo*! – Izzy continuou colorindo. Eu conhecia os Cone o suficiente para saber que Izzy provavelmente tinha visto o pênis do dr. Cone enquanto ele saía do chuveiro ou descia até a lavanderia para procurar roupas limpas. Com exceção de Izzy, que precisava manter a bruxa do lado de fora, ninguém na casa fechava as portas. Eu mesma quase vi o pênis do dr. Cone uma vez, quando estava no corredor indo para o banheiro e passei pela porta aberta do quarto dele. Virei a cabeça muito rápido, mas mal consegui falar pelos trinta minutos seguintes. Tive certeza de que o dr. Cone me viu e fiquei preocupada que ele pensasse que eu estava olhando para o quarto deles de propósito porque eu era, possivelmente, uma viciada em sexo.

Sheba riu.

– Eu nunca vi o pênis do meu pai, mas costumava ver o dos meus irmãos o tempo todo. Garotos são ridículos. Eles acham que todas as pessoas do mundo querem ver seus pênis.

Obviamente, eu conhecia os irmãos de Sheba do programa de tevê que eles faziam juntos. Eles tinham aparência saudável, dentes brancos enormes e cabelos tão grossos que era possível perder um dedal no meio dos fios. Que estranho pensar neles com os pênis para fora.

Levei os três pratos, estilo garçonete, até a mesa e deslizei no banco ao lado de Izzy.

– O Jimmy quer que todas as pessoas do mundo vejam o pênis dele? – Izzy perguntou. Ela se inclinou mais para perto do desenho do papagaio. Seu rosto estava a uns sete centímetros de distância do livro enquanto ela pressionava, com força, um lápis de cor roxo contra a folha.

– O Jimmy não tem tempo para pensar nisso, porque assim que ele entra em um lugar, as mulheres... – Sheba olhou para Izzy. Ela deve ter percebido que estava conversando com uma criança de cinco anos, pois se sentou ereta e fechou a boca em uma linha fina.

Fiquei me perguntando o que as mulheres faziam quando Jimmy entrava em algum lugar. Elas pediam para ver o pênis dele?

Levantei-me e fui até a geladeira. Mudar meu corpo de posição talvez desviasse o assunto. Abri a porta de geladeira e olhei para dentro em busca de inspiração.

– Alguém quer suco de laranja? – Izzy e eu estávamos comprando suco natural espremido na hora no Eddie's. O sabor da polpa da fruta me deixou tão surpresa quando experimentei pela primeira vez que eu não queria mais beber outra coisa.

– Eu. – Sheba levantou a mão.

– Eu. – Izzy levantou a mão também. Ambas ainda estavam concentradas nos livros de colorir.

– Como você não tem irmãos... – Sheba disse enquanto eu entregava um copo de suco a ela. – Imagino que nunca precisou lidar com garotos da mesma forma que eu.

– Não. – Sentei-me no banco ao lado de Sheba. – Mas sempre pensei que seria divertido ter irmãos. – Na minha cabeça, meus irmãos cantariam junto comigo, como Sheba e os irmãos dela faziam na tevê.

– A Mary Jane e eu somos filhas ingênitas – Izzy disse.

– Unigênitas.

– É assim que se fala? – Sheba devorava o pássaro no ninho.

– Bem, é como a mãe das minhas melhores amigas gêmeas se refere a mim.

– As melhores amigas dela estão em um acampamento. – Izzy gostava de ouvir histórias sobre as gêmeas Kellogg e o que fazíamos quando estávamos as três juntas. Elas tocavam piano, eu cantava. Organizávamos torneios de xadrez com a mãe delas. Andávamos por aí usando pernas de pau. Costurávamos blusas com decote cruzado que minha mãe nunca me permitiria usar. Pedalávamos até a biblioteca pública de Roland Park ou até o Eddie's, onde dávamos uma olhada nas coisas em geral.

– Seus pais te mimam muito? – Sheba perguntou. – Já que você é filha única.

– Hmm. Não. – O que minha mãe fazia podia ser considerado mimar? – Meu pai parece não me notar, ele raramente fala comigo. E minha mãe gosta que eu a ajude com as coisas. Cozinhar e tal, sabe? – Na minha cabeça, minha família era como todas as outras famílias do bairro, exceto os Cone, é claro.

– Então seu pai te ignora? Isso é horrível! Como alguém poderia ignorá-la, Mary Jane? Você tem tanto charme. – Sheba continuou colorindo, como se não tivesse dito nada fora do comum. Mas tudo o que ela disse parecia surpreendente e incomum. Nunca me ocorreu que poderia ser ruim o fato de meu pai me ignorar. Pensei que fosse algo natural dos pais. E a ideia de eu ter charme era igualmente surpreendente. Com exceção dos professores parabenizando meus trabalhos, eu havia recebido poucos elogios na vida.

– Hm... – Não encontrei palavras para responder. Fogos de artifício explodiam no meu cérebro.

– Você gosta de ir à igreja? – Sheba perguntou, evitando que eu continuasse pensando no meu possível charme e no meu possivelmente terrível pai.

– Eu adoro a igreja – falei. – Canto com minha mãe durante as aulas de catequese e também no coral.

– Ah, vou a um culto te ouvir cantar – Sheba disse. – Adoro corais de igreja. Eu costumava fazer parte de um.

– Eu sei. – Uma das razões pelas quais eu podia assistir ao programa de variedades de Sheba era porque ela e os irmãos sempre encerravam com uma música da igreja. Eles diziam ao público que a música era da igreja de Oklahoma, sua cidade natal. Sempre me perguntei em que momento eles viveram em Oklahoma. Até onde eu sabia, a família morava em Los Angeles.

– Eu poderia usar uma peruca – Sheba disse. – Eu trouxe umas sete para cá.

– Quero usar uma peruca e ir à igreja – Izzy falou.

A conversa terminou quando a sra. Cone entrou na cozinha vestindo uma calça estilo a do gênio da lâmpada e um sutiã de renda vermelha.

– Mary Jane, você sabe onde está minha blusa rosa? – ela perguntou.

– Na roupa que a Izzy e eu passamos. – Levantei-me do banco e fui até a sala de tevê, onde tinha deixado as roupas passadas em duas pilhas alinhadas.

– Nós passamos tudo! – Izzy gritou. Passar roupa tinha sido uma das nossas atividades de sexta-feira. Izzy ficava feliz em fazer tarefas domésticas tanto quanto qualquer outra coisa, então eu conseguia resolver três necessidades de uma só vez: manter Izzy ocupada e entretida, ensiná-la a cuidar de uma casa e uma família, e organizar a residência dos Cone.

Quando voltei com a blusa, Sheba conversava com a sra. Cone sobre uma mulher a quem se referiu como "aquela vadia".

– ... oferecendo drogas para um viciado! – Sheba disse.

– Terrível. – A sra. Cone estava no meu lugar, comendo o restante do meu pássaro no ninho. Seus olhos estavam fixos em Sheba.

– E ele simplesmente não consegue dizer não. Ele agrada qualquer mulher como se cada uma delas fosse a mãe dele, a quem ele foi absolutamente incapaz de agradar.

– Eu posso imaginar. – A sra. Cone terminou meu café da manhã.

Entreguei a blusa para ela e fui até o fogão.

– Alguém quer mais pássaro no ninho?

– Ah, querida Mary Jane, eu comi o seu! – A sra. Cone foi tão simpática que eu não consegui ficar brava. – Você se importa de fazer mais? Um para você e outro para mim.

– E para mim também – Sheba disse.

– Eu quero só o ninho. – Izzy coloria freneticamente um desenho de girassóis.

Eu estava orgulhosa da minha capacidade de cozinhar para todos. Em casa, nunca tinha preparado nada sem supervisão. Não percebi a quantidade de coisas que eu era capaz de fazer sozinha até começar a trabalhar na casa dos Cone. Nos últimos dias, estava pensando que talvez devesse cozinhar o jantar uma noite, para que eles não tivessem de comer comida de delivery ou o que quer que eu tivesse pegado para viagem no balcão de comidas prontas do Eddie's. Mas temia que a oferta soasse ridícula: uma garota de catorze anos preparando uma

60

refeição para uma família. Ainda assim, o café da manhã parecia ter sido um sucesso, então me arrisquei.

– Querem que eu cozinhe hoje à noite para que vocês não precisem jantar comida pronta?

– Ah, Mary Jane, eu ia adorar se você fizesse o jantar – Sheba respondeu, como se a decisão fosse totalmente dela.

– Isso seria fabuloso! – A sra. Cone vestiu a blusa e começou a abotoá-la de baixo para cima, o caminho oposto do que minha mãe tinha me ensinado. "Comece pelo topo, para preservar sua modéstia, e depois desça."

– Você vai ficar e jantar comigo, né, Mary Jane? Eu sinto sua falta no jantar.

– Claro que ela vai comer com a gente. – A sra. Cone abotoou o último botão. – Você se importa de preparar o jantar?

– Não, eu adoraria. Quer dizer, acho que a Izzy e eu precisamos limpar a geladeira primeiro, mas, quando fizermos isso, saberei exatamente quais ingredientes vocês têm disponíveis, aí posso me planejar.

– Talvez você possa cozinhar durante todo o verão – Sheba falou. – Eu realmente acho que o Jimmy precisa de vegetais frescos e uma carne que não tenha sito frita em uma grelha ou na frigideira.

– Você ainda é vegetariana? – perguntei à sra. Cone. Tínhamos adicionado palitinhos de carne da marca Slim Jim à nossa compra diária no Eddie's. Jimmy os adorava e disse que gostaria de alternar as guloseimas doces com palitinhos Slim Jim. Ao ouvir isso, a sra. Cone abriu um palitinho e uma barra de chocolate para dar mordidas alternadas. Eu não tinha certeza se Slim Jims contavam como carne ou não. Não parecia carne, tal qual pipocas doces não pareciam milho.

– Você é vegetariana? – Sheba perguntou. – Não. Pare. Este não é o momento para ser vegetariana.

– Tudo bem! Eu sou tranquila! – A sra. Cone riu.

Jimmy entrou na cozinha usando apenas uma cueca samba-canção.

– Oi. – Ele passou os dedos pelo cabelo desgrenhado. Tinha uma tatuagem do Pica-Pau na parte interna da coxa. Tentei não olhar por ser perto demais do seu pênis.

Sheba ficou de pé, foi até ele e o abraçou e beijou como se ele tivesse passado um mês fora.

– Oi, amor, você está bem? A Mary Jane pode preparar alguns ovos na caminha...

– Pássaros no ninho! – Izzy gritou.

– Sim, sim, claro – Jimmy respondeu. – Sobrou pipoca doce?

Corri até a despensa e peguei uma nova caixa de pipoca doce. Jimmy se sentou onde Sheba estava. Entreguei-lhe as pipocas. Sheba se sentou ao lado dele e Izzy escorregou mais para a ponta do banco. Voltei para o fogão, virei as panquecas e cortei o centro de três delas. Jimmy olhava para mim enquanto eu quebrava os ovos. Sorri nervosa e tentei não encarar a penugem que cobria todo o peito dele ou a tatuagem com padrão de toalha de mesa que descia por um dos seus braços.

– Tem café? – Jimmy perguntou.

– Sim, bem aqui. – Encontrei a cafeteira durante a limpeza que Izzy e eu fizemos na despensa, e preparava um bule de café fresco toda manhã. Eu não sabia se alguém bebia café no primeiro dia em que fiz isso, mas como o bule estava quase vazio ao meio-dia, parecia uma tarefa que valia a pena fazer. Enchi uma xícara para Jimmy e a levei até a mesa.

– Você é um anjo na Terra, sabia disso? – Jimmy olhou para mim tão intensamente que não consegui falar por um segundo. Os olhos dele pareciam disparar eletricidade.

– Anjo Mary Jane. – Izzy suspirou, ainda colorindo.

– Alguém mais quer café? – Desviei meus olhos de Jimmy. Eu era viciada em sexo? Foi por isso que eu continuei olhando para o corpo quase nu dele?

O dr. Cone entrou na cozinha.

– É você quem está fazendo o café? – ele perguntou.

– Eu parei de beber café quando parei de comer carne – a sra. Cone disse.

– Chega. – Sheba apontou para a sra. Cone. – De agora em diante, você bebe café e come carne. Entendeu? Nada de álcool e drogas, mas muito café e carne.

– E açúcar – completou Jimmy.

– Tudo bem! – A sra. Cone riu de novo. – Vou comer carne e beber café.

– VIVA! – Izzy levantou dois lápis de cor no ar.

Depois que o dr. Cone e Jimmy voltaram para o escritório e a sra. Cone e Sheba subiram, Izzy e eu começamos a arrumar a geladeira.

– Vou dizer se ainda está bom ou ruim – falei. – Se estiver ruim, você enfia no saco de lixo. Se estiver bom, ponha na mesa.

Nós duas olhamos para a mesa. Estava abarrotada de livros para colorir, gizes de cera, pratos e xícaras de café. Izzy compreendeu a expressão no meu rosto e foi até a mesa, onde começou a empilhar os livros. Eu a segui.

– Acelera! – Queria que a limpeza fosse rápida para que eu pudesse chegar à geladeira, descobrir o que preparar para o jantar e ir ao Eddie's comprar o que fosse necessário.

Izzy ria enquanto enfiava gizes de cera dentro da caixa em movimentos rápidos. Levei os pratos diretamente para a lava-louças, que eu tinha esvaziado no início da manhã. Além dos livros de colorir, havia outros sobre a mesa: *A interpretação dos sonhos* de Freud e cinco edições de *O diário de Anaïs Nin*, cada uma com uma capa diferente. Peguei os livros e os levei para a sala de estar, onde havia estantes embutidas abarrotadas. Nas últimas semanas, estive recolhendo os livros por toda a casa e os empilhando em frente às prateleiras, planejando, eventualmente, organizá-los por ordem alfabética. Imaginei que ajudaria Izzy a se preparar para o jardim de infância no outono.

Uma vez que a mesa estava limpa, voltei para a geladeira. Izzy ficou por perto, segurando um saco de lixo aberto com as duas mãos.

O primeiro item que tirei foi uma coisa marrom embrulhada em papel-alumínio, grossa e semigelatinosa.

– Ruim. – Joguei no saco.

– Ruim. – Izzy olhou para dentro do saco.

Em seguida, peguei um pires contendo uma fatia de algo cintilante, que poderia ter sido carne, originalmente, mas agora era coberto por uma camada de penugem verde musgosa.

– Ruim.

63

– Ruim – Izzy repetiu.

Pulei para a gaveta de vegetais, pois era um espaço menor para limpar e me daria sensação de dever cumprido mais rápido. Havia várias cebolas soltas e quase sem casca, com buracos pretos e sujeira encrostada na primeira camada.

– Ruim. Ruim. Ruim. Ruim. Ruim.

– Ruimruimruimruimruim – Izzy disse.

Com a ponta do polegar e do indicador, removi três sacos de alface mole e meio decomposta.

– Ruim. Ruim. Ruim.

– Ruuuuuim – Izzy rugiu.

As laranjas estavam molengas como gelatina. As maçãs tinham a casca enrugada. E havia uma criatura verde multidimensional florescendo em um saco que não pôde ser identificada.

Quando não sobrou nada na gaveta, dirigi-me para as prateleiras. Peguei um frasco de vidro oleoso que parecia conter dedos acinzentados flutuando em água turva e suja.

– O que é isso? – Izzy perguntou.

– Se não identificamos o que é, é ruim. – Entreguei o pote a Izzy para que ela pudesse examiná-lo melhor.

– Parecem polegares.

– Ah! Pensei que fossem dedões do pé. Mas acho que você está certa.

– Você acha que a bruxa enfiou os polegares aqui?

– Não.

– Eu acho que ela enfiou. – Izzy depositou o pote no saco de lixo.

– Ruim. – Uma barra de chocolate aberta que estava branca como giz.

– Ruim. – Um pedaço de queijo cheddar quase completamente verde, com exceção do canto mais distante da abertura na embalagem transparente.

– Ruim. – Cenouras, que deveriam estar na gaveta de vegetais, molengas como espaguete cozido além do ponto.

– Bom. – Empunhei um vidro de mostarda dijon e o entreguei a Izzy.

– VIVA! – Ela colocou o saco de lixo no chão e correu até a mesa para deixar a mostarda.

64

– Ruim. – Uma caixa vazia de suco de laranja.

– Ruim. – Iogurte lacrado que tinha vencido havia três meses.

– Ruim. – Taco consumido pela metade, meio embalado em papel-alumínio e com pontos de bolor que pareciam pequenos brotos de couve-flor.

– Bom. – Ergui um frasco de cerejas ao marrasquino.

– O que é isso?

– Cerejas ao marrasquino. Elas são bem doces.

– Posso provar uma?

– Sim. – Abri o frasco e puxei uma cereja. – Quer saber, talvez tenha sido a bruxa quem deixou as cerejas na geladeira. Talvez ela seja uma bruxa do bem.

– Existem bruxas do bem?

– Claro. – Lancei a cereja na boca aberta de Izzy. Ela mastigou devagar.

– Gostei da cereja.

– É definitivamente comida de bruxa boa. Bruxas do bem comem muitas cerejas ao marrasquino.

– Como você sabe?

– Li a respeito em um livro.

– Posso comer mais uma?

– A última. – Enfiei outra cereja em sua boca e então pus o frasco na mesa.

De volta à geladeira, recolhi três recipientes de mingau molenga em cores que variavam do verde ao marrom. As etiquetas de preço do Eddie's no topo estavam borradas devido ao tempo e à oleosidade.

– Ruim, ruim, ruim.

Izzy abriu um dos recipientes e cheirou. Ela jogou a cabeça para trás antes de cheirar de novo.

– Feche isso – falei. – O fedor está empesteando a cozinha. – O cheiro era de detritos de peixe no calor, só que intensificado.

Izzy cheirou mais uma vez, os olhos apertados como se ela sentisse dor.

– Mary Jane! É tão ruim que eu NÃO CONSIGO PARAR!

Eu entendia o impulso. Às vezes, as gêmeas e eu desafiávamos umas às outras a cheirar o queijo limburger da mãe delas, que geralmente ficava armazenado na geladeira. Ainda assim, peguei o recipiente das mãos de Izzy, fechei a tampa e o joguei no saco de lixo.

Não demorou muito para que o saco estivesse quase cheio; e a geladeira, quase vazia.

Eu tinha comprado produtos de limpeza e luvas no início da semana. Minha mãe usava luvas para proteger as unhas recém-feitas na manicure. Nem eu nem Izzy íamos à manicure, mas parecia divertido usar luvas de qualquer maneira. Esfregamos as prateleiras e gavetas até que o interior da geladeira estivesse novo em folha. Então nos afastamos, deixamos a porta aberta, e observamos admiradas.

A sra. Cone e Sheba entraram na cozinha. Sheba usava uma peruca loira curta e óculos de sol gigantes. Seu corpo parecia magro e curvilíneo em um macacão floral apertado. Eu nunca tinha visto ninguém vestido daquela forma em Baltimore. Se a intenção dela era passar despercebida, estava longe disso.

– Acho que nunca vi a geladeira assim. – A sra. Cone estava na porta, sorrindo. Ela vestia a blusa rosa e a calça saruel, e tinha amarrado um lenço floral cor-de-rosa em volta da cabeça, o que a deixou parecendo uma dançarina.

– Vocês duas estão muito bonitas.

– Ah, obrigada. – A sra. Cone se aproximou e beijou o topo da minha cabeça. Ninguém nunca tinha me beijado daquele jeito. Nem minha mãe nem meu pai. Às vezes, eu recebia um tapinha nas costas, ou um aperto da minha mãe que poderia parecer um abraço. Mas beijo na cabeça era completamente novo para mim. O que você deveria fazer quando alguém te beijava dessa maneira? Ficar parada? Agradecer? Corei, e então agarrei Izzy e a puxei para perto de mim, porque minhas mãos repentinamente precisavam de algo para fazer.

– Nós vamos almoçar – Sheba disse. – Vocês acham que alguém vai me reconhecer?

– Acho que ninguém, nem em um milhão de anos, esperaria que você estivesse em Baltimore, então provavelmente não irão te reconhecer. Mas aposto que vão te encarar, porque... – Eu estava envergonhada demais para continuar.

– Nós vamos fazer o jantar! – Izzy falou.

– Eu sei. – A sra. Cone se inclinou sobre Izzy e beijou a cabeça dela três vezes antes de virar o rosto de Izzy para cima e beijar as bochechas gorduchas dela.

No momento em que os beijos aconteciam, o dr. Cone entrou correndo na cozinha, o cabelo todo desgrenhado. Ele deixou a porta dos fundos aberta e eu pude observar Jimmy caminhando pelo gramado, comendo uma caixa de pipocas doces.

– A acoplagem do *Apollo-Soyuz* está passando na tevê agora! – o dr. Cone se dirigiu para a sala enquanto Jimmy entrava na cozinha.

– Temos que ver isso, cara – ele falou com a boca cheia de pipocas. – A Rússia e os Estados Unidos em união no espaço. Essa merda é histórica pra caralho. – Jimmy caminhou até a sala de tevê, seguido por Sheba, pela sra. Cone, Izzy e eu. Parei na soleira da cozinha, observando a sala da família.

– O que é merdahistóricapracaralho? – Izzy perguntou, sentada no colo do pai. Nenhum dos adultos pareceu notar que Izzy tinha acabado de falar um palavrão.

O dr. Cone apertou um botão no controle remoto grosso, do tamanho de um tijolo, e aumentou o volume. A sra. Cone se sentou no sofá, ao lado do marido. Jimmy estava sentado do outro lado dele, os ombros dos dois se tocavam. Sheba se aconchegou aos pés de Jimmy e passou os braços ao redor das panturrilhas dele. Pareciam uma ninhada de filhotes.

– Mary Jane! – Jimmy chamou. – Traga essa bunda para cá. Isso é his-tó-ria!

– Aqui, Mary Jane. – Sheba deu um tapinha no tapete felpudo ao lado dela. Entrei na sala e me sentei, minhas costas estavam perigosamente perto das panturrilhas do dr. Cone. Izzy saiu do colo do pai e se aninhou no meu; o peso dela empurrou minhas costas contra a perna do dr. Cone. Olhei para cima e vi que a sra. Cone tinha se enfiado embaixo do braço do marido. Sheba pousou a mão no meu joelho e, naquele momento, cada corpo na sala se conectou em uma unidade de pernas e braços entrelaçados. Ficamos olhando em silêncio para a tevê enquanto um astronauta norte-americano se inclinava para fora da sua espaçonave e apertava a mão de um astronauta russo debruçado sobre a nave espacial de seu país.

– Ainda não entendi o que está acontecendo – Izzy disse. – Eles estão na Lua?

– Não, estão apenas se conectando – Sheba explicou. – As espaçonaves se conectaram e agora as pessoas estão se conectando.

– Assim como nós – sussurrei no ouvido de Izzy. Ela assentiu e se aninhou ainda mais fundo no meu colo.

Ninguém ficou para ouvir os repórteres discutirem o momento. O dr. Cone e Jimmy voltaram para o escritório-garagem-celeiro. Sheba e a sra. Cone saíram para almoçar. Izzy e eu voltamos para a cozinha, onde peguei o telefone e liguei para minha mãe. Ela atendeu ao primeiro toque. Eu sabia que ela estava na cozinha preparando o jantar antes de sair para o clube.

– Mãe, eu preciso ficar aqui na casa dos Cone para o jantar esta noite.

– Mas eu estou preparando rocambole de carne com batatas fritas.

– Eles querem que eu cozinhe. A sra. Cone não pode...

– Ela não pode fazer o jantar?

– Não, não pelo resto do verão. Eles pediram que eu fizesse o jantar.

Houve silêncio por um momento. Eu não tinha certeza se minha mãe estava duvidando da minha mentira ou se ela lamentara que eu não estivesse em casa para ajudá-la a preparar o rocambole e as batatas fritas. Ou talvez ela sentisse falta da minha companhia na mesa de jantar. Afinal, meu pai raramente falava.

– Você pode fazer isso? Consegue preparar o jantar sozinha? – ela disse finalmente.

– Acho que consigo, mãe.

– Por que a sra. Cone não pode cozinhar?

– Uma doença – falei. – Não tenho certeza do quê. – Minha segunda mentira para minha mãe.

– Ah – ela arfou. – Espero que não seja câncer. Talvez seja por isso que eles te contrataram, para começo de conversa.

– Sim. Talvez. – Eu nunca tinha mentido para os meus pais até começar a trabalhar na casa dos Cone. E, embora eu me sentisse mal por estar me transformando em alguém diferente, uma garota que escondia coisas dos pais, a recompensa parecia valer a pena. Eu poderia jantar todas as noites com Sheba e Jimmy. E Izzy! Como eu poderia *não* mentir?

– Vou até aí te ajudar.

– Não, mãe. Eles não estão deixando ninguém entrar na casa.

– Ah, essa não. Está bem. Me ligue se precisar de ajuda. O que ela quer que você prepare esta noite?

– Ela não disse. Apenas carne e vegetais.

– Ah, Mary Jane. Ela deve estar bem doente.

– Que tal eu cozinhar a mesma coisa que você? – sugeri rapidamente para distraí-la. Funcionou.

– Rocambole de carne, batatas fritas e salada iceberg com fatias de tomate e molho ranch.

– Certo. E a sobremesa?

– Sorvete de laranja. Apenas uma bola com três biscoitos wafer partidos ao meio e enfiados no centro da bola de sorvete, como uma flor desabrochando.

– Posso fazer isso.

– Lembre-se de saltear o recheio do rocambole antes de misturar com a carne e a farofa de pão. Assim fica mais saboroso.

– Cebola e... – Tentei lembrar exatamente o que adicionávamos na mistura para fazer rocambole.

– Cebola, salsão em cubos, alho em pó, sal e pimenta.

– Certo, posso fazer isso.

– E frite as batatas em gordura vegetal, não na manteiga. Elas ficam melhores em gordura vegetal.

Izzy adorou ajudar na preparação do jantar. Ela se sentou no banquinho da cozinha e refogou o recheio do rocambole de carne na frigideira. Misturou leite no molho ranch e dispôs os tomates cortados sobre as fatias de alface. Salgou as batatas à medida que as fritávamos na gordura vegetal. E montou as flores de biscoitos wafer nas tigelas de sorvete, que preparamos com antecedência e guardamos no freezer recém-espaçoso.

Enquanto o rocambole de carne cozinhava, fomos arrumar a sala de jantar. A mesa estava tão cheia de coisas que não havia uma superfície livre.

– Vamos fazer isso metodicamente – falei.

– O que isso significa? – Izzy pôs as mãos no quadril, assim como eu.

– Vamos ajeitar todas essas coisas de forma organizada.

– Devemos fazer "ruim/ bom" novamente?

– Sim, é uma ótima ideia. Pegue um saco de lixo.

Izzy desapareceu na cozinha. Eu estava começando a entender que uma das vantagens de ter uma criança por perto era que elas sempre podiam fazer tarefas como sair correndo e pegar um saco de lixo. Eu fazia coisas assim para minha mãe e agora Izzy estava fazendo para mim.

Ela voltou com um saco de lixo e dois pares de luvas.

– Acho que não precisamos das luvas.

– Acho que precisamos. – Ela vestiu um dos pares. Eles ficavam frouxos nas pontas, os dedos caídos como castiçais derretidos.

– Quando eu te entregar livros, ponha-os nas pilhas em frente às estantes da sala de estar. Pratos ou utensílios de cozinha vão para o balcão da cozinha.

– E o lixo vai aqui. – Ela sacudiu o saco de lixo.

– Sim. Mas você não pode ficar segurando o saco. Você precisa estar a postos para carregar as coisas pela casa. As roupas podem ficar nos degraus para subirmos mais tarde. Sapatos também. O.k.?

– O.k. – Izzy me encarou com o olhar determinado. Como se ela fosse ser avaliada por essa tarefa.

Dei a volta na mesa e juntei os livros, que entreguei a Izzy em pilhas de três ou quatro. Cada vez que ela voltava, eu entregava outra pilha. Quando os livros acabaram, começamos a juntar o lixo: recipientes de delivery vazios, recibos da mercearia, embalagens de doces, jornais velhos, duas caixas de pizza vazias e um monte de correspondências velhas. Encontrei o outro pé de um dos chinelos de Izzy que estavam no hall de entrada, e também o maiô laranja que ela queria usar quando havíamos ido à piscina na semana anterior durante a tarde.

Finalmente, tudo o que restou na mesa foi uma vitrola acústica, uma dúzia de discos e uma grande coleção de projetos de artes de Izzy. Peguei os discos e os analisei. Três deles eram do Running Water, todos com uma foto da banda, Jimmy sempre no meio. Em uma das capas, a camisa dele estava aberta até a altura do cós da calça. Em outra, ele estava sem camisa e parecia estar sem calça também, embora a imagem terminasse antes que você pudesse saber ao certo. Ele encarava o espectador nos olhos, da mesma forma que olhou para mim durante o café da manhã. Como se estivesse te desafiando a desviar o olhar. Como se fizesse uma pergunta com os olhos. Como se você tivesse o dever de saber qual era a pergunta e ser capaz de respondê-la com os próprios olhos. Mas eu não sabia como responder a nenhuma pergunta com os olhos. Eu nem sabia que as pessoas eram capazes de olhar dessa maneira. Até conhecer Jimmy.

– Deveríamos pôr um álbum para tocar enquanto terminamos de limpar? – perguntei.

– Sim. – Izzy posicionou o punho abaixo do queixo como se fosse um microfone e começou a cantar uma música que soava vagamente familiar. Talvez eu a tenha ouvido no rádio na casa das gêmeas.

– Você escolhe. – Ergui os álbuns do Running Water. Izzy apontou para aquele com o Jimmy pelado.

– Enquanto ponho o álbum, você pega seus projetos de artes e os divide em duas pilhas. Mantemos uma delas na sala de tevê e a outra pode ser armazenada no porão. – Eu não ousaria sugerir que parte dos projetos de Izzy fosse jogada fora, mas era exatamente o que eu estava pensando. A meu ver, uma ou duas peças de cada categoria era o suficiente. Nós realmente precisávamos de cinco potes de cerâmica, cada um parecendo o corpo disforme e espinhento de uma criatura de poça de maré?

Izzy subiu em uma cadeira com encosto escalonado e pegou as pinturas, os desenhos, as esculturas feitas com papel-alumínio e macarrão e os potes de cerâmica. Coloquei o toca-discos no chão e fui até a sala de tevê, onde tinha visto dois alto-falantes, cada um do tamanho de uma caixa registradora. Levei os alto-falantes para a sala de jantar e os pluguei na tomada e no toca-discos. No meio deles, fiz uma pilha com os álbuns, tal qual livros entre aparadores. Eu tinha visto outros álbuns pelo meio da casa. Talvez Izzy e eu fizéssemos uma caça ao tesouro para encontrar a coleção.

Enfiei o buraco do disco no pino prateado e girei o botão para 33-1/3.[5] Levantei e soprei a agulha só porque tinha visto alguém fazer isso em um filme. Depois a posicionei na borda externa do disco. Tomei um susto quando a música começou – eu não tinha percebido que o volume estava tão alto. Em vez de abaixar o volume, eu me afastei e segurei na mão de Izzy como se quisesse me equilibrar. Depois dos sons vibrantes da guitarra, o tom da música cresceu com Jimmy primeiro gritando e depois cantando em um tom de voz que me lembrava nozes misturadas com xarope de bordo: áspero e doce ao mesmo tempo. Izzy cantou junto. Ela sabia a letra inteira.

Jimmy murmurava *"Trovejando arrepios pela minha cabeça – oooh, baby, yes – pela minha cabeça...".*

Adorei a batida da música, era como sentir palpitações na superfície da minha pele. E eu adorava o som rouco e açucarado da voz de Jimmy. Era igual à maneira como ele falava, só que mais potente, mais alerta, como se ele tivesse acordado de um pesadelo mortal e percebido que estava realmente vivo.

Gravei as melodias bem rápido e comecei a cantarolar, harmonizando em cada música. Cutuquei Izzy e continuamos cantando enquanto examinávamos e guardávamos as artes dela. Em seguida, organizamos o restante das coisas: catálogos de roupas da Sears e da JCPenney, cardápios de delivery de comida chinesa, instruções de montagem de uma prateleira de sapatos que eu nunca tinha visto e bijuterias que deduzi serem da sra. Cone.

Quando a mesa estava completamente vazia, paramos em frente ao toca-discos; Izzy cantava a última música do lado A do álbum. Ela cantou com a mão enluvada em punho, sacudindo os quadris minúsculos. Mexi um pouco o corpo, acompanhando a música, fingindo ser alguém que dançava.

---

5 O disco de 33 rpm, também conhecido como "LP" (Long Play), foi inventado em 1948 e é a forma mais popular de disco de vinil encontrada no mercado. [N.T.]

Quando a música terminou, levantei a agulha, virei o disco e coloquei o lado B para rodar. A primeira música era lenta e calma. Izzy não estava cantando junto.

– Izzy, embaixo da pia da cozinha tem um lustra-móveis de limão. Traga junto com aqueles panos de limpeza que fizemos.

– Um o quê?

– Lustra-móveis de limão. É uma lata de spray amarela. Comprei no Eddie's na semana passada, lembra?

– Sim. Você disse que a gente ia limpar madeira.

– Exatamente. Mas, primeiro, tínhamos de encontrar a madeira para limpar. E veja só. – Levantei-me e apontei para a mesa de madeira empoeirada e opaca. Era grande o suficiente para acomodar dez ou doze pessoas.

– Entendi. – Izzy correu para fora da sala e voltou segundos depois com o lustra-móveis e uma pilha de panos que eu fiz a partir de uma camisa velha e rasgada da Brooks Brothers que o dr. Cone tinha jogado no lixo.

– Você vai adorar isso. – Entreguei um dos panos para Izzy. – Eu borrifo e você esfrega o pano em movimentos circulares no local onde borrifei. A mesa vai ficar tão brilhante e cheirosa que você vai querer lambê-la.

– Eu posso?

– O quê?

– Lamber. Posso lamber a mesa depois de limpar?

– Não. Provavelmente é venenoso.

Os olhos de Izzy se arregalaram.

– Você acha que a bruxa quer nos envenenar?

– Não. Fui eu que comprei o lustra-móveis, não a bruxa. E eu acho que ela é uma bruxa boa. Ela deixou as cerejas na geladeira.

– Sim. Pode ser. – Izzy apertou os olhos, então começou a bradar o refrão da música lenta.

Esperei o refrão terminar e borrifei. Izzy subiu em uma cadeira, inclinou-se sobre a mesa e esfregou. Borrifei em outro ponto. Izzy levantou o joelho bem alto, como se estivesse atravessando um riacho pedra

73

por pedra, e se moveu para a cadeira ao lado. Esfregou. Eu borrifava; ela mudava de cadeira e esfregava novamente. Dessa forma, percorremos a mesa, Izzy cantando e eu murmurando por todo o caminho. Estávamos no final da mesa, ou no começo – chegamos ao ponto de onde partimos –, quando Jimmy e o dr. Cone entraram na sala.

Minhas mãos começaram a tremer. Temi que Jimmy ficasse bravo por estarmos ouvindo o álbum dele. Mas ele apenas sorriu, então deu um passo na minha direção, pegou o lustra-móveis da minha mão, deixou-o sobre a mesa e começou a dançar comigo enquanto cantava junto com seu próprio álbum. Izzy bateu palmas, gritou e pulou nos braços do pai dela. Ele também cantou, com Izzy pendurada no seu peito enquanto dançavam. Jimmy segurou minhas mãos e me puxou para ele, depois me lançou para longe e então me rodopiou. Na última estrofe, ele me curvou em direção ao chão e pairou sobre mim. Eu tinha feito muitas aulas de balé e conseguia arquear o torso com facilidade, o que fez com que eu parecesse um "h" minúsculo, um pé no chão e o outro no ar. Eu conseguia sentir o cheiro de guloseimas açucaradas e café no hálito de Jimmy. Podia sentir o cheiro da pele dele, doce e almiscarada, como algo quente, talvez cera de vela derretida com folhas molhadas de outono. Senti o estranho impulso de mordê-lo. As palavras *viciada em sexo viciada em sexo viciada em sexo* rodopiavam como um redemoinho de letras na minha cabeça.

Quando a música terminou, uma mais rápida começou. O dr. Cone, Jimmy e Izzy começaram a dançar em ritmo acelerado, como se não fosse nada de mais. Endireitei o corpo, inclinando-me para a frente como se estivesse prestes a dar um passo mas não conseguisse. Eu nunca tinha dançado rock 'n' roll antes. Observei os outros, minha boca aberta em um sorriso que era meio nervoso e meio feliz. O dr. Cone saltava para cima e para baixo, a cabeça pendendo tal qual um pássaro com o pescoço quebrado, como os personagens de Peanuts dançavam. Izzy sacudia os braços ao redor do corpo e pulava como se estivesse tentando voar. Jimmy balançava um pouco os quadris, para a frente e para trás, como se estivesse dançando dentro de uma cabine telefônica. Ele nunca movia o corpo por inteiro ao mesmo tempo. Cada movimento era isolado, na batida, seguindo o compasso da música. Izzy pegou minhas mãos e me puxou para o círculo onde eles três dançavam.

– MARY JANE, VOCÊ TEM QUE DANÇAR COMIGO! – Ela sacudiu meus braços até eu me mover para o outro lado do círculo. Olhei para Jimmy e tentei me espelhar nele. Ele olhou diretamente para mim e assentiu. Quando ele fazia movimentos mais amplos, eu o copiava. Izzy ainda segurava uma das minhas mãos, e a ponta do meu braço se sacudia como um cachecol voando do pescoço. Segui o ritmo dos passos de Jimmy e os movimentos de ombros. Senti que ele me coordenava com o olhar.

Quanto mais eu dançava, quanto mais me acostumava com o olhar de Jimmy me guiando, menos pensava em dançar. E quanto menos pensava em dançar, mais dançava. Eventualmente, pareceu *certo*. Como algo que eu já sabia fazer e estava apenas relembrando.

Continuamos dançando conforme a próxima música começou. Izzy gritou com os acordes de abertura e começou a cantar junto, mais alto que o álbum. Jimmy riu e cantou também. O dr. Cone o acompanhou durante o refrão. Memorizei a letra bem rápido e queria desesperadamente cantar o refrão também, mas fiquei com medo de cantar em voz alta com um cantor profissional famoso – nada mais, nada menos do que a voz do disco! – perto o suficiente para me ouvir. No refrão final, Izzy aproximou o rosto bem perto do meu e gritou junto com a música. Naquele momento, antes que perdesse a coragem, comecei a harmonizar com ela. Discretamente, a princípio, mas fui aumentando o tom, porque percebi que tinha acertado. Quando o refrão cresceu, cantei mais alto ainda, quase tão alto quanto Izzy e Jimmy. Finalmente, parei de dançar para poder cantar de verdade. Fechei os olhos, deixei as palavras voarem e ouvi minha voz vibrando com a de Jimmy como correntes elétricas entrelaçadas criando uma série de faíscas.

Quando a música terminou, dr. Cone e Izzy bateram palmas. Jimmy balançou a cabeça, sorrindo. Ele bateu palmas três vezes, lentamente.

– Porra, Mary Jane, você tem uma voz maneira!

A primeira parte da frase ficou martelando no meu cérebro sem parar.

– Eu canto na igreja – falei, mas acho que ninguém ouviu, porque a música seguinte estava tocando e Sheba e a sra. Cone dançavam na sala de jantar. Sheba cantava tão lindamente que senti arrepios da raiz do meu cabelo até os dedos dos pés. A voz dela era pura e estável, soava como um instrumento que eu nunca tinha ouvido tocar antes.

Jimmy serpenteou os braços no ar e foi dançando até Sheba. Ela rodopiou por entre os braços dele e então eles se conectaram quadril com quadril. Sheba começou a harmonizar enquanto Jimmy se manteve na melodia. Izzy ainda cantava mais alto que todo mundo, e a sra. Cone estava cantando também. Todos dançavam juntos em um grande e agitado círculo, sorrindo, se mexendo, balançando, cantando, sorrindo, rindo, cantando, dançando... Quando a música acelerou, Sheba começou a girar em círculos. Izzy abriu os braços e girou também. Sheba afrouxou a peruca e a jogou no ar. O dr. Cone pegou a peruca e a ajeitou na cabeça de Izzy. Ela subiu em uma cadeira e, em seguida, na mesa recém-lustrada. Ficou em pé na mesa com os pés descalços sujos, usando a peruca de Sheba e urrando a música como se estivesse no palco de um estádio. Todos riram e dançaram e continuaram cantando, e ninguém – ninguém! – disse para Izzy tirar os pés sujos da mesa.

Ao fundo, ouvi um bipe abafado. Ignorei. Eu não conseguia parar de dançar, não conseguia parar de cantar. Embora eu tentasse, não conseguia tirar os olhos de Sheba e Jimmy. Como alguém poderia desviar o olhar deles? Como alguém poderia tapar os ouvidos para eles? Como alguém era capaz de não admirar essas pessoas radiantes e rodopiantes, criadoras de um som tão poderoso que percorria meu corpo e me preenchia de tal forma que eu me sentia absolutamente elétrica? Realizada. Feliz.

Quando a música terminou, pude ouvir o bipe mais claramente. Era o temporizador da cozinha. O rocambole de carne estava pronto.

5

Eu nunca tinha ouvido tanta conversa em uma mesa de jantar. A sra. Cone contou sobre o primeiro beijo dela, em seguida Sheba contou sobre todos os garotos com quem namorou antes de Jimmy. Jimmy contou uma história sobre um amigo astro do rock – o doutor e a sra. Cone sabiam quem era o astro, mas só o reconheci pelo nome – que se juntou a ele na última turnê. O astro do rock chorava e tocava músicas tristes no violão todas as noites, porque teve o coração partido por uma mulher que Jimmy e Sheba juraram ser uma anã maldosa. Izzy estava bastante interessada na história e tinha várias perguntas sobre anões, a primeira delas era se um anão sabia dirigir um ônibus. Então, ali mesmo, Sheba compôs uma música sobre anões tão boa e cativante que todo mundo já sabia acompanhar o refrão na segunda vez em que ela cantou. O verso de abertura era "Anões, eles são como nós, eles dirigem carros e com certeza podem dirigir ônibus...". Fiquei preocupada que estivessem sendo cruéis com os anões, mas a música os fazia parecer adultos, ou Sheba só queria mesmo que Izzy soubesse que a única diferença entre a maioria das pessoas e os anões era a altura. Quando paramos de cantar, o dr. Cone explicou para Izzy que só porque aquela anã era mal-intencionada, não significava que todos eram. Ela era a exceção – e então o dr. Cone teve de explicar o significado de "exceção". Vez ou outra, Sheba – que estava sentada ao meu lado – estendia a mão e apertava de leve meu braço ou ombro, como se quisesse se certificar de que eu sabia que estava incluída na conversa.

Quando chegou a hora da sobremesa, Izzy e eu colocamos as tigelas de sorvete em uma assadeira toda queimada que servia como bandeja – e que eu tentei, mas falhei em salvar. Passei a assadeira ao redor da mesa e Izzy foi pegando as tigelas e colocando uma na frente de cada pessoa, dizendo *Madame* ou *Monsieur*. Eu ensinei as palavras para ela enquanto tirávamos a sobremesa do freezer. Ela só precisou repetir três vezes para memorizar.

Durante a sobremesa, o assunto da conversa mudou para o tratamento de Jimmy, com Sheba relembrando tudo o que ele havia passado e o que esperar do futuro. Izzy estava mergulhada no sorvete e não prestava mais atenção. Fiquei admirada, pois nunca tinha ouvido ninguém discutir um assunto particular tão abertamente.

– Richard – Sheba falou. – Eu só acho que, se ele vai consumir *tanto* açúcar, o que não deve fazer bem, você deveria permitir que ele tivesse um pouco de Mary Jane também.

Minhas costas enrijeceram. Meu coração disparou e senti minhas bochechas queimarem. Olhei de Jimmy para Sheba para Jimmy de novo. O que ela quis dizer com aquilo?

Jimmy olhou para mim. Senti como se seus olhos atirassem lasers em direção aos meus. Então ele desatou a rir. Todos olharam para ele.

Jimmy baixou a cabeça sobre a tigela de sorvete. Ele não conseguia parar de rir.

– Jimmy! Por que você está rindo? – Izzy perguntou.

– Mary Jane! – ele arfou.

Sheba olhou para mim.

– Ah, Mary Jane! Você pensou que eu estivesse falando de você?

– Existe outra Mary Jane? – perguntei.

Sheba se inclinou sobre a cadeira e me abraçou. Ela cheirava a limão e violeta. Meu coração se acalmou. O calor abandonou meu rosto.

– É um outro nome para maconha.

– Ah! – Eu ri de nervoso. Sheba estava mesmo perguntando a um médico se seu marido podia fumar maconha? E a lei? Jimmy não iria para a cadeia se fosse pego? Sheba não se preocupava com Jimmy fazendo algo que fosse contra a lei?

– Algumas pessoas acham que maconha as deixa relaxadas, Mary Jane. Não é a droga terrível que sua escola pode ter feito parecer – o dr. Cone disse.

– Ah, tudo bem – falei automaticamente. Devo ter parecido confusa, porque Sheba deu um tapinha na minha perna como se quisesse me confortar.

– É ilegal, mas o governo não sabe de nada. Maconha pode ser um salva-vidas para alguém como o Jimmy, que precisa encontrar uma válvula de escape para o cérebro de gênio criativo dele – Sheba falou. Ela girou os dois dedos indicadores no ar, como se falasse *cérebro do Jimmy* em linguagem de sinais.

Fiz que sim com a cabeça. Nunca me ocorreu que poderia não haver problema em fazer algo que fosse contra a lei.

– É melhor que lítio – Jimmy falou. – Lítio faz eu me sentir estranho, como se minha cabeça estivesse cheia de algodão empapado.

O dr. Cone olhou para Jimmy.

– Talvez a gente possa fazer um teste controlado. Você não pode fumar sozinho.

– O que você acha, Mary Jane? – Sheba perguntou para mim, como se eu devesse ter uma opinião. Como se eu soubesse alguma coisa sobre maconha ou vício em drogas ou ficar sóbrio. Como se eu já tivesse ouvido as pessoas discutirem sobre maconha fora da palestra "não use drogas", que acontecia na escola uma vez por ano.

– Hmm. – Me senti um pouco trêmula, mas todos olhavam para mim com tanta gentileza que eu sabia que nenhuma resposta que eu desse estaria errada. – Eu confio no dr. Cone. Mas também acho estranho que maconha se chame Mary Jane. Meu nome.

Todo mundo riu e minha mente ficou leve e relaxada, eu me senti uma boba. Mas momentos bobos como esse pareciam valer a emoção e a inesperada sensação de intimidade por estar por dentro dos assuntos dos adultos.

Depois do jantar, a sra. Cone levou Jimmy para a sala de tevê, onde havia um grande tapete felpudo. Ela queria mostrar a ele uma técnica de meditação que tinha aprendido na Califórnia, em um lugar chamado

Esalen. Comecei a limpar a mesa, mas o dr. Cone disse que limparia e lavaria a louça se eu fosse pôr Izzy na cama.

Izzy subiu no meu colo como um gato gigante. Ela estava sonolenta e preguiçosa. E um pouco fedida.

– Você se importa se eu der um banho nela primeiro?

– Não, não, por favor, faça isso. Seria maravilhoso.

– Eu vou com você. – Sheba pôs a mão no meu cotovelo e me ajudou a ficar de pé. Izzy se agarrou a mim, suas pernas em volta das minhas costas. Nós três subimos as escadas juntas, Sheba cantarolando a música sobre a mulher anã.

No banheiro, botei Izzy no chão e abri a torneira. Sheba se sentou na tampa do vaso sanitário e começou a cantar. "*Anões, são como eu e você. Alguns vão para a igreja, outros deixam o domingo livre...*" O banheiro tinha um piso de ladrilhos preto e branco e papel de parede de círculos espirais 3-D. Às vezes pareciam convexos e às vezes pareciam côncavos, de forma que eu nunca tinha certeza se estava olhando para os círculos ou para o espaço entre eles, que também pareciam círculos. Se movesse minha cabeça muito rápido, ficava um pouco tonta.

Enquanto a água corria, tirei as roupas de Izzy e as coloquei no cesto de vime preto. De repente, percebi que estava cantando junto com Sheba, harmonizando. Ela cantou um pouco mais alto, e eu também, e nossas vozes ecoaram e reverberaram pelo banheiro. "*Seu médico pode ser um anão também. E é claro que existem vários anões judeus. Você sabe que eles compram sapatinhos minúsculos. E os anões negros cantam o blues dos anões...*"

Assim que o banho ficou pronto, peguei Izzy e a enfiei na banheira. Ela se mexeu, brincando com o balde de letras do alfabeto feitas de EVA e espirrando água para todo lado. Quando ela parou de se mexer tanto, despejei um punhado de xampu Johnson's Baby nas mãos e lavei o cabelo dela.

Sheba cantou "*I'm Gonna Wash That Man Right Outa My Hair...*"

Eu me juntei a ela. Conhecia a música do South Pacific, que era um dos meus álbuns favoritos do Clube de Músicas de Espetáculo.

Izzy inclinou um pouco a cabeça para que a espuma não entrasse nos seus olhos e tentou cantar conosco.

Peguei o cabelo cheio de espuma de Izzy e fiz um chifre na sua cabeça.

– Olhe, você é um unicórnio.

Izzy balançou a cabeça para a frente e para trás.

– Eu pareço real? Como um unicórnio vivo de verdade?

– Aham.

– Eu queria muito um bebê – disse Sheba.

Transformei o chifre de unicórnio em dois chifres curvos.

– Agora você é um carneiro – falei para Izzy. Depois me virei para Sheba. – Você pretende ter um?

– O que é um carneiro? – Izzy perguntou.

– Um bode macho grande. – Pensei no dr. Cone e suas costeletas. Ele ficaria perfeitamente natural com chifres curvos e fortes.

– Se o Jimmy ficar sóbrio por cinco anos, vou ter um bebê – Sheba disse. – Você não pode ter um bebê com um viciado.

– As bruxas podem ter bebês? – Izzy perguntou.

– Sim, mas principalmente as bruxas boas – eu disse.

– Quem são as mães das bruxas más?

– Feche os olhos. – Coloquei uma toalha de rosto sobre os olhos de Izzy.

Ela inclinou a cabeça para trás. Enchi uma caçarola de metal amassada que estava ao lado da banheira e joguei a água sobre a cabeça dela para enxaguar o xampu.

– Aposto que bruxas boas são mães de bruxas más – Sheba falou. – E, mesmo sendo boas mães, seus bebês ficam ruins.

Enchi a caçarola novamente e fiz um segundo enxágue.

Izzy tirou a toalha dos olhos e a ajeitou na cabeça como se fosse um lenço.

– A Mary Jane diz que a bruxa nesta casa é uma boa bruxa e que ela nos dá cerejas macarino.

– Marrasquino – corrigi.

– O que você acha disso? – Sheba perguntou. – Você tem uma bruxa que deixa cerejas ao marrasquino na geladeira.

Peguei a toalha de rosto da cabeça de Izzy, despejei sabonete líquido nela e lhe entreguei de volta.

– Fique em pé e lave suas partes íntimas. – Izzy se levantou e enfiou o pano na bunda e depois na vagina, esfregando para a frente e para trás com a cara bem concentrada. Ela se sentou na banheira novamente e se enxaguou.

– Minha mãe é uma bruxa má – Sheba disse.

– Sério? – Izzy e eu olhamos para Sheba.

– Deus, sim. Uma bruxa feiticeira terrível. Ela só ama meus irmãos.

Eu queria fazer perguntas, mas não tinha certeza se era permitido. Em vez disso, peguei uma toalha e a segurei aberta para Izzy. Ela saiu da banheira e se enrolou na toalha.

– Por que ela ama seus irmãos? – Izzy perguntou, como se estivesse lendo minha mente.

– Ela é uma bruxa antiquada que pensa que garotos são bons e deveriam receber todo o dinheiro e toda a atenção e garotas são ruins. Especialmente garotas que gostam de beijar garotos.

– Você gosta de beijar garotos?

Prendi a toalha no pescoço de Izzy para que ela ficasse enrolada como um burrito. Eu queria correr para pegar o pijama limpo dela, mas não queria perder a resposta de Sheba.

– Sim. Especialmente o Jimmy. Eu amo beijar o Jimmy! – Sheba riu, se inclinou e puxou o burrito Izzy para um abraço. Fui buscar o pijama.

Quando voltei, Sheba estava cantando "There Is Nothin' Like a Dame". Cantei junto enquanto desenrolava a toalha e colocava o pijama em Izzy. Ela fez xixi e escovou os dentes, então eu a peguei no colo e nós três marchamos para o quarto dela, que ainda estava limpo. Izzy e eu arrumávamos o quarto um pouquinho todos os dias.

– *Madeline!* – Izzy exclamou. Eu desenterrei *Madeline* do meio das coisas.

– Eu também quero ouvir. – Sheba subiu na cama e se estirou do outro lado de Izzy, encostada na parede. Deitei-me na ponta da cama e abri o livro.

Li o livro e me imaginei flutuando acima de nós três, me observando enquanto contava a história. Eu estava aconchegada perto de Izzy, que estava quentinha e com cheiro de sabonete, e se encaixava no meu torso como um pé em um chinelo. Sheba estava esticada com os braços jogados sobre a cabeça, o cabelo preto em mechas atrás dela como óleo derramado. Uma corrente constante de tranquilidade passava por mim, como um diapasão zumbindo profundamente nos meus ossos.

Esperava que quando eu fosse mãe, um dia, a pessoa que eu amaria beijar estivesse do outro lado do nosso filho enquanto eu lia histórias. Parecia um desejo simples. As gêmeas queriam ser as primeiras mulheres presidentes. Elas concordaram que uma seria presidente e a outra seria vice-presidente nos primeiros quatro anos, e então elas trocariam de lugar.

Quando o livro terminou, Izzy estava dormindo. Ficamos ali em silêncio. Eu podia sentir que nós três estávamos respirando em uníssono, nossos peitos subindo e descendo como se fossem um só. Então Sheba se inclinou sobre os cotovelos, olhou para mim e acenou com a cabeça em direção à porta. Eu escorreguei para fora da cama e, em seguida, estendi o braço para Sheba para que ela pudesse ficar de pé no colchão e passar por cima de Izzy sem acordá-la. No momento em que Sheba estava montada em Izzy, suas pernas em um longo V de cabeça para baixo, Izzy abriu os olhos.

– Espere – Izzy pediu.

Sheba saltou para fora da cama.

– O que foi? – Sheba falou.

– Sua mãe bruxa é uma bruxa bonita ou uma bruxa feia?

– Ela é bonita se você vir uma foto dela. Mas, quando fala com ela, a feitiçaria malvada transparece e você pode ver que ela não é nada bonita.

– Podemos ver uma foto dela?

– Eu não tenho aqui comigo. Vou desenhar amanhã.

– O.k. Boa noite.

– Boa noite – eu disse. – Vejo você amanhã.

– Feche a porta até o fim.

– Eu fecho.

– Nunca ouvi falar de uma criança de cinco anos querendo dormir com a porta fechada – Sheba falou.

– A bruxa não consegue passar pela minha porta.

– Ah. Entendi. A bruxa da cereja ao marrasquino?

– Sim, Mary Jane diz que ela é boa, mas até que tenhamos CEM TRO-CENTOS DE CERTEZA, temos que fechar a porta.

– Cem por cento de certeza – corrigi.

– CEM POR CENTO DE CERTEZA.

– Acho que é um bom plano – Sheba disse. – Boa noite.

– Espere – Izzy nos chamou de novo. Sheba e eu ficamos paradas, olhando para seu rostinho redondo coroado de cachos ruivos. – Se a Sheba se juntar ao nosso time, então a proporção de nós para a bruxa é de – Izzy apontou para nós e depois para ela mesma enquanto contava – três para um.

– O.k., estou dentro – Sheba falou.

– Essa é uma boa proporção – afirmei. – Boa noite.

Sheba cantou *"Gooood niiiight"* como as crianças de *A noviça rebelde*.

– *Gooood niiiight* – cantei uma oitava acima.

– Boa noite. Eu te amo – Izzy disse. Eu não tinha certeza com qual de nós ela estava falando, mas as palavras me surpreenderam. Fiquei parada a meio caminho da porta, me perguntando se deveria dizer que a amava de volta. Eu nunca tinha dito isso para ninguém antes. E ninguém nunca tinha dito para mim. Mas, quando pensava a respeito, eu amava Izzy. E meio que amava Sheba também.

– *Looove, looove, looove* – Sheba cantou enquanto saía pela porta. Eu sabia que era o começo de uma música dos Beatles, porque as gêmeas tinham os discos.

– *Looove, looove, looove* – eu cantei depois dela, e então saí pela porta e a fechei atrás de mim.

– Como você vai para casa? – Sheba perguntou.

– Andando.

– No escuro? – Sheba olhou pela janela do corredor. Galhos de árvores se moviam na densa escuridão, como os braços de um gigante acenando.

– Bom, eu nunca fui para casa no escuro antes. – O sol se punha bem tarde, mas tivemos um longo jantar e depois o banho.

– Eu te levo. Quero ver sua casa. Onde exatamente mora a Mary Jane, a babá de verão harmonizadora e frequentadora de igreja.

Segui Sheba escada abaixo e depois até a cozinha, onde o dr. Cone, a sra. Cone e Jimmy estavam sentados no canto alemão. Jimmy tinha metade do braço enfiado em uma caixa de pipocas doces.

– Richard, onde estão as chaves do seu carro? – Sheba perguntou. – Quero levar a Mary Jane para casa.

– Ali no... – O dr. Cone apontou o dedo da esquerda para a direita. Todos os dias ele perdia as chaves e todos os dias eu as encontrava. Eu as colocava no mesmo lugar de sempre – sobre o aparador do hall de entrada – na esperança de que ele entendesse que, quando entrasse em casa, deveria simplesmente deixá-las lá. Até agora ele não tinha entendido ou deixado as chaves lá.

– Eu sei onde elas estão – falei.

– Eu quero ir. – Jimmy enfiou um punhado de pipocas na boca e depois largou a caixa sobre a mesa, fazendo com que ela caísse de lado. Ele se levantou e pegou a mão de Sheba. – Vamos! – Jimmy pegou minha mão também e puxou nós duas em direção à porta vaivém da cozinha.

– Vocês conseguem encontrar o caminho de volta?! – a sra. Cone gritou.

– Sim! – Jimmy bradou. Sheba e eu estávamos rindo enquanto ele nos apressava para fora da cozinha.

– Querem que eu vá com vocês?! – a sra. Cone gritou.

– Ela mora no final desta mesma rua, Bonnie! – ouvi o dr. Cone dizer.

– Já voltamos! – Sheba gritou.

No hall de entrada, entreguei as chaves a Sheba e ela saiu correndo com elas. Jimmy correu atrás dela e eu corri também, como se estivéssemos fugindo de alguma coisa. Quando eu estava a meio caminho do carro, corri de volta e fechei a porta da frente. Então dobrei minha velocidade para alcançar Sheba e Jimmy.

Jimmy estava no carro e Sheba estava de pé ao lado da porta do motorista. Ela bateu no teto do carro duas vezes.

– Vamos, vamos! – ela gritou.

Corri para o banco de trás enquanto Sheba ligava o carro. Ela se afastou do meio-fio antes que eu pudesse fechar a porta. Senti como se

85

estivéssemos em um episódio de *Starsky & Hutch*. Um dos personagens estava sempre pulando para dentro de um carro em movimento.

– Conseguimos! – Jimmy gritou.

Sheba gritou em estilo iodelei, e então todos nós começamos a rir. Eu sabia que era uma brincadeira, que não havia ninguém nos perseguindo e ninguém de quem fugir. Ainda assim, parecia emocionante, eletrizante, como se realmente estivéssemos fugindo.

Sheba e Jimmy baixaram suas janelas, então baixei a minha. Sheba não dirigia muito rápido, mas estávamos nos movendo na velocidade de alguém que sabia para onde estava indo.

Escorreguei um pouco para a frente e apoiei as mãos nas costas do banco dianteiro.

– Hmmm. Minha casa é para o outro lado.

Jimmy se virou e olhou diretamente para mim. Na escuridão, com apenas o brilho da luz da rua, ele parecia feito de açúcar. Olhei para Sheba. Ela também parecia brilhar.

– Ah, para o outro lado. – Sheba estacionou o carro em uma calçada, depois deu ré e virou o carro na direção certa.

– Mary Jane – Jimmy falou.

– Sim? – Eu esperava que ele me perguntasse algo que eu pudesse responder facilmente sem ficar envergonhada.

– Mary Jane. – Jimmy girava um cigarro entre o polegar e o indicador. Ele enfiou o cigarro na boca, então se inclinou para a frente e pressionou o isqueiro do carro com seu grande dedo indicador.

– Isso é aprovado pelo médico? – Sheba perguntou.

– Você estava lá.

– Mas vocês discutiram mais sobre isso? Ele sabe que você vai fumar hoje à noite?

– Eu vou confessar quando entrarmos pela porta.

– Espere. – Eu me endireitei, como se minha coluna estivesse sendo puxada por um cabo. – Isso é maconha?!

O pino do isqueiro saiu. Jimmy o pegou e tocou a bobina vermelha brilhante na ponta do cigarro. Ele tragou profundamente, segurou, e então assobiou uma longa nuvem cônica de fumaça.

– Mary Jane, conheça Mary Jane.

– Pode chamar de baseado. – Sheba estendeu a mão e pegou o baseado de Jimmy. Então ela o enfiou na boca e tragou.

Senti como se meu cérebro estivesse em curto-circuito, como se meu cabelo pudesse pegar fogo. E se a polícia nos encontrasse? Sheba e Jimmy iriam para a cadeia? Eu iria para o centro de detenção juvenil? Mas estávamos em Roland Park. A única vez que vi a polícia aqui foi quando alguém a chamou. O que era muito, muito raro. Os pais das gêmeas nunca trancavam as portas. Os Riley, da casa ao lado, mantinham as chaves do carro no assoalho do veículo.

– Mary Jane? – Sheba estendeu seu longo braço para trás, sobre o assento, oferecendo o baseado para mim. Fiz que não com a cabeça. No entanto, tinha gostado do cheiro. Era como borracha de escola, só que mais doce. Um cheiro de borracha misturado com mato.

Jimmy pegou o baseado das mãos de Sheba e tragou de novo. Estávamos parados no sinal vermelho, na esquina em frente à casa de Beanie Jones. Sheba puxou o freio de mão, estacionou o carro e desligou o motor.

– Você está com muita pressa? – Sheba se virou para ficar de lado no banco. Ela jogou o cabelo para trás e eu pude ver que parte dele caía para fora da janela.

– Não. Eu acho que não. – Eu sabia que minha mãe estaria sentada na cadeira da sala de estar trabalhando em alguma coisa – o menu do jantar para o próximo mês, a almofada de bordado que estava fazendo para o sofá da sala de tevê, o plano de aula para a escola dominical – enquanto esperava por mim.

Sheba deu outro trago e depois me ofereceu o baseado de novo. Jimmy pegou da mão dela antes que eu tivesse tempo de dizer não.

– Me conte mais sobre seus pais. – Sheba pegou o baseado de Jimmy.

– Hum. Os dois são de Idaho.

– Eles gostam de rock 'n' roll? – Jimmy perguntou.

– Não. Minha mãe e eu gostamos muito das canções de musicais. E do coral do Tabernáculo da Praça do Templo. E meu pai tem um disco de uma banda do Corpo de Fuzileiros Navais que ele ouve de vez em quando.

– Que maneiro. Tipo um monte de cornetas e tal. Essas coisas são superlegais quando você para e realmente presta atenção. – Jimmy tragou o baseado mais uma vez, fechando os olhos como se precisasse se concentrar. Eu vi o rosto dele relaxar; as dobras da sua testa se dissolveram. Talvez Jimmy realmente precisasse de maconha para acalmar sua mente genial e criativa.

– A Mary Jane canta no coral da igreja – Sheba disse para Jimmy. – E na escola dominical.

– Ah, então é lá que você treina sua voz maravilhosa.

– Acho que sim. – Ninguém nunca tinha usado a palavra *maravilhosa* ao falar sobre qualquer parte de mim. Eu podia sentir a palavra no meu íntimo como um líquido quente. *Maravilhosa*. Eu sabia que estava corando, mas notei que estava escuro o bastante no carro para que Jimmy e Sheba percebessem.

Jimmy deu um trago curto, entregou o baseado para Sheba e começou a cantar. "*Jesus loves me, this I know...*"

Pequenos tufos de fumaça eram soprados a cada palavra. "*For the Bible tells me so...*" Ele cantou a música em um ritmo mais lento do que costumava ser cantada. Com sua voz aguda de violoncelo, Jimmy fez a canção parecer triste e solitária. Como a música de amor que o amigo estrela do rock de Jimmy pode ter cantado sobre a anã que partiu seu coração.

A voz de Sheba se juntou à dele, e a música ganhou corpo. Agora soava tão bonita e pura que eu podia sentir as notas pousando sobre a minha pele como penas. Meus olhos lacrimejaram e eu fiquei preocupada que pudesse começar a chorar.

– Entre na terceira parte da harmonia – Sheba disse para mim, o que me impediu de chorar. Cautelosamente, adentrei na música – lenta e melancólica – no próximo verso. "*Jesus loves me, this I know, as he loved so long ago...*"

Até o canto dos grilos nas árvores parecia fazer parte da música. Jimmy e Sheba se aproximaram de mim, então nossas cabeças ficaram juntas em um triângulo que quase se tocava enquanto nossas vozes se entrelaçavam. Cantamos lenta e profundamente até que o momento foi interrompido por outra voz.

– Olá? – Era Beanie Jones. Ela estava do lado de fora da janela de Jimmy.

Sheba jogou o baseado no chão do carro e Jimmy se virou no banco.

– Oi, senhora... uh, sra. Beanie. – Eu levantei minha mão e acenei nervosamente.

– Mary Jane, o que você está fazendo? – A cabeça de Beanie se movia de um lado para o outro como a de um pássaro. Ela estava com um sorriso tenso no rosto. Eu podia ver que ela estava tão confusa como se Jesus em pessoa estivesse estacionado na frente da casa dela.

– Estes são meus amigos de fora da cidade – falei rapidamente. – Estávamos praticando para a igreja.

– Você está... – Beanie começou.

– Prazer em conhecê-la – Jimmy falou.

Sheba deu partida no carro.

– Tão bom te conhecer! – Sheba disse.

Então ela pisou no acelerador e se afastou do meio-fio, ultrapassando o sinal vermelho. Jimmy pôs a mão para fora da janela, seus dois primeiros dedos abertos em um V.

– Paz! – ele gritou.

Fez-se silêncio no carro por cerca de cinco segundos e então todos nós caímos na gargalhada. Eu ri tanto que as lágrimas escorriam pelo meu rosto. Sheba gritou e soltou gargalhadas e Jimmy enxugava lágrimas reais dos seus olhos.

– Beanie? O nome dela é sra. Beanie?! – Ele riu um pouco mais.

– Beanie Jones – eu disse. – O primeiro nome dela é Beanie.

– Jesus, quem põe o nome Beanie na filha? – Sheba falou, e eu fiquei me perguntando quem põe o nome *Sheba* na filha.

Estávamos no meu quarteirão agora.

– Logo ali – falei. – Aquela casa com janelas pretas e floreiras nas janelas.

Sheba parou o carro em frente à casa dos Riley, que era uma antes da minha. Isso parecia seguro, já que minha mãe, como Beanie, sairia para ver o que estava acontecendo se notasse um carro estacionado na frente. Os Riley passavam a maior parte do verão na sua casa na baía de Chesapeake, então não viriam nos investigar.

89

– Caramba, Mary Jane. Essa é uma casa bem bonita. – Jimmy esticou o pescoço e inclinou a cabeça para fora da janela.

– É como em um livro de histórias – Sheba falou. – Quer dizer que você é uma garota rica, então? – Eu nunca tinha parado para pensar se éramos ricos ou não.

Todo mundo que eu conhecia tinha mais ou menos o mesmo estilo de vida, embora eu estivesse ciente dos menos afortunados. Mas rica? Os ricos pareciam pessoas que usavam longos vestidos de lantejoulas, fumavam cigarros em piteiras de alabastro e andavam em limusines conduzidas por um homem de chapéu preto e achatado. Presumi que Sheba e Jimmy fossem ricos. Todas as estrelas de cinema e estrelas do rock eram ricas, não eram?

– Eu não sei. Meu pai é advogado. Não fazemos viagens de férias extravagantes. Eu nunca estive no Havaí.

– Você está trabalhando para os Cone por diversão ou por dinheiro? – Sheba perguntou.

– Bom, é superdivertido. Mas, no começo, eu concordei em fazer isso porque minhas melhores amigas foram para um acampamento que eu não quis ir, e eu não queria ficar em casa o dia todo ajudando minha mãe. E também não amo o clube de campo.

– Por que você não quis ir para o acampamento? – Jimmy perguntou. – Eu adoraria ter ido para um acampamento de férias.

– Eu fui no verão passado e não foi divertido. Havia tantas pessoas e era tão barulhento que você mal podia ler. A única parte que gostei foi quando nos sentamos ao redor da fogueira e cantamos.

– Doce Mary Jane – Sheba disse.

– Por que você não foi para um acampamento? – perguntei para Jimmy.

– Nós éramos muito pobres. Mais pobre que pobre. – Jimmy balançou a cabeça e sorriu. – Eu nunca tinha conhecido ninguém que tivesse ido para um acampamento. Passava meus verões andando de boia em ravinas formadas pela chuva, nem mesmo um maldito rio, mas a porra de um bueiro que corria pela cidade. Depois de uma chuva forte, a água ficava preta e o lixo flutuava nela como cubos de gelo em um copo de coca-cola. Mas era divertido pra caralho. Roubávamos cigarros dos nossos pais. Andávamos nas boias. Tentávamos encontrar garotas que nos deixassem tocar seus peitos. O de sempre.

Meu cérebro viciado em sexo repetiu as palavras *tocar seus seios* três vezes, rapidamente.

– Eu não podia ir a acampamentos porque era famosa – Sheba disse. – Mas acho que eu teria adorado também.

– Por que você não quis ficar por perto e ajudar sua mãe? – Jimmy perguntou.

– Hum, bem. – Dei de ombros. Eu nunca disse nada de ruim sobre minha mãe.

– Acho que sua mãe não fuma maconha, né? – Jimmy sugeriu.

– Minha família é muito patriota – respondi, como se isso pudesse impedir o uso de maconha. – Nós amamos nosso presidente.

Jimmy e Sheba olharam para mim com um sorriso gentil no rosto.

– Vamos conversar sobre isso em breve. – Sheba se inclinou para a frente e me beijou na bochecha. – Boa noite, boneca.

– Boa noite. – Levantei a mão para sentir o calor no lugar onde ela me beijou quando Jimmy se inclinou e beijou minha outra bochecha.

– Boa noite, doce Mary Jane – ele disse.

– Boa noite. – Mal tive fôlego para responder. Saí do carro, bati a porta e caminhei em direção à minha casa. Sheba e Jimmy me observavam pelo para-brisas. Eu me virei, acenei, caminhei. Me virei, acenei de novo e, por fim, entrei em casa.

Minha mãe estava exatamente onde eu esperava que ela estivesse.

– O dr. Cone trouxe você em casa? Eu não ouvi um carro.

Nesse momento, a caminhonete passou pela nossa janela da frente. Era impossível ver o rosto de Sheba e Jimmy no escuro.

– Olhe lá ele – falei.

– Como estava o rocambole de carne?

– Acho que ficou perfeito.

Minha mãe pousou o bordado no colo e olhou para mim, sorrindo.

– Isso me deixa muito feliz.

– Talvez eu use nosso menu para os jantares deles este mês. – Minha mãe trabalhou tanto para planejar nossos jantares em família que pensei que iria agradar a ela que mais pessoas além da nossa pequena família os apreciasse.

– Excelente ideia. Você acha que a sra. Cone tem alguma necessidade alimentar? Com a doença dela?

– Hum... Não sei – falei.

– Tenho a impressão de que é câncer. Especialmente porque ninguém sabe. Tentei arrancar informações de algumas mulheres no clube hoje. As pessoas são muito reservadas sobre o câncer. Ninguém quer que seus vizinhos saibam sobre as dificuldades na sua casa.

– Ah. O.k. – Me perguntei quanta dificuldade acontecia nas casas ao meu redor, dificuldades que eu nunca tinha imaginado.

– Eles oraram antes do jantar?

– Sim – menti. A terceira mentira. Eu começaria a perder a conta se continuasse mentindo.

– Em hebraico?

– Não. Em inglês.

– Hum. – Minha mãe assentiu uma vez, decisivamente. – Bem, bom para eles.

6

Beanie Jones estava de pé na varanda da frente segurando um bolo nuvem em uma travessa de vidro. Ela não tinha apertado a campainha. Izzy e eu abrimos a porta para sair na nossa caminhada diária até o Eddie's e lá estava ela, um sorriso grande demais espalhado pelo rosto, como um personagem de desenho animado.

– Oi, Beanie! – Izzy cumprimentou.

– Olá! – Beanie respondeu.

– Oi. – Eu corei. – Me desculpe pela outra noite. Sinto muito por termos estacionado na frente da sua casa.

Era quinta-feira e eu não via Beanie desde segunda à noite, quando Sheba e Jimmy me levaram para casa. Levar-me para casa tinha se tornado um ritual, que começava com Sheba dando partida e Jimmy e eu pulando para dentro do carro já em movimento. Apelidamos isso de "fazendo Starsky e Hutch". Sheba criticava nosso desempenho a cada vez. "Mary Jane, você deveria ter pulado mais fundo! E se eu estivesse indo mais rápido? Você teria acabado embaixo das rodas traseiras!" Levei as críticas de Sheba a sério e me esforcei muito para ser uma saltadora de carros melhor.

Pegávamos uma rua diferente para evitar Beanie Jones. E só estacionávamos diante de casas cujos donos eu sabia que estavam fora da cidade. Jimmy sempre acendia um baseado, e então nós três cantávamos músicas da igreja, com Sheba na melodia e Jimmy e eu harmonizando – ele em tom baixo e eu, alto. Acontece que Sheba e Jimmy também estiveram em corais de igreja, Sheba porque gostava, Jimmy porque a avó dele o obrigava. Sobre sua avó, Jimmy tinha dito: "Ela era uma bruxa velha cheia de verrugas que amava Marlboros e uísque Old Crow quase tanto quanto amava Jesus".

– Não precisa se desculpar – Beanie disse. E então ela baixou a voz para um sussurro. – Mas me diga. Eram a Sheba e o Jimmy, não eram?

Izzy olhou para Beanie com olhos arregalados e piscando.

– NÃO!

– Hmm, eram apenas pessoas que se pareciam com eles. Velhos amigos dos Cone. Eles já foram embora. – As palavras saíram tão suavemente que eu quase senti vontade de rir. Quanto mais eu mentia, mais fácil ficava. E em vez de me sentir culpada pelas minhas mentiras, estava começando a me sentir culpada por não me sentir tão culpada.

– Mary Jane. – Izzy puxou minha mão. – Segredo – ela disse baixinho quando olhei para ela.

Os olhos de Beanie se moviam como o pêndulo de um relógio cuco, para um lado e para o outro.

– Huh. Incrível a semelhança. Por que não levamos esse bolo para dentro? O sr. Jones decidiu que eu estava parecendo sua "figura feminina", então eu pensei: com você aqui durante todo o verão, há pessoas suficientes na casa para comer um bolo nuvem.

– Ah, eu levo para você. – Peguei o bolo e me virei para entrar. Izzy me seguiu e Beanie fez o mesmo.

Não havia ninguém à vista; Jimmy e o dr. Cone estavam no consultório, e Sheba e a sra. Cone tinham ido passar o dia na Costa Leste. Ambas usavam perucas desta vez, longas e loiras, como irmãs suecas. Ainda assim, senti uma onda de pânico com Beanie na casa.

Coloquei o bolo na mesa da cozinha e me virei para ela.

– Muito obrigada. – Eu não tinha certeza do que fazer. Como ser boa, educada e gentil ao mesmo tempo em que mando Beanie dar o fora daqui?

– A Bonnie está em casa?

– Não, ela saiu.

– E meu pai está no escritório dele com paciência – Izzy comentou.

– Com um paciente – corrigi. – Estávamos a caminho do Eddie's.

– Ah, eu posso levar vocês! – Beanie ergueu as chaves do carro.

– Muito obrigada – falei. – Mas precisamos dar uma caminhada.

– Nós cantamos no caminho – Izzy falou. – E conversamos sobre a bruxa. E damos uma olhada nas coisas. Às vezes, brincamos com brinquedos que as crianças deixam na frente das casas. Ah, e nós compramos picolés.

– Que legal – Beanie disse, sem nenhuma intenção de ir embora.

– Obrigada pelo bolo mais uma vez. – Minha voz soou etérea e estranha. Peguei a mão de Izzy e caminhei em direção ao corredor, esperando que Beanie me seguisse. Por fim, ela o fez.

– Talvez eu apareça novamente mais tarde. Eu gostaria muito de conhecer a Bonnie – Beanie disse quando estávamos na calçada do lado de fora da casa. Ela deu alguns passos em direção ao carro, que era branco e brilhante.

– Ela vai passar o dia todo fora – falei. – Mas eu vou lhe dizer que você passou por aqui. – Dei um sorriso generoso; minhas bochechas doíam e a palma da minha mão começou a suar contra a de Izzy.

– Tchau, Beanie! – Izzy acenou com a mão livre e me puxou pela calçada. Meu coração ainda batia forte quando Beanie passou por nós no carro.

– Vamos pegar um atalho – eu falei, e pegamos a paralela algumas ruas antes para evitar Beanie Jones.

– Isso foi assustador – Izzy disse.

– Sim. Por um triz.

– Podemos comer aquele bolo de sobremesa hoje à noite?

– Com certeza podemos. Poderíamos adicionar morangos fatiados e chantilly.

– Viva! – Izzy ergueu o punho minúsculo.

Caminhamos em silêncio por um minuto até encontrarmos um skate abandonado em um gramado.

– Posso tentar andar? – Izzy perguntou.

Conferi a casa. Ninguém na varanda. Ninguém nas janelas.

– Tudo bem, mas eu preciso segurar suas mãos.

Izzy pegou o skate e o colocou na calçada. De chinelo, ela pisou no skate com um dos pés. Peguei as duas mãos dela e Izzy encaixou o outro pé. Eu a empurrei pela calçada até o limite da propriedade, então me virei, ficando de frente para o outro lado enquanto Izzy ficava de costas.

Fomos e voltamos assim várias vezes, até que meu corpo, mente e coração se acalmaram. Beanie se foi. Todos estavam seguros. Nós comeríamos o bolo depois do jantar e eu devolveria a travessa de vidro no caminho de volta para casa. Eu teria de correr até a varanda e largar a travessa lá para que Sheba e Jimmy não fossem vistos. Mas eu poderia fazer isso. E Sheba e Jimmy pareciam gostar de se esgueirar pelos cantos, como se isso tornasse a vida deles em Baltimore um pouco mais emocionante.

Cada vez que fazíamos compras no Eddie's, Izzy gostava de calcular a proporção de funcionários para clientes. Ela pulava algumas pessoas, mas eu não as indicava. E muitas vezes ela perdia a conta, então eu inventava um número qualquer e falava para ela. Era tão inexato quanto tirar números aleatórios de um saco. A proporção que Izzy mais gostava de falar, porém, era a da bruxa. Com Sheba agora no nosso time, a proporção permanecia três para um.

Naquele dia, fizemos nossas compras habituais. Izzy sabia o que pegar: pipocas doces, picolés e palitos de carne Slim Jim, que Jimmy e a sra. Cone estavam comendo com igual fervor, alternando uma mordida salgada de Slim Jim com uma mordida doce de alguma outra coisa. Um dia antes eu tinha experimentado com gomos de laranja doce. Havia algo de explosivamente maravilhoso em provar coisas salgadas e granuladas com sabor de carne, seguidas de coisas gelatinosas e mastigáveis feitas de açúcar.

Para o jantar, eu tinha copiado ingredientes de uma das listas da minha mãe. A refeição desta noite seria a mais complicada até agora. Peitos de frango assados ao molho de laranja. Minha mãe revisou comigo pela manhã, dando dicas sobre como saber quando o frango estava bem cozido e como despejar o molho aos poucos para manter a suculência da carne. Quanto mais ela me instruía, mais nervosa eu ficava. Mamãe deve ter percebido o nervosismo no meu rosto, porque parou as instruções e disse: "Mary Jane, agora não é hora de perder a confiança. Há uma mãe doente naquela casa e um médico trabalhador que precisa ser alimentado". Ela olhou para mim até que eu assenti, e então me deu ainda mais instruções.

– Quantos peitos de frango você acha que o Jimmy deve comer? – perguntei para Izzy. Estávamos no balcão do açougue. O açougueiro, cuja longa cabeça retangular me lembrava a de uma vaca, esperava pacientemente.

– Sete? – Izzy sugeriu.

– Você acha que o Jimmy sozinho comeria sete?

– Esse Jimmy é jogador de futebol? – o açougueiro perguntou.

– É só um homem.

– Dois – respondeu o açougueiro. – Prepare dois peitos para cada homem, um para cada mulher, e talvez meio para a tampinha aí. – Ele piscou para Izzy.

– O.k., sete peitos de frango. – Izzy e eu dividiríamos um se os homens realmente comessem dois peitos de frango cada. E eu não tinha certeza se Sheba comeria um inteiro, de qualquer maneira. Percebi que ela se sentava e comia em todas as refeições, como todo mundo, mas deixava metade das coisas no prato. Não importava o que fosse, ou o quanto ela afirmasse amar aquela comida, só metade ia parar na sua boca. Normalmente, quando todos pareciam ter terminado, Jimmy estendia a mão e pegava a porção que tinha sobrado de Sheba – embora uma vez tenha sido o dr. Cone quem fez isso.

A sra. Cone também tinha notado a forma como Sheba comia. Nos últimos dois jantares, ela tentou deixar metade de sua refeição o prato. Mas teve pouco sucesso, porque sempre que alguém – em geral o dr. Cone – ficava interessado na comida, ela voltava a remexer o prato com garfadas rápidas. E na noite anterior, quando estávamos tirando a mesa, encontrei a sra. Cone na cozinha, usando as mãos para enfiar na boca o meio pedaço de lasanha que Sheba tinha deixado no prato. Eu nunca tinha pensado na quantidade de comida que alguém deveria ou não comer, até essas refeições com os Cone. Na minha casa, você tinha de comer tudo o que pegou. Se não ia comer um peito de frango inteiro, com certeza não colocaria um peito de frango inteiro no prato.

Além de comer, ou tentar comer, igual a Sheba, a sra. Cone também estava se vestindo como ela. As duas tinham mais ou menos a mesma altura, mas enquanto o corpo de Sheba era reto com curvas sutis, o da sra. Cone não tinha nada de reto. Seus quadris e seios eram salientes, e, ultimamente, tudo se projetava com mais entusiasmo enquanto ela usava calças, macacões e vestidos justos. Eram roupas que exigiam que você olhasse para ela, algo que era praticamente impossível quando Sheba estava por perto. Sheba brilhava. Meus olhos a seguiam de cômodo em cômodo, como se ela fosse um foguete voando pelo céu noturno. A sra. Cone, em suas roupas elegantes, era o rastro daquele foguete. Seus seios, sua bunda e seus cabelos ruivos flamejantes eram uma centelha no rastro de Sheba.

Sheba e a sra. Cone chegaram em casa alguns minutos antes de o frango ficar pronto. Ambos fizeram sons como "ooh" e "aah" ao sentirem o cheiro pela casa, e eu pude ver que isso deixou Izzy orgulhosa. Rezei para que o frango tivesse um sabor tão bom quanto o cheiro.

Sheba ajudou Izzy a pôr a mesa, e a sra. Cone ficou na cozinha comigo enquanto eu terminava de preparar o arroz e as vagens que estavam cozinhando no fogão. Ela se inclinou para ver exatamente o que eu fazia quando despejei o molho sobre o frango e depois quando cortei um pedaço de manteiga e misturei às vagens.

– Como você sabe fazer isso? – As longas mechas da peruca loira da sra. Cone caíam sobre seu ombro. Ela as empurrou para trás com a lateral de uma das mãos, da mesma forma que Sheba jogava seus longos cabelos para o lado do rosto. Era um gesto que tentei copiar muitas vezes quando via Sheba afastar o cabelo durante o monólogo de abertura do seu programa de variedades. Pessoalmente, ela não fazia isso com a mesma frequência que a vi fazer no programa. Fiquei pensando se era um hábito nervoso.

– Eu ajudo minha mãe com o jantar todas as noites. – Fiquei com vontade de perguntar como ela *não sabia* fazer isso, mas senti que poderia soar rude.

– Eu nunca cozinhei – a sra. Cone falou.

– Sua mãe não te ensinou? – Coloquei o arroz em uma tigela, derreti um pouco de manteiga por cima e enfeitei com salsinha.

– Ah, ela tentou, mas eu simplesmente não estava interessada. Eu era louca por garotos e adorava rock 'n' roll. Não havia tempo para me preocupar com coisas como cozinhar. – Ela riu. – E nada mudou!

Eu corei. Era estranho pensar na sra. Cone como *louca por garotos*. Ela era casada!

– Mas você acabou se casando com um médico, não com uma estrela do rock.

– O Richard teve uma banda na faculdade, ele estudava na Johns Hopkins e eu na Goucher. Quando ele começou a faculdade de medicina, largou a banda e eu larguei a faculdade para me casar com ele.

– Você ficou decepcionada pelo dr. Cone não ter continuado na banda?

– Não tanto quanto meus pais. – A sra. Cone puxou uma vagem da panela e mordeu a metade.

– Eles queriam que você se casasse com uma estrela do rock?

– Não, mas eles não queriam que eu me casasse com o Richard. Faculdade de medicina ou não. – Ela deu de ombros.

– Por que não? – Eu precisava tirar o frango, mas o assunto parecia importante e eu não queria perder.

– Porque ele é judeu! – A sra. Cone riu.

Tentei rir com ela, mas não entendi por que aquilo era engraçado. Ocupei-me enfiando as luvas de forno. Então abri o forno e tirei o frango.

– Então você *não é* judia?

– De jeito nenhum. Nós éramos presbiterianos. Eu cresci em Oklahoma.

– Ah. Uau. – Oklahoma parecia exótico. Eu nunca conheci ninguém de Oklahoma. E o que dizer de uma presbiteriana se casar com um judeu? Será que meus pais pensariam que uma família meio judia era mais fácil de conquistar do que uma família inteira judia? Os pais da sra. Cone, como os meus, achavam que os judeus tinham uma fisionomia diferente? O doutor e a sra. Cone se pareciam mais um com o outro que meus pais. Se eu pensasse verdadeiramente a respeito, eram meus pais que pareciam ser de raças diferentes – minha mãe, a falante, a executora; meu pai, o leitor silencioso de jornais. E os Cone pareciam felizes e em sincronia. Eram versões diferentes do mesmo modelo.

– É, uau. – A sra. Cone sorriu para mim.

– Nós vamos à Igreja Presbiteriana de Roland Park. Eu sou presbiteriana.

– Eu sei. A Sheba me contou. Ela acha que todos nós deveríamos ir ao seu culto no domingo.

– Isso seria muito divertido! – Eu sorri, mas a sra. Cone apenas cerrou os dentes. Talvez fosse doloroso para ela. – Quer dizer, se você quiser ir.

– Eu tento evitar a igreja. Mas se a Sheba realmente quiser ir... Veremos. – Ela deu de ombros de novo.

Tentei imaginar Sheba e a sra. Cone nas suas longas perucas loiras na minha igreja. Parecia impossível. Ninguém tinha essa aparência na Igreja Presbiteriana de Roland Park. Peguei a bandeja que Izzy e eu tínhamos lavado alguns dias atrás, quando limpamos alguns armários da cozinha, e, em seguida, transferi o frango da panela para a bandeja, dispondo cada pedaço com o lado bronzeado da carne para cima. As fatias de laranja estavam quentes, mas eu ainda conseguia tirá-las da panela com a ponta dos dedos e arrumá-las de modo artístico. Achei que parecia um prato saído da revista *Sunset*, e a sra. Cone deve ter concordado, porque, depois de olhar para o prato, ela parecia feliz novamente.

– Quais temperos você usou? – A sra. Cone cutucou um pedaço de frango com o dedo e depois enfiou o dedo na boca.

– Alecrim, alho, tomilho e sal. A Izzy jogou tudo em cima. – Da mesma forma que eu tinha feito com minha mãe, embora minha mãe tenha medido as porções antes de entregá-las para mim.

– Mary Jane – a sra. Cone falou. – Você é um presente para todos nós. – Ela se inclinou e me beijou. Eu estava começando a me acostumar com a quantidade de beijos que aconteciam por aqui.

Peguei a bandeja de frango e a levei para a mesa da sala de jantar. Izzy estava de pé em uma cadeira, com Sheba atrás dela. Elas seguravam um fósforo juntas, acendendo velas em altos castiçais de prata.

– Vamos jantar à luz de velas esta noite! – Izzy disse.

– Que lindo. – Coloquei o prato na mesa. A sra. Cone vinha atrás de mim com a tigela de arroz em uma das mãos e a de vagem na outra.

Sheba olhou para o frango.

– Não, *isso aí* que é lindo.

– A Izzy temperou.

– Eu joguei o azucrim – Izzy concordou.

– Alecrim.

– ALECRIM!

– Vá chamar seu pai e o Jimmy. – A sra. Cone pôs Izzy no chão e deu um tapinha na bunda dela para ajudá-la a se mexer. Izzy saiu correndo, e então a sra. Cone se aproximou de Sheba. As duas começaram a conversar sobre algo que tinha acontecido no início do dia, a cidade que haviam visitado, a pequena pousada que tinham visto, um restaurante de que ambas gostavam. Suas vozes eram baixas e sussurrantes, como se estivessem conversando durante os créditos iniciais de um filme. Eu fingi que arrumava os talheres na mesa, mas na verdade estava ouvindo a conversa.

O dr. Cone, Jimmy e Izzy voltaram. Izzy e Jimmy faziam sons estridentes de macaco, como se estivessem na selva e só pudessem se comunicar com vogais longas: "*eeee*", "*oooo*", "*eeee*"! A testa do dr. Cone estava franzida. Ele parecia cansado e talvez zangado.

Jimmy ergueu as mãos no ar logo acima do frango, como um pastor.

– Senhor, tenha piedade! O que a Mary Jane e a Izzy prepararam para nós esta noite?!

– Frango com azucrim! – Izzy gritou. Ela bateu palmas e deu pequenos pulinhos.

– Frango com azucrim! Bem, então, isso precisa de uma canção de louvor. – Jimmy saiu da sala e Izzy correu atrás dele. O restante de nós se sentou nos nossos lugares habituais à mesa.

O dr. Cone se adiantou para pegar um frango e a sra. Cone o deteve.

– Não, querido! Espere até que todos estejam sentados.

O dr. Cone bufou, mas retirou a mão. Ele se recostou na cadeira, esperando Jimmy e Izzy voltarem.

– Você gostou do nosso cabelo? – Sheba perguntou.

– Não é o mesmo que vocês estavam usando hoje pela manhã? – o dr. Cone perguntou.

– Talvez. – A sra. Cone jogou o cabelo por cima do ombro, no estilo Sheba, e piscou.

O dr. Cone não parecia disposto a brincar.

– Estou com fome – ele disse.

– Relaxe – a sra. Cone falou.

– Ou fique ligado – Sheba rebateu, e ela e a sra. Cone riram.

Não entendi a piada, e o dr. Cone pareceu não se divertir com ela.

– Por quanto tempo temos de esperar essa música? – Ele tamborilou os dedos na mesa e, como mágica, Jimmy marchou para a sala com Izzy nos seus ombros. Ele tinha um violão junto do peito, preso nas costas, e as mãos nos tornozelos de Izzy.

– Vamos cantar em comemoração ao nosso jantar! – Izzy falou. O dr. Cone ainda parecia faminto, ou zangado. Fiquei preocupada de ter feito algo errado.

Eu me levantei e ajudei Izzy a descer das costas de Jimmy. Então a puxei para o meu colo.

Jimmy dispôs um pé na cadeira, apoiou o violão sobre o joelho e começou a dedilhar e cantar. Era uma música do Cat Stevens, eu sabia porque tínhamos aprendido a cantá-la no coral da escola. "*Morning has bro-ken...*"

Sheba pulou e cantou com ele. Ela estendeu a mão e beliscou meu braço para que eu cantasse também. Olhei para o dr. Cone, que estava com os braços cruzados sobre o peito e o rosto meio franzido.

– Vamos lá, Mary Jane. Precisamos de você na harmonia – Sheba disse. Desviei o olhar do dr. Cone e entrei na música. "*Praise for the singing...*"

A sra. Cone virou a cabeça na minha direção. O dr. Cone olhou para cima. O rosto dele relaxou um pouco.

Quando a música acabou, todos aplaudiram. Jimmy repousou o violão na parede e se sentou.

– Eu me sinto tão grato. Sou grato a você, Richard.

– Me sinto grata pela voz da Mary Jane. – Sheba pôs a mão na minha perna. – Se eu não fosse quem sou, ficaria com ciúmes de você.

Eu sorri e pensei no quebra-cabeça daquele elogio. Será que Sheba queria dizer que estava tão contente na própria pele que a única maneira de sentir ciúmes de outra pessoa seria se ela já fosse outra pessoa? Talvez ser famosa como Sheba desse a ela tantas vantagens que não fazia sentido desejar ser outra pessoa. Passei muito tempo imaginando como seria ser outra pessoa. Na escola, eu observava as garotas legais com cabelos cacheados e Bonnie Bell com gloss nos lábios e pensava que seria emocionante ser uma delas, amontoadas no refeitório, rindo e jogando os cabelos de um lado para o outro. Mas agora que eu conhecia Sheba, aquelas garotas pareciam tão humanas e normais quanto... bem, quanto eu.

O dr. Cone estava falando. Eu captei a conversa.

– Jimmy, você precisa contar a todos o que aconteceu.

– O que aconteceu? – A voz de Sheba era afiada.

– Espere aí. Richard, o que aconteceu? – Agora a voz da sra. Cone também estava afiada.

– Podemos comer primeiro? – Jimmy perguntou. – Nós pulamos o almoço hoje.

– Você não comeu pipocas doces? – Izzy perguntou.

Jimmy pegou um peito de frango e o colocou no prato.

– Nenhuma pipoca hoje. O dia foi difícil, aí não comi pipocas!

Todos estavam se servindo, mas, de repente, nada parecia certo. O dr. Cone parecia zangado, em compensação Jimmy estava alegre demais, e Sheba e a sra. Cone pareciam hesitantes e preocupadas. Izzy saiu do meu colo e foi para o lugar dela, do outro lado da mesa, ao lado da mãe.

Tentei me desprender do que quer que estivesse acontecendo. Falei para mim mesma que provavelmente não tinha nada a ver comigo. Em vez de observar os adultos, eu me concentrei em Izzy. Primeiro, cortei um frango em dois e coloquei metade no prato dela e metade no meu. Então servi para ela uma colher de arroz, em cima da qual coloquei três vagens. Tínhamos negociado a quantidade de vagens enquanto as preparávamos. O doutor e a sra. Cone pareciam nunca prestar atenção no que Izzy fazia ou comia, mas eu queria que ela fosse o mais saudável possível, então fazia questão de pôr algo verde dentro do corpo dela todos os dias.

103

Houve conversas tensas e esporádicas depois que todos começaram a comer. Parecia exigir muito esforço não falar sobre o que quer que o dr. Cone tivesse mencionado antes.

Então houve um segundo de silêncio em que o dr. Cone deu um longo suspiro, como se estivesse segurando uma nota. Olhei para ele. Ele estava mastigando o frango e murmurando e movendo a cabeça como se fosse a coisa mais espetacular que já havia comido. Jimmy deu uma mordida e começou a murmurar também, mas de uma forma mais exagerada para que a gente soubesse que era intencional. Então Sheba e a sra. Cone deram mordidas, e também murmuraram gemidos – mastigando, suspirando, sorrindo. Izzy pegou seu meio frango com as mãos, deu uma mordida e começou a murmurar, imitando os *hmmm, hmmm, hmmm* que os adultos faziam. Eu ainda nem tinha provado o frango, mas o grupo me encarou esperando uma reação, sorrindo, murmurando.

– Está bom mesmo? – perguntei, e todos eles desataram a rir. Era como se uma bolha tivesse estourado e liberado algo que trouxe alívio, leveza. O dr. Cone não parecia mais zangado, a sra. Cone não parecia mais preocupada, Sheba parecia ter se esquecido de que havia algo com o que se preocupar.

– Caramba, Mary Jane – Jimmy disse. – Tá bom *pra caralho*.

– Minha nossa, Mary Jane. – O dr. Cone deu outra mordida.

– Incrível – Sheba disse.

– Incrível! – o dr. Cone repetiu.

A sra. Cone concordou com a cabeça, a boca dela estava cheia.

Izzy e eu estávamos servindo o bolo nuvem com morangos e chantilly quando Sheba falou.

– Então, o que aconteceu hoje? Por que foi tão difícil?

O dr. Cone enxugou os lábios, depositou o guardanapo no colo e olhou para Jimmy.

– Você que fez esse bolo? – Jimmy perguntou para Izzy.

– A Beanie fez – Izzy respondeu. – Ela trouxe hoje.

– Beanie Jones? – A sra. Cone franziu a testa. De repente, ela parecia dez anos mais velha. – Ela é aquela mulher que se mudou para a rua recentemente?

– Sim – respondi. – Ela veio deixar o bolo. Tentei mantê-la do lado de fora da casa, mas ela foi entrando.

– Beanie? – Jimmy indagou. – Nós conhecemos a Beanie.

– Ah, sim, a Beanie – Sheba disse.

– Quando você conheceu a Beanie? – O dr. Cone parecia infeliz de novo.

– Nós estávamos indo deixar a Mary Jane em casa uma noite dessas e a Beanie apareceu na janela. Coisinha intrometida – Jimmy comentou. – Mas bonita como um retrato.

– Quieto! – Sheba exclamou. – Pare de ficar olhando!

– Ela não é tão bonita quanto você – sussurrei para Sheba, mas eu não acho que ela me ouviu.

– Meu Deus, espero que ela não comece a espalhar boatos – o dr. Cone falou. – Já é difícil o suficiente do jeito que está.

– O que exatamente aconteceu hoje? – Sheba perguntou.

Jimmy tinha um pedaço enorme de bolo na boca. Ele falou de boca cheia.

– Tive uma recaída.

– O que você quer dizer com recaída? – Sheba se virou na cadeira para ficar de frente para Jimmy.

– Eu usei drogas.

– Como assim você usou? Como você usou?

– Eu consegui uma parada.

– MAS QUE INFERNO, JIMMY! – Sheba deu um tapa no braço dele com o dorso da mão. – QUE PORRA É ESSA?! – Ela o estapeou de novo. Mais forte.

Eu sabia que deveria pegar Izzy e levá-la para o andar de cima para tomar banho, mas não consegui me afastar da cena. Além disso, eu estava tão brava quanto Sheba. Parecia que Jimmy tinha *me* traído por ter uma recaída.

A sra. Cone empurrou o bolo meio comido para longe e observou Jimmy e Sheba.

– O Don tem um amigo que tem um amigo que tem um amigo. – Jimmy deu de ombros.

– Ele conheceu alguém no beco quando estávamos fazendo uma pausa, pegou um papelote de heroína e cheirou – o dr. Cone disse.

– Eu não tinha uma agulha – Jimmy falou.

– Que porra é essa, Jimmy?! – Os olhos de Sheba estavam marejados, embora nenhuma lágrima caísse. – Achei que estávamos isolados! Achei que você não conhecia uma alma em Baltimore! Como você pôde fazer isso?! Depois de tudo o que todos fizeram! O Richard desmarcando todos os outros pacientes durante o verão! A Mary Jane fazendo a porra do jantar todas as noites! O maldito frango *à l'orange*, seu filho da puta ingrato!

Olhei para o meu colo e repassei as palavras de Sheba na minha cabeça. Ela gritava mais do que o doutor e a sra. Cone já haviam feito. E Sheba usou o termo frango *à l'orange*, ainda que durante toda a noite tivéssemos o chamado apenas de frango com laranja, como estava escrito no cartão de receitas da minha mãe. Além disso, ela chamou Jimmy de *filho da puta*. Eu não poderia imaginar chamar outro ser humano, ou mesmo um cachorro, de filho da puta. Eu nem sabia que a palavra poderia ser usada dessa maneira. No entanto, parecia eficaz. Jimmy parecia se encolher na sua própria pele. Ele era pequeno demais para sua concha, como uma bola de pingue-pongue perdida em um saco de bolas de boliche.

– Você está em apuros? – Izzy perguntou para Jimmy.

Jimmy sorriu para Izzy. Era um sorriso triste.

– Sim. Estou em apuros.

Todos ficaram calados. Sheba baixou a cabeça entre as mãos. As costas dela subiam e desciam, eu não tinha certeza se ela estava respirando profundamente ou chorando em silêncio. A sra. Cone puxou seu prato de volta para si e terminou a meia fatia de bolo que tinha abandonado apenas alguns minutos atrás. O dr. Cone tinha aquela carranca no rosto outra vez. E Izzy me encarou com olhos redondos gigantes.

– Vamos tirar a mesa – falei.

Izzy saiu da sua cadeira e me ajudou a tirar a mesa enquanto os adultos continuavam sentados em silêncio. Jimmy olhou para Sheba como se esperasse que ela olhasse para ele, mas a cabeça dela permaneceu nas mãos.

Izzy e eu levamos a maioria dos pratos para a cozinha e os empilhamos no balcão. Eu a peguei e subimos as escadas para o segundo andar. Foi quando a gritaria começou. Sheba principalmente, com Jimmy gritando de volta frases curtas de duas ou três palavras. Izzy afundou a cabeça no meu pescoço e se agarrou a mim como se eu pudesse deixá-la cair.

– Você está bem? – perguntei.

– Estou preocupada com o Jimmy.

– O Jimmy vai ficar bem.

– Mas a Sheba está tão brava.

– Sim, mas seu pai está cuidando dele. Ele vai ficar bem de novo.

– Ele estava sendo viciado?

– Sim. Ele estava se drogando.

A gritaria continuou enquanto eu vestia o pijama em Izzy.

A voz do dr. Cone parecia um monte de palavras entre parênteses inseridas em meio aos gritos de Sheba e Jimmy. Ele não estava gritando, mas a voz dele era um resmungo firme e severo. A sra. Cone ou permanecia em silêncio ou tinha saído da sala de jantar. Depois que Izzy fez xixi, enquanto ela escovava os dentes, ouvimos o som de algo se quebrando. Era um som espesso de cerâmica, em vez do tilintar estridente de vidro.

Izzy segurou a escova com os dentes. A espuma escorria pelo queixo dela e na pia. Nós nos encaramos no espelho, esperando o próximo som. Houve um silêncio absoluto por dez segundos, e então Sheba começou a gritar de novo.

– Termine aí. Vamos para a cama. – Acariciei o cabelo de Izzy enquanto ela cuspia a pasta e enxaguava a boca, depois a peguei no colo e a carreguei até o quarto. Quando estávamos no corredor, outra sequência de coisas quebrando tinha começado. Dessa vez, o som era de vidro. Uma série de copos sendo jogados contra uma parede. Meu estômago se apertou e eu senti o coração batendo na garganta. A quebradeira continuou.

Carreguei Izzy para o quarto dela e fechei a porta atrás de mim. Os gritos estavam mais abafados, mas ainda podíamos ouvi-los, marcados vez ou outra por outro estrondo.

– Você vai ficar comigo essa noite? – Izzy perguntou.

Ajeitei-a na cama e me enfiei debaixo das cobertas com ela. Eu não sabia o que dizer. Não poderia passar a noite lá. Minha mãe estava me esperando em casa.

– Por favor. Não quero ficar sozinha aqui. E se a bruxa aparecer? – Izzy piscou rápido. Desde que eu tinha começado a cuidar de Izzy, ela raramente chorou. Mas nas duas vezes que isso aconteceu – uma vez quando caiu na calçada e outra quando não conseguimos encontrar seu bicho de pelúcia favorito –, ela piscou dessa mesma maneira antes de explodir em lágrimas.

– A bruxa não vai aparecer. – Eu me inclinei sobre a beirada da cama e peguei o livro *Madeline*.

– Mas a bruxa vai saber que os adultos estão com raiva e não estão cuidando de mim, então ela vai vir e...

– Eu vou ficar. – O pânico dela alimentou o meu. Talvez eu precisasse de Izzy tanto quanto ela precisava de mim. – Deixe eu ligar para a minha mãe. Vou fechar a porta para que a bruxa não entre enquanto eu estiver ao telefone.

– Volte logo. – Izzy piscou e lágrimas pintaram suas bochechas. Mas ela não chorou. Ela não fez barulho algum.

Quando abri a porta, ouvi um *clunc-clunc-clunc* de coisas sendo jogadas, mas não se quebrando. Os adultos tinham se mudado para a sala de estar, suas vozes estavam mais altas e mais próximas.

– Filho da puta idiota estúpido! – Sheba gritou. Corri para o quarto do doutor e da sra. Cone e fechei a porta atrás de mim, abafando os sons dos gritos.

A cama estava desfeita e as roupas dos Cone estavam empilhadas em cima da namoradeira de tecido azul e também na poltrona de canto do quarto. Os móveis de cada lado da cama estavam cobertos de livros, copos, um pequeno Buda de jade e revistas. Havia um telefone vermelho ao lado do Buda e uma edição do *The American Journal of Psychiatry* no que supus ser a mesa de cabeceira do dr. Cone. Peguei o telefone e esperei pela gritaria. Parecia mais seguro se eu ligasse no espaço silencioso logo depois de uma sessão de gritos. Jimmy estava gritando agora, então disquei todos os números, menos o último. Sheba continuou de onde Jimmy tinha parado. E então ouvi a voz do dr. Cone cortando.

Estiquei o fio do telefone e me arrastei até o chão. O som parecia ainda mais alto ali, atravessando direto pelo teto da sala até o chão do quarto. Levantei-me novamente e olhei para a cama dos Cone. O doutor e a sra. Cone se beijavam frequentemente na boca, e às vezes eu podia ver suas línguas. Eles se tocavam de uma maneira que fazia meu cérebro pensar em sexo mesmo quando era apenas a ponta dos dedos do dr. Cone na base das costas da sra. Cone. Eu não queria me sentar na cama deles. Eu não queria que meu corpo tocasse seus lençóis. Eu não conseguia parar de imaginar os dois transando em cima e por baixo daqueles lençóis. Ainda assim, eu tinha de abafar o barulho de alguma forma. Se minha mãe ouvisse algo suspeito, ela entraria no carro e me arrastaria até casa.

Peguei o telefone e o segurei contra a barriga. Então, como se estivesse prestes a mergulhar, respirei fundo e subi na cama dos Cone, por baixo da colcha laranja. Puxei-a sobre minha cabeça. Cheirava a barro e era quente, como uma toalha molhada que tinha sido deixada em um carro fechado. Houve silêncio por um segundo, e então um leve resmungo do dr. Cone. Disquei o último número e fiz uma oração: "Por favor, Deus, que ninguém grite enquanto estou ao telefone".

Minha mãe atendeu no primeiro toque.

– Mãe – eu sussurrei.

– Está tudo bem? – Imaginei minha mãe em pé na cozinha, o chão branco tão limpo que dava para ver seu reflexo no azulejo, os eletrodomésticos cor de abacate brilhando depois de uma camada de limpa-vidros.

Eu me forcei a falar com o tom de voz normal.

– A sra. Cone está muito doente e o dr. Cone perguntou se eu poderia passar a noite aqui. A Izzy parece assustada e chateada. – Mentira número quatro. A mais complexa e completa de todas.

– Ela está vomitando?

– Sim.

– Químio – minha mãe concluiu.

– Não sei. Eles não me contam.

– Vou até aí de carro e levo uma bolsa de dormir com uma camisola e uma escova de dentes para você.

– O dr. Cone me emprestou uma das camisolas limpas da sra. Cone. E ele me deu uma escova de dentes novinha em folha e meu próprio tubo de pasta de dente também. – Quando minhas melhores amigas dormiam lá em casa, minha mãe pedia que elas levassem sua própria pasta de dente, porque ela não achava higiênico que as pessoas deslizassem suas escovas na boca do mesmo tubo.

– Mas o que você vai vestir amanhã?

– Preciso lavar uma leva de roupas amanhã.

– Por causa do vômito?

– Isso.

– Adicione algumas colheres de água sanitária para ajudar a higienizar tudo.

– O.k.

– Se você usar menos de um quarto de xícara, não mancha suas roupas.

– O.k. – Ouvi gritos abafados e cobri o bocal do telefone com a mão. Fechei os olhos e rezei novamente. Deus deve ter ouvido, porque minha mãe parecia não ter escutado nada.

– Como estava o frango?

– Eles adoraram. Disseram que foi a melhor refeição que já comeram. – Finalmente eu poderia falar a verdade.

– Bom trabalho, querida. Estou feliz que tenha sido um sucesso.

– Mãe, preciso ir. Eu tenho que cuidar da Izzy.

– Eu entendo. Vejo você amanhã no final do dia.

– O.k. Boa noite, mãe.

– Boa noite. E lembre-se, apenas duas colheres de sopa de água sanitária. E observe atentamente as etiquetas das roupas antes de colocar qualquer coisa na secadora.

– Pode deixar.

– Você sabe como limpar o filtro pega-fiapos antes de usar a secadora, certo?

– Sim, mãe.

– O.k., Mary Jane. Boa noite. – Minha mãe desligou antes que eu pudesse responder.

Empurrei a colcha para baixo e respirei ar fresco e limpo. Depois rolei para fora da cama e devolvi o telefone à mesa de cabeceira.

Parei no corredor. As vozes estavam mais calmas agora. Sheba e Jimmy não estavam gritando. E até a voz do dr. Cone soava menos rouca. Eu queria me certificar de que o doutor e a sra. Cone estavam de acordo comigo passando a noite na casa. E talvez eu pudesse pegar emprestada uma camisola da sra. Cone. Eu tinha lavado duas no início do dia.

A voz da sra. Cone pairou no ar por um segundo antes de Sheba recomeçar a gritaria. Fui até o topo das escadas e desci devagar. Minhas pernas estavam fracas e meu coração parecia uma mola descendo uma escada infinita dentro do meu peito.

Quando me aproximei da sala de estar, os quatro olharam para mim. Sheba estava no sofá. Ela estava sem peruca e seu rosto estava manchado com rímel preto. O dr. Cone estava sentado na cadeira de couro. Ele parecia calmo, mas ainda tinha aquela carranca meio zangada. Jimmy estava sentado no chão, a cabeça apoiada na mesa de centro. E a sra. Cone estava ao lado de Sheba no sofá. Ainda de peruca. Ao redor deles, no chão, na mesa, no sofá, em todos os lugares que meus olhos alcançavam, estavam todos os livros das estantes. Izzy e eu estávamos planejando organizá-los por ordem alfabética, mas não tínhamos começado ainda. Por um momento, pensei que talvez essa bagunça toda facilitasse a tarefa.

– Uh, a Izzy quer que eu fique com ela esta noite. Ela está com medo.

– Excelente ideia – o dr. Cone falou.

– Posso pegar uma camisola emprestada?

– Com certeza! – A sra. Cone começou a se levantar, mas Sheba pegou a mão dela e a puxou de volta para o sofá.

– Mary Jane – Sheba disse muito séria. – Entre no meu quarto e do Jimmy, abra o armário e pegue a camisola mais bonita que você encontrar. Qualquer uma que gostar, você pode pegar. Mas você precisa escolher a mais bonita. Entendeu? É muito importante que você pegue *a melhor camisola* de lá. Você pode fazer isso?

– Acredito que sim. – Eu queria perguntar qual era a melhor, mas sabia que estava me intrometendo, interrompendo, e se não saísse logo da sala, uma explosão emocional poderia acontecer bem na minha frente.

– Ótimo. A melhor delas.

– O.k. Boa noite. – Eu me virei para ir embora.

– Boa noite, Mary Jane – Sheba disse.

– Boa noite, Mary Jane – a sra. Cone repetiu.

– Boa noite, Mary Jane – o dr. Cone falou em seguida.

E então Jimmy gritou.

– Mary Jane, você é uma santa, e eu estraguei tudo! Eu sou um estúpido de merda...

Antes que ele pudesse continuar, Sheba já tinha começado a gritar mais alto que ele. Subi as escadas correndo, meu coração batendo forte, e corri para o quarto de Izzy. Ela se sentou na cama.

– Sua mãe disse sim? – Os olhos dela eram como luzes noturnas, captando o brilho do poste do lado de fora da janela.

– Sim. Vou pegar uma camisola e escovar os dentes.

– Você pode usar minha escova de dentes.

– Vou usar meu dedo.

– Tudo bem.

– Já volto para me deitar com você, aí fechamos a porta e podemos cantar uma música, se você quiser. Ou podemos ler *Madeline*. Ou podemos simplesmente ir dormir.

– E a bruxa não vai entrar. A proporção é de dois para um.

– Isso mesmo, a bruxa não vai entrar. A proporção é muito grande para a bruxa entrar.

O quarto de Sheba e Jimmy estava arrumado e organizado. O doutor e a sra. Cone não tinham conseguido esvaziá-lo, mas haviam empilhado todas as suas coisas em caixas encostadas em uma parede. A cama estava arrumada com uma colcha de batik[6] rosa vibrante. Havia mesinhas de cabeceira incompatíveis em ambos os lados. Uma das mesinhas se-

---

6 Técnica de tingimento de tecidos que usa a cera para criar estampas. O batik mais tradicional é feito na ilha de Java (Indonésia), e também na África. [N.T.]

gurava os livros que eu tinha visto Jimmy lendo na cozinha pela manhã: *Play It As It Lays* e *Fear and Loathing in Las Vegas*. A outra tinha cremes para as mãos e para o rosto. No teto, sobre a cama, pendia outra colcha de batik rosa. Perguntei-me se era algo que a sra. Cone tinha feito. Ou se havia sido Sheba.

Dei alguns passos até o banheiro e olhei ao redor. Havia uma banheira gigante com pés de garra e um chuveiro separado. Os azulejos eram feitos com pequenos discos cor-de-rosa e pretos, como eu imaginava que seria um restaurante na década de 1950. Um espelho emoldurado repousava como uma bandeja na penteadeira de mármore rosa. Dois frascos de perfume e muitos cremes faciais estavam sobre ele. Peguei o Chanel nº 5. Já tinha ouvido falar, mas nunca vira um frasco de verdade. Borrifei nos meus pulsos e cheirei. Não tinha cheiro de Sheba. O outro frasco era de vidro polido e tinha uma rolha. Levantei a rolha e cheirei. Aquele lembrava um pouco o cheiro de Sheba, mas não era exatamente igual. Mergulhei a rolha no frasco e depositei um pouco do líquido em cada um dos meus pulsos onde tinha borrifado o Chanel nº 5. Levei o pulso até o nariz. Agora eu cheirava como Sheba. Inalei novamente. Respirar o perfume dela fez o mundo desaparecer por um momento.

Saí da minha bolha perfumada de Sheba e fui até o closet. A barra de um lado do armário continha as roupas de Jimmy. A barra do outro lado guardava as de Sheba. Suas roupas estavam organizadas por tipo: vestidos, tops, macacões, camisolas e roupões. Cada grupo foi organizado por cor, do mais claro para o mais escuro, da esquerda para a direita. Passei a mão por tudo, sentindo as texturas variadas – cetim, seda, couro, algodão.

Quando cheguei nas camisolas e nos roupões, tirei-os um por um. Alguns eram tão sexies – com tops de renda transparentes e fendas na altura da coxa – que eu ficava envergonhada só de olhar para eles. Meu vício em sexo rugiu, formigando pelo meu corpo, e eu tive de acalmá-lo firmemente.

Até as camisolas que não eram tão sensuais eram lindas. Fiquei preocupada em decepcionar Sheba escolhendo a camisola errada. Então minha mão parou em uma camisola branca com renda nas alças e na bainha. O algodão era tão macio que parecia água densa correndo entre meus dedos. Tirei meu short, camiseta e sutiã ali mesmo no armário, e vesti a camisola sobre minha cabeça. As costuras dos seios ficaram folgadas em mim, mas, fora isso, serviu bem. O algodão era tão macio contra minha pele que eu queria rolar no chão só para senti-lo mais.

Dobrei minhas roupas e as carreguei para fora do quarto de Sheba e Jimmy e depois desci as escadas até o segundo andar. A gritaria havia parado e as vozes dos quatro adultos conversando pairavam no ar como nuvens sonoras. Além disso, o cheiro de maconha emergia. Eu me perguntei se o dr. e a sra. Cone também estariam fumando. Ou se eram apenas Sheba e Jimmy.

Entrei no quarto de Izzy e fechei a porta. Demorou um segundo para meus olhos se ajustarem e verem que Izzy ainda estava acordada, seus olhos brilhantes me encarando.

– Todo mundo está calmo – eu disse. – Eles resolveram tudo.

– O.k. Podemos dormir agora?

– Podemos. – Subi na cama. Os lençóis de Izzy estavam limpos e rijos. Tínhamos lavado e passado a ferro fazia apenas dois dias.

– Eu te amo, Mary Jane. – Izzy se aproximou de mim e afundou a cabeça entre meu peito e minha axila. Ela respirou profunda e lentamente, como se estivesse liberando algo de dentro de seu corpo.

– Eu também te amo – sussurrei.

7

Quando acordei pela manhã, fiquei surpresa por ter dormido tão bem e com tanta facilidade. Na escola, tínhamos acampamento todos os anos, e eu sempre chegava em casa exausta e pronta para dormir por uma semana inteira. E quando eu dormia na casa das gêmeas, ficávamos acordadas até tarde e depois acordávamos cedo. Mas, na cama de Izzy Cone, dormi melhor que na minha própria casa.

Izzy ainda estava pressionada contra mim, com a boca aberta como a de um peixe. Seus cílios grossos pareciam molhados e brilhantes, e seus cachos ruivos estavam presos atrás da cabeça. Saí da cama devagar, com cuidado, e vesti meus shorts, sutiã, camiseta e chinelos do dia anterior.

Levei a camisola até o rosto e funguei. Cheirava à combinação de perfumes de Sheba e a nada que remetesse a mim. Com a camisola nas mãos, saí do quarto. A porta do terceiro andar estava fechada. A porta do doutor e da sra. Cone estava entreaberta e eu podia ouvir roncos oceânicos vindo de dentro do quarto. Desci as escadas devagar, me agarrando à beirada da parede, onde a escada rangia menos.

O chão da sala estava coberto de livros jogados. O ar ainda cheirava a borracha. Sobre a mesa de centro havia metade de um prato quebrado, as bordas brancas como giz e escarpadas. No prato havia três pontas de baseados. *Baratas*, Jimmy tinha dito no carro uma noite antes de engolir uma ponta acesa, só para fazer Sheba e eu rirmos.

Fiquei parada por um minuto examinando os danos. Eu poderia começar devolvendo os livros à estante, ou esperar até que Izzy acordasse. Estávamos falando tanto sobre isso que ela poderia se chatear caso eu começasse sem ela. Mas eu estava um pouco preocupada que, se não começasse a sistematizar os livros em breve, alguém iria entrar e arquivá-los de qualquer maneira, querendo ou não. Certamente, não o doutor nem a sra. Cone, eles fechavam os olhos para o caos e a desordem. Sheba, no entanto, tinha um olhar para organização tão forte quanto o meu. Mas, como ninguém fazia nada na casa dos Cone antes do café da manhã, eu sabia que tinha tempo. Talvez Izzy e eu começássemos a arrumar as prateleiras quando ela acordasse.

A sala de jantar parecia em ordem. Até os castiçais com os restos brancos de vela derretida estavam exatamente onde estiveram na noite anterior. O toca-discos estava no chão, onde Izzy e eu o havíamos instalado. Os discos ainda estavam alinhados contra a parede, agora sustentados por duas esculturas de pedra que eu tinha encontrado na máquina de lavar. Uma era a forma do torso de uma mulher e a outra a forma de um homem.

Tentei empurrar a porta vaivém da cozinha, mas estava emperrada. Dei a volta pelos fundos: sala de jantar, sala de estar, hall de entrada, sala de tevê. Quando cheguei à porta aberta para a cozinha, engasguei.

A cozinha parecia uma cena de crime. Ou como a cozinha do filme *O destino de Poseidon* depois que o barco afunda. O chão estava coberto por coisas quebradas: pratos, tigelas, copos, até a travessa que eu tinha usado para fazer o frango. Por cima dos copos e das louças quebrados havia comida da despensa jogada. Caixas de cereais, bolachas, pipocas doces, aveia, farinha, açúcar, passas. Tudo. As portas do armário estavam abertas, e as prateleiras, quase vazias. Em alguns lugares, as pilhas com destroços alcançavam até um metro de altura.

Tentei imaginar a cena na minha cabeça. Sheba tinha protagonizado a maior parte dos gritos. Mas ela havia quebrado todos os pratos? E como a sra. Cone se sentiu, vendo sua louça sendo destruída? O que o dr. Cone estava fazendo? Ele estava tentando medicar, acalmar ou parar a pessoa que estava quebrando tudo?

Pensei na minha mãe. "Não em Roland Park", ela costumava dizer, como se todos os males do mundo estivessem contidos em uma nuvem que simplesmente se recusava a pairar sobre aquele pequeno recanto ao norte de Baltimore. Mas lá estava eu, em Roland Park, e uma grande e pesada tempestade de vidro estilhaçado tinha acabado de cair. Imaginei o rosto da minha mãe vendo essa cena, a cabeça jogada para trás, os olhos arregalados, os arcos quase invisíveis das suas sobrancelhas erguidos até a linha do cabelo. Eu me lembrei do único prato quebrado na minha cozinha no início do verão e de como aquele crime pareceu sério.

Olhei para a porta da cozinha fechada e imaginei Izzy forçando-a para abrir, só um pouco, e então se espremendo na fresta e pisando em uma pilha de cacos de vidro. Com muito cuidado, ajoelhei-me pelos escombros. Peguei uma assadeira do chão e a usei para afastar a pilha de cacos que bloqueava a porta. Então abri a porta e empurrei os detritos contra ela para que permanecesse aberta.

Virei-me e passei pela sala de tevê, indo até a lavanderia, onde Izzy e eu tínhamos organizado esfregões e vassouras, galochas de chuva, botas de neve, capas de chuva, guarda-chuvas, patins e uma bomba de bicicleta. Calcei as galochas laranja de borracha da sra. Cone. Elas eram bem grandes, mas eu conseguia andar tranquilamente. Com um balde, um esfregão, uma vassoura e uma pá, voltei para a cozinha. Izzy estava parada na porta do lado da sala de jantar, a boca aberta no formato da letra O.

– Mary Jane! Eu acordei e você não estava lá!

– Eu estou bem aqui.

– O QUE ACONTECEU?!

– Não sei. Quando os adultos acordarem, eles podem nos contar o que aconteceu.

Izzy ergueu os braços. Fui até ela, peguei-a no colo e a levei até a mesa da cozinha. Havia alguns copos rachados e quebrados nos bancos, então a coloquei em cima da mesa, que estava milagrosamente limpa.

– Está tudo quebrado.

– Eu sei. Vou limpar.

– O que vamos comer?

– Hmmm. – Fui até a geladeira e verifiquei seu interior. Intocada. – Leite direto da caixa? E um pouco de queijo da Vaca Que Ri. Está bom?

– Sim!

Peguei a embalagem circular do queijo e a caixa de leite e os coloquei na mesa ao lado de Izzy.

– Você já tomou leite direto da caixa? – As gêmeas bebiam leite assim na casa delas. Quando tentei fazer isso uma vez na minha casa, minha mãe rapidamente me deu um tapa na parte de trás da cabeça. O leite derramou, é claro, e eu tive de esfregar o chão da cozinha inteira como punição.

– Eu consigo se minha mãe segurar para mim. Ela faz isso o tempo todo.

Eu já sabia disso, pois tinha visto a sra. Cone parada na frente da geladeira bebendo leite da caixa. Eu também a vi mergulhar fatias de queijo no pote de mostarda com a porta da geladeira aberta. Abri a ponta da caixa e a levei até os lábios de Izzy. Ela bebeu o leite. Um pouco do líquido escorreu pelo seu queixo. Encontrar um guardanapo parecia muito trabalhoso, então limpei sua boca com o polegar.

– Você consegue abrir o queijo sozinha?

– Sim. – Izzy mexia numa dobra da caixa. – É só puxar a corda vermelha. – Ela fez cara de concentrada ao tentar abrir a embalagem.

Fui até o armário da pia e peguei um saco de lixo e luvas. Com as mãos enluvadas, recolhi os alimentos um por um. Se não estivesse enlatado ou selado, eu jogava fora. Se estava encaixotado, examinava atentamente em busca de possíveis aberturas por onde pudessem ter entrado cacos de vidro. Imaginar Izzy dando uma colherada no mingau de aveia e engolindo uma lasca de vidro quase invisível me fez sentir um pouco de pânico. Izzy comeu queijo e conversou comigo enquanto eu trabalhava. De vez em quando, eu voltava para a mesa e lhe dava mais leite. Ela não parecia nada traumatizada pela noite anterior, então pensei: *Se ela consegue lidar bem com isso, eu também consigo.*

Era fácil recolher os pratos quebrados com a pá. Joguei-os em um saco de lixo. Havia mais pratos intactos no chão do que eu imaginava. Era provável que a segunda camada tivesse sido amortecida pelo que já tinha sido arremessado antes.

Peguei uma xícara branca de café e a virei para me certificar de que não havia rachaduras.

– As xícaras de café têm a maior taxa de sobrevivência.

– O que é uma taxa de sobrevivência? Posso tomar mais leite?

Coloquei o copo na pia com os outros pratos inteiros e depois fui até Izzy para dar leite a ela.

– Isso significa que elas sobreviveram ao acidente. Depois de terem sido arremessadas.

– As xícaras de café estão vivas?

Eu ri.

– Não. Estou usando o termo metaforicamente. Ou talvez antropomorficamente. – Tentei me lembrar das lições da aula de inglês.

– O que isso significa?

– Estou fingindo que as xícaras de café estavam vivas quando digo que não foram mortas. Mas realmente o que estou dizendo é que, de toda a louça jogada, elas foram as que caíram sem se quebrar.

– Por que você acha que as xícaras de café não morreram?

Era uma boa pergunta. Voltei para a pia e peguei uma xícara intacta. Em seguida, lavei-a para me certificar de que não havia cacos de vidro e depois a levei para a mesa.

– Não beba nestas xícaras antes de lavá-las. Vamos dar uma olhada em volta e ver se conseguimos descobrir o motivo de elas terem sobrevivido.

Izzy pegou a xícara e a rodou na mão.

– Talvez um círculo seja mais difícil de quebrar?

– Sim, aposto que é isso. Você é tão esperta! – Eu me inclinei e beijei o topo cacheado da cabeça de Izzy.

– Mas por quê? – ela perguntou. – Por que um círculo é mais difícil de quebrar?

– Hmmm. – Lembrei-me de algo da escola sobre um arco ser a forma mais forte. Era por isso que todas aquelas velhas pontes romanas em forma de arco ainda existiam, embora tivessem dois mil anos. Mas eu não conseguia me lembrar por quê. Algo sobre força, todos os lados empurrando-se uns contra os outros e criando uma tensão que os unia. – Quando um dos adultos acordar, pedimos para eles explicarem.

– O.k. – Izzy começou a desembrulhar outra fatia de queijo e eu voltei para a minha tarefa.

Por fim, quatro sacos de lixo estavam cheios e enfileirados na sala de jantar. Os bancos ao redor da mesa estavam limpos, mas mantive Izzy em cima da mesa. Varri o chão da cozinha, duas vezes.

– Posso ir para o chão agora? – Izzy perguntou.

– Não. Eu tenho que esfregar. Você pode cantar para mim enquanto esfrego.

– O que eu canto?

– Sua música favorita da vida, a número um de todas. – Enchi a lava-louças com os pratos intactos, em seguida, coloquei o balde de limpeza na pia e despejei um pouco de produto dentro dele. Izzy bateu na testa com um dedo. Ela estava cantando baixinho o início de várias músicas, como se folheasse um catálogo tentando encontrar a canção certa. Virei a torneira na direção do balde e o enchi de água.

– Mary Jane! Já sei minha música!

Com esforço, levantei o balde da pia e o coloquei no chão.

– Devo fazer a contagem para você?

– Sim! Espere. O que significa fazer a contagem?

– Você vai entender quando eu fizer.

– O.k. Faça. – Izzy me lançou um olhar muito sério, aguardando a contagem.

– Um, dois, um, dois, três, vai... – Apontei para Izzy e ela cantou uma das músicas de Jimmy de um álbum que agora ouvíamos muitas, muitas vezes. Nas partes em que a voz de Jimmy ficava grave, Izzy tentava imitá-lo.

Limpei o chão e cantei com o refrão. Quando a música terminou, Izzy respirou fundo, levantando os ombros, e começou tudo de novo. Ela cantou a música mais uma vez enquanto eu derramava água no chão e voltava a encher o balde para a segunda rodada de esfregação. Todo mundo andava descalço nessa casa – esfregar duas vezes era essencial.

Cantávamos a música de Jimmy, eu harmonizando com o refrão grave de Izzy, quando ele entrou na cozinha. Ele usava os jeans cortados e estava sem camisa e sem sapato. Tentei desviar o olhar da tatuagem do Pica-Pau que ele tinha na coxa, mas me peguei olhando para o colar de couro e penas aninhado no pelo do peito dele. Levantei a cabeça até o olhar elétrico de Jimmy.

Jimmy era um viciado em drogas tatuado que tinha usado heroína no dia anterior e talvez tenha destruído essa cozinha. Ainda assim, todas as coisas magníficas sobre ele – incluindo sua beleza e carisma – permaneciam poderosas como sempre. Era fácil ver por que Sheba o amava tanto.

– Por Deus, Mary Jane. – Jimmy virou a cabeça e encarou o chão. Depois a pia. Em seguida, encarou Izzy em cima da mesa. E, por fim, olhou de volta para mim e para o esfregão na minha mão. Os olhos dele estavam mais tristes que elétricos agora. Até seu cabelo descolorido parecia triste, caía sobre os olhos como se tivesse sido soprado pelo vento.

– Você está bem? – perguntei.

– Cristo todo-poderoso, Mary Jane. Izzy. Ah, caralho! – Jimmy bateu na testa com a palma da mão.

Izzy olhou para ele, seus grandes olhos se movendo de mim para Jimmy e de volta para mim. Coloquei o esfregão no balde e encostei a alça no balcão. Eu não sabia o que fazer. Ou dizer. Aquilo tudo – as drogas, as brigas, as coisas quebradas, e agora o remorso, claro – era totalmente novo para mim.

– Ah, Mary Jane. – Jimmy estava chorando agora. Choro mesmo, com lágrimas escorrendo pelo rosto e tudo. Ele entrou na cozinha e me puxou para ele, soluçando com o rosto enterrado no topo da minha cabeça. Eu nunca tinha visto um homem chorar na minha vida. Nem mesmo em um filme.

Os ombros de Jimmy tremiam e ele soltava uns ruídos.

Ele estava tentando falar, mas o choro continuava jorrando para fora do corpo dele. Izzy pulou da mesa e correu até nós. Ela passou um braço em volta de mim, outro em volta de Jimmy e enterrou a cabeça entre nossas coxas.

– Sinto muito – Jimmy soluçou.

– Está tudo bem, Jimmy, está tudo bem. Não estamos bravas! – Izzy disse. Tentei falar, mas parecia que havia um pedaço de miolo de pão preso na minha garganta.

– Vocês não deveriam ter que presenciar isso. – Jimmy gaguejava em meio às lágrimas.

– JIMMY! Não estamos bravas! A gente ama você. Não estamos com raiva.

Izzy falou por nós duas. Eu ainda não conseguia dizer uma palavra. Jimmy começou a chorar mais e eu pude sentir lágrimas rolando pelo meu rosto também. Tentei não fazer barulho, mas podia sentir pequenos soluços saindo de mim.

– Está tudo bem. Está tudo bem. – Izzy esfregou nossas pernas com suas mãozinhas.

– Está tudo bem, eu juro – falei por fim.

Jimmy afastou a cabeça da minha e segurou meu rosto nas mãos.

– Oh, Jesus, agora eu te fiz chorar também.

– Estou bem – funguei. – Não sei por que estou chorando. – Eu ri de leve. Jimmy olhou para mim, balançando a cabeça; ele não estava mais chorando. Izzy esfregou nossas pernas e examinou nosso rosto. Eu estava fungando, rindo e ainda chorando.

– Sinto muito mesmo. Eu realmente perdi o controle.

– JIMMY, NÃO ESTAMOS ZANGADAS COM VOCÊ! – Izzy gritou. – Vamos comer queijo d'A Vaca Que Ri, e a Mary Jane vai servir leite para você também.

Jimmy olhou para Izzy e riu. E então eu ri de verdade. Ele pegou Izzy, beijou suas bochechas e a carregou até a mesa.

– Deixa eu terminar de esfregar – ele falou para mim.

– Estou quase acabando. Eu juro que está tudo bem. – Rapidamente peguei o esfregão e passei pelos últimos cantos enquanto Jimmy e Izzy se sentavam e comiam queijo. O que aconteceu ontem à noite parecia tão horrível. Mas, depois daquele chororô, e depois das risadas, eu me sentia ridiculamente feliz.

– Você quer que a Mary Jane segure a caixa de leite? Ela faz isso muito bem.

– Ah, pequena Izzy, beber leite direto da caixa é a única maneira aceita em West Virginia. Eu sou profissional. – Jimmy pegou a caixa de leite e bebeu. Então ele a segurou na boca de Izzy, no ângulo perfeito para que não escorresse pelo queixo dela.

Esvaziei o balde na pia e tirei as luvas, e então me sentei no banco ao lado de Izzy. Peguei a caixa de leite, levei-a até boca e bebi.

– Olhe como a Mary Jane é boa! – Izzy apontou para o meu rosto. Eu balancei a cabeça e continuei bebendo. Senti como se estivesse infringindo a lei. E isso me fez sorrir.

Durante a próxima hora, todos foram aparecendo na cozinha. Já que eu havia limpado tudo, Sheba disse que eu não tinha permissão para cozinhar para ninguém naquele dia. Izzy se perguntou como iríamos comer se eu não cozinhasse, o que fez o dr. Cone se pronunciar.

– Você não se lembra de como nos alimentávamos *antes* da Mary Jane se juntar à família? – As palavras *se juntar à família* pulsaram na minha cabeça. No meu coração. Sheba se levantou e fez omeletes com cebola, queijo cheddar e pimentão verde. Eu sabia que copiaria essa receita em breve. Tudo foi servido em pratos de papel cor-de-rosa que sobraram da festa de aniversário de Izzy, em maio do ano anterior.

Houve alguma discussão sobre os pratos quebrados. O dr. Cone trouxe à tona o desapego pregado pelo budismo e a ideia de que eram apenas coisas que não tinham valor espiritual.

Eu me perguntei se ele ainda contava como judeu, já que parecia acreditar mais em Buda que em Deus. A sra. Cone disse que odiava todos aqueles pratos de qualquer maneira, pois eles haviam sido dados a ela pela sua mãe e simbolizavam a necessidade maternal de impor seu sistema de valores à sra. Cone. Eu me desliguei da conversa por um tempo enquanto pensava sobre essas questões. Nunca tinha me ocorrido que às vezes os pratos não eram apenas pratos, que os objetos podiam representar ideias de uma forma mais poderosa do que as ideias por si só.

Quando voltei, Sheba estava insistindo que pagaria por todos os novos pratos. Ela perguntou à sra. Cone onde deveria comprar a louça nova.

– Ah. – A sra. Cone deu de ombros. – Não é algo que eu já tenha feito. Não me importo com esse tipo de coisa.

– Eu ficaria feliz se usássemos pratos de papel pelo resto da vida. Ou se comêssemos em jornais para produzir menos lixo – o dr. Cone disse.

– Mary Jane – Sheba começou. – Onde sua mãe compra coisas para casa, tipo pratos?

– Acho que a maioria das pessoas em Roland Park vai na Smyth – falei.

– É claro! – a sra. Cone assentiu. – Eu me sinto como uma alienígena hippie toda vez que entro naquele lugar. Mas sim, podemos encontrar pratos lá.

– Quando eu era criança, todos os nossos copos eram do posto de gasolina.

Postos de gasolina ainda ofereciam copos grátis quando você abastecia, mas minha mãe e meu pai nunca os aceitavam, não importa o quanto eu implorasse. Aí eu desisti dos copos.

– Eu tenho copos do posto de gasolina com desenhos do Pernalonga neles! – Izzy disse, e então a expressão no seu rosto mudou quando ela se lembrou de todos os copos que estavam quebrados.

– Sinto muito – Jimmy falou. Ele parecia agoniado.

– Ninguém precisa de copos do posto de gasolina – o dr. Cone disse.

– JIMMY! – Izzy gritou. – EU NÃO ESTOU BRAVA!

Todos riram.

– Então, hum, vou limpar a sala de estar – Jimmy sugeriu.

– Sim. Eu acho... Bem, acho que vai fazer você se sentir melhor – o dr. Cone respondeu.

– A Mary Jane e eu íamos alfabetizar os livros – Izzy disse.

– Nós íamos organizar as estantes em ordem alfabética – esclareci.

A sra. Cone balançou a cabeça e sorriu.

– Mary Jane, você é demais!

Sheba se inclinou e passou o braço em volta de mim.

– Você meio que me lembra de mim mesma – Sheba falou.

– Sério? – Sheba era tão glamorosa. E, ainda que eu não conseguisse descrever o que tornava uma pessoa sexy, eu sabia que Sheba era exatamente isso. Sexy. E até onde eu sabia, eu não era glamorosa ou sexy de forma alguma. Embora talvez eu fosse uma viciada em sexo. Isso me tornava sexy?

– Sim. Seu desejo de ordem. Clareza – ela continuou. – A necessidade de transformar o caos em algo possível de ser gerenciado.

– O que é caos? – Izzy perguntou.

– Os livros no chão da sala – o dr. Cone começou.

– O estado da cozinha quando fomos dormir ontem à noite – a sra. Cone continuou.

– Toda a merda que toma conta do meu cérebro – Jimmy falou.

Depois do café da manhã, Izzy, Jimmy e eu fomos para a sala. Levei comigo um caderno e um giz de cera vermelho. Eu ia escrever o alfabeto para Izzy, para que ela pudesse lembrar a ordem sem precisar cantar a música.

– A letra *A* vem primeiro. – Escrevi um A vermelho gigante na primeira página do caderno.

Izzy caiu no chão como uma marionete que acabara de ter as cordas cortadas.

– Como se diz *A* em francês? – ela perguntou. Às vezes, nas nossas leituras noturnas de *Madeline*, eu substituía palavras em inglês por palavras em francês – como todas as garotas da Roland Park Country School, eu estudava francês desde o jardim de infância –, o que deixava Izzy entusiasmada.

Empurrei alguns livros para o lado e me ajoelhei no chão.

– *Ah*, como se o médico pusesse um abaixador de língua na sua boca e dissesse "Diga *ahh*".

– *Ah* – Izzy repetiu.

– Tive uma ideia. – Jimmy afastou alguns livros de capa dura com o pé descalço e depois se sentou no chão ao meu lado. – Vamos nos revezar e pensar numa música que comece com cada letra do alfabeto. Quem não conseguir pensar em uma canção ganha um ponto. A pessoa que tiver mais pontos no final perde.

– A, B, C, D – Izzy cantou. – Eu ganhei.

– Ainda não – Jimmy falou. – Espere até a gente começar a organização. Quando eu era criança e nós brincávamos disso, era proibido começar até que o trabalho estivesse em andamento.

– Sua mãe e sua avó também brincavam? – perguntei.

– Sim. A vovó só cantava músicas da igreja. Ela simplesmente adorava quando a vez dela caía na letra *J*.

Fiquei preocupada que Jimmy me achasse ignorante como sua avó. As únicas músicas que eu conhecia eram as da igreja, do grupo de escoteiros Camp Fire Girls, da casa das gêmeas ou das trilhas sonoras da

Broadway que havia na minha casa. É claro que eu conhecia algumas das músicas de Jimmy agora que Izzy e eu tínhamos tocado seus discos tantas vezes. Mas imaginei que ele não gostaria de me ouvir cantando músicas do Running Water nesse jogo.

– O.k. Vamos começar AGORA! – Izzy segurava um livro acima da cabeça como um troféu.

– Segure aí! – Eu levantei a mão como se estivesse na escola. Jimmy piscou e apontou para mim.

– Mary Jane?

– Antes de colocar os livros nas prateleiras, temos de separá-los em pilhas no chão. Todos os autores que começam com a letra A, todos os que começam com a letra B, e assim por diante. Em seguida, organizamos cada pilha por ordem alfabética. Por último, colocamos os livros nas prateleiras.

Izzy abaixou o livro que estava sobre sua cabeça e o segurou na frente do rosto. Ela apertou os olhos enquanto examinava a capa.

– Esse vai para a pilha do *S*, certo? – Era escrito por Saul Bellow.

– Esse livro é ótimo – Jimmy falou. – Mas *Augie March* é ainda melhor.

– *S* foi uma boa tentativa – eu disse. – Mas você tem de olhar para a primeira letra do sobrenome. – Apontei o sobrenome do escritor com o dedo indicador.

– É a letra B?

– Excelente! – Escrevi um *B* gigante em um pedaço de papel, me levantei e abri um espaço na outra ponta da parede. Coloquei o B no chão. – Agora coloque todos os livros *B* aqui.

Izzy passou por cima dos livros e colocou *Henderson, o Rei da Chuva* em frente ao papel com o *B* escrito. Então ela começou a cantar "A, B, Cs" para dar início a uma nova rodada no jogo de Jimmy. Jimmy cantou junto, folheando livros e fazendo uma pilha separada com seus favoritos, que ele me indicou para ler. Prometi que os leria, mas não parei para olhar nenhum deles naquele momento, pois estava ocupada escrevendo as letras e procurando espaços para o alfabeto de papéis ao redor da sala.

Quando foi a vez de Jimmy, ele cantou "Bye Bye Blackbird". Eu harmonizei e Izzy acompanhou com a cabeça porque ela não sabia a letra.

Na minha vez, estava inquieta e fiquei em silêncio por alguns segundos. Então me lembrei de "Chantilly Lace", uma música dos anos 1950 que eu conhecia de um álbum que as gêmeas tinham. Se Jimmy podia cantar "Bye Bye Blackbird", então "Chantilly Lace" não era tão ruim. Izzy também não conhecia essa, mas continuou a balançar a cabeça no ritmo. Jimmy cantou comigo, em uma voz baixa e caricatural, assim como Big Bopper – o cara que canta no álbum.

Estávamos na letra R quando a sra. Cone e Sheba entraram na sala.

– Quero ajudar – Sheba falou.

– Procure pelo sobrenome – Izzy orientou. – Quando encontrar, você confere a primeira letra, o.k.? Depois, você tem que procurar exatamente a mesma letra entre os papéis que estão no chão e colocar o livro lá naquela pilha. Estamos alfabetizando. Entendeu?

– Acho que sim – Sheba disse.

– Eu também quero. – A sra. Cone alisou a cabeça de Izzy e então começou a folhear os livros.

Jimmy explicou o jogo da música e Sheba imediatamente falou "Rhinestone Cowboy".

– Ah, qual é! O Glen não vale – Jimmy protestou.

– Foi antes de eu te conhecer, amor. Você sabe que eu não o amo mais. – Sheba estava olhando para Jimmy. Ambos pareciam muito sérios. Sheba tinha tido um romance com Glen Campbell e Jimmy o odiava por causa disso? Por um segundo, fiquei com medo de que eles brigassem de novo, mas Jimmy logo sorriu e atravessou a sala, parando bem na frente de Sheba. E então os dois juntaram o rosto, como se o nariz deles fosse feito de ímãs, e trocaram um beijo molhado e profundo.

Virei a cabeça e desviei o olhar. Izzy pareceu não notar. A sra. Cone os observou com um olhar desejoso, mas um pouco inquieto. Perguntei-me se ela queria estar no lugar de Sheba beijando Jimmy. Ou se talvez ela quisesse que o dr. Cone a beijasse daquele jeito. Parecia um beijo tão avançado. Talvez um dia eu desse um selinho em alguém. Para começar.

Quanto mais o beijo durava, mais meu rosto queimava. Finalmente, Izzy quebrou o silêncio cantando "Rhinestone Cowboy". Eu conhecia a letra também, porque a mãe das gêmeas tinha todos os discos do Glen

Campbell. Quando chegamos ao refrão, Sheba e Jimmy finalmente pararam de se beijar e se juntaram a nós. A sra. Cone também estava cantando, mas a mente dela parecia estar em outro lugar. Seu rosto passou dos livros para Jimmy, para os livros e para Sheba.

Quando tive de cantar novamente, estávamos na letra V.

– Hum... hum... – Eu só conseguia pensar em "My Victory" da igreja. Isso me constrangeu tanto que eu considerei passar minha vez.

– Nada de músicas da igreja! – Izzy disse, como se pudesse ler a minha mente.

– Ah! Espere aí. E que tal "Kumala Vista"? Podemos ir pela última palavra do título, como os sobrenomes nos livros. *V* de *Vista*. – Fiquei tão aliviada por não cantar uma música da igreja que não me importei de cantar uma música do grupo de escoteiras Camp Fire Girls.

Todos pararam o que estavam fazendo e olharam para mim. Eu me ajoelhei no chão e bati nos joelhos duas vezes, depois bati palmas para pegar a batida. Na minha cabeça soava como *cha-cha, pop, cha-cha, pop*...

Izzy se ajoelhou e me acompanhou nas palmas. E então Jimmy, Sheba e a sra. Cone entraram na batida.

– Porra, Mary Jane, fale para a gente qual é a letra – Jimmy disse, sorrindo.

– Vocês precisam repetir depois de mim – eu disse. – E seguir os movimentos das minhas mãos também.

– Ah, estou adorando isso – Sheba falou. – Essa música é daquela vez em que você foi para o acampamento de férias?

– É do grupo de escoteiras Camp Fire Girls. Preparados? Repitam comigo: *FLEA!*

– *FLEA!* – todos repetiram. – *FLEA FLY!*

– *Flea fly flow!*

– *Kumala!*

– *Kumala!*

– *Vista!*

– *Vista!*

– *Kumala, kumala, kumala vista!* – Cantei no ritmo. – *Kumala, kumala, kumala vista!*

– *Oh, no, no, no not sevista!*

– *Oh, no, no, no not sevista!*

Quando chegamos ao fim, na parte em que você finge arranhar seu corpo inteiro, o dr. Cone entrou na sala. Ele se sentou no sofá e nos observou, com a cabeça inclinada, como se fôssemos macacos em um zoológico.

Todos riram quando a música terminou. Era a vez de Izzy escolher a próxima música.

– Quero cantar "Kumala Vista" outra vez.

E assim fizemos.

A sra. Cone, Sheba e Jimmy usaram perucas naquela noite para jantar no Morgan Millard, o único restaurante em Roland Park. Jimmy vestia um dos ternos do dr. Cone. Era azul, com lapelas largas e calça boca de sino. Ele não usava gravata, mas estava com uma camisa engomada com os três primeiros botões abertos.

– O que você acha? – Jimmy perguntou para mim enquanto caminhávamos para o carro. – Alguém vai me reconhecer?

– Não. – Embora eu achasse que as pessoas olhariam para ele. Sua peruca era preta e lisa, com uma franja na frente. E ele estava usando sandálias de couro. Eu nunca tinha visto alguém usar sandálias de couro com terno na minha vida.

A sra. Cone e Sheba estavam usando as perucas loiras de novo. O dr. Cone se parecia com ele mesmo, as costeletas grossas e irregulares tomando metade do rosto. Izzy estava com um vestido rosa de babados e sapatos brancos de couro. Apenas por diversão. Sheba me emprestou um dos vestidos dela para usar. Também por diversão. Era vermelho com uma estampa de teias de aranha pretas por toda parte. O vestido não era decotado, mas as alças eram mais finas que as do meu sutiã, então eu parecia um pouco ousada. Sheba era muito mais alta que eu, o vestido provavelmente batia na coxa dela. Em mim, ele chegava, modestamente, nos joelhos.

O dr. e a sra. Cone se sentaram no banco da frente, e o restante de nós no banco de trás. Sheba se sentou ao lado de uma das portas, Jimmy se sentou ao lado da outra. Izzy e eu nos esprememos no meio. Todos falavam ao mesmo tempo, felizes, empolgados. Tínhamos terminado de organizar as estantes. Jimmy estava comprometido novamente com a sobriedade. E estávamos a caminho de um restaurante para que ninguém precisasse fazer o jantar ou limpar as coisas depois.

Estava abafado e escuro dentro do carro, as luzes da rua lançavam sombras em movimento sobre nós como fantasmas dançando no nosso colo. Sheba se inclinou para perto e sussurrou no meu ouvido.

– Acho que você deveria tirar o sutiã.

– Eu nunca fiz isso – sussurrei, ainda mais baixo. Eu realmente não queria que o dr. Cone ou Jimmy soubessem do que estávamos falando.

– O vestido ficará melhor. Aqui. Incline-se para a frente.

Inclinei-me para a frente e Sheba estendeu a mão pelas costas do vestido e desabotoou meu sutiã. Rapidamente, deslizei os braços para fora das alças e, em seguida, puxei o sutiã para fora do decote. Eu definitivamente estava sendo ousada agora, embora ninguém parecesse notar. Jimmy e Izzy estavam cantando "Kumala Vista" de novo, e o doutor e a sra. Cone estavam conversando sobre o que fazer se encontrassem alguém que conheciam.

Sheba pegou o sutiã e o enfiou na bolsa rosa brilhante dela. Mordi o lábio e tentei não rir. Era engraçado estar sem sutiã em público: confortável e arejado. Por um segundo, imaginei meus mamilos com bocas, respirando oxigênio pela primeira vez. Eu ri. Sheba também.

– Vai ser nosso segredo. – Ela beliscou meu joelho.

Beanie Jones e o sr. Jones saíam do Morgan Millard no momento em que entramos. Ele era tão bonito quanto ela, mas tinha um aspecto de cera na pele e de borracha nos lábios. Até o cabelo castanho-claro e grosso dele parecia falso. Estava repartido de lado e tão arrumado quanto uma peruca.

– Oi, Beanie Jones! – Izzy cumprimentou. E então ela engasgou e enterrou o rosto na minha barriga ao se lembrar do segredo de Jimmy e Sheba.

– Oi! – Eu acenei nervosamente.

– Olá, olá! – Beanie Jones tinha um sorriso largo demais e assentiu enquanto examinava a peruca de Sheba, depois a de Jimmy e, por último, a da sra. Cone.

– Tommy Jones. – O sr. Jones estendeu o braço e apertou a mão do dr. Cone.

– Richard Cone. Moramos na mesma rua que vocês – o dr. Cone falou. Ele parecia rígido, desconfortável. Jimmy se afastou e ficou parado no púlpito, de costas para nós.

– Estou tão feliz por conhecê-los pessoalmente! – Beanie Jones falou. – Tem demorado um pouco para eu conhecer todos os novos vizinhos, com a maioria das pessoas passando o verão fora.

– Muito obrigada pelo bolo nuvem! – A voz da sra. Cone estava mais alta e mais melodiosa que o normal. Como se ela estivesse atuando exageradamente em uma peça da igreja.

– Vocês também são vizinhos? – Beanie Jones chegou com o rosto tão perto do de Sheba que poderia muito bem tê-la lambido.

– Jenny Johnson. Viemos de Newport, Rhode Island, para uma visita. – A voz de Sheba era nasal, baixa e filtrada por entre os lábios apertados. Lembrou-me da voz de Thurston Howell III em *A ilha dos birutas*. A cabeça de Izzy balançou e seus lábios emitiram um pequeno som de *pfft* enquanto ela tentava não rir.

– Jenny Johnson, prazer em conhecê-la! – Beanie Jones sorriu. O sr. Jones estava conversando com o dr. Cone, que não parava de olhar para Jimmy. – E seu marido é...

– Johnny Johnson – Sheba respondeu.

O maître se aproximou com os cardápios. Jimmy espreitava atrás dele.

– Querida, foi ótimo conhecer você e o seu marido. Nos avise quando estiver em Newport.

– Sim, eu adoraria visitar...

– Vejo você pelo bairro! – A voz de atriz exagerada da sra. Cone cortou Beanie Jones.

Izzy e eu acenamos, e o dr. Cone apertou a mão do sr. Jones antes de seguir com o restante de nós até a mesa.

Depois de nos sentarmos, olhamos uns para os outros, uns com os lábios franzidos, outros com grandes sorrisos escancarados. Fez-se silêncio por alguns segundos enquanto a sra. Cone se inclinava em direção à janela e espiava para ter certeza de que Beanie e o sr. Jones tinham ido embora. Quando ela se recostou na cadeira e começou a rir, todos nós desatamos a rir também. Izzy ria tanto que começou a soluçar, o que nos fez rir ainda mais.

Sheba continuou a brincadeira durante a noite toda. Quando a sobremesa estava sendo servida, todos falavam como Jenny Johnson de Newport, Rhode Island, com palavras e com um sotaque que ninguém na casa usava.

Quando o dr. Cone parou a caminhonete na frente da minha casa, pensei que fosse chorar. Eu queria continuar com todo mundo, vestir aquela camisola macia como água corrente e dormir na cama aconchegante de Izzy. Eu queria acordar naquela casa, onde eu me sentia como uma pessoa real, com pensamentos, sentimentos e habilidades próprias.

A sra. Cone se inclinou sobre o banco e me deu um beijo de despedida na bochecha. Então Jimmy se curvou sobre Izzy e beijou o topo da minha cabeça. Sheba beijou minhas bochechas e Izzy subiu no meu colo e beijou meu rosto todo.

– Mary Jane, vou sentir MUITO sua falta!

– Vou estar de volta antes do café da manhã na segunda-feira! – falei alegremente. Mas eu queria beijar Izzy por todo o rosto e dizer que também sentiria falta dela.

Sheba saiu e parou junto à porta aberta.

– Vejo você na segunda-feira, boneca.

– Posso pegar meu sutiã? – sussurrei. Eu preciso colocá-lo antes de entrar em casa.

– Claro! – Ela enfiou a mão na bolsa e me entregou o sutiã.

– Deixei sua camisola em cima da máquina de lavar, mas não cheguei a lavar porque estávamos muito ocupados com os livros e tudo mais.

– Não, você tem de ficar com ela! Leve para casa com você. Agora é sua! – Sheba se aproximou de mim e me segurou por um segundo antes de beijar de novo minha bochecha.

Observei o carro se afastar, depois caminhei até a parte escura na lateral da casa, fora do alcance da luz da varanda. Minhas mãos tremiam quando baixei as alças do vestido e coloquei o sutiã. Levou alguns segundos para eu fechar os ganchos na parte de trás. Uma vez que eles estavam presos, ergui as alças do vestido e entrei.

8

No sábado, ajudei minha mãe no jardim. Ela falou sobre os vizinhos. Quem ela havia visto, quem estava na Costa Leste ou em Rehoboth Beach, e quem tinha participado do quarteto de tênis dela. O relatório era interrompido periodicamente por instruções sobre como arrancar flores e ervas daninhas corretamente. Ouvi tudo, as histórias e as diretrizes, mas minha mente estava nos Cone, em Jimmy e em Sheba. Eu me sentia como a silhueta de uma garota de catorze anos arrancando ervas daninhas e acenando para a mãe.

Às quatro da tarde, minha mãe e eu trocamos de roupa e colocamos vestidos. Tínhamos de ir ao Elkridge Club às quatro e meia. Ela encontraria amigos para tomar chá e limonada antes da nossa reserva para o jantar às seis com meu pai, que tinha passado o dia todo no clube jogando golfe.

Quando estávamos prestes a sair, minha mãe me olhou de cima a baixo.

– Mary Jane, não tem nada que você possa fazer nesse cabelo?

Ajeitei o cabelo atrás das orelhas.

– Devo usar uma faixa na cabeça?

– Faixa de cabelo, rabo de cavalo, tranças... Só não ande por aí como se fosse uma criança sem mãe.

Subi as escadas correndo até o segundo andar, entrei no banheiro e abri a gaveta onde guardava minha escova, pente e elásticos de cabelo. Coloquei uma tiara floral azul que combinava com meu vestido azul-claro e me examinei no espelho. Com o cabelo puxado para trás, minha testa parecia mais larga e minhas sobrancelhas escuras se destacavam.

Naquele momento, percebi que talvez alguém pudesse me notar algum dia. Minha pele lisa, minha boca carnuda, meus olhos alaranjados.

– Mary Jane! – minha mãe chamou do andar de baixo. – Não fique de enrolação!

Minha mãe e eu ficamos em silêncio no carro a caminho de Elkridge. Assim que entramos no estacionamento, ela começou com as perguntas.

– Você descobriu a qual clube os Cone pertencem?

– Olha, a sra. Cone não é judia. E o dr. Cone é judeu, mas, na verdade ele é... – Parei antes de dizer *budista*. Minha mãe poderia pensar que um budista era pior do que um judeu.

– Na verdade o quê?

– Ele reza, mas não parece tão judeu. E ela é presbiteriana, como nós.

– O que você acha disso? Eu me pergunto como as famílias deles lidam com isso.

– Não tenho certeza. Os pais deles moram em outras cidades. Ninguém está por perto para interferir.

– Talvez eles não queiram, por ser um casamento misto.

– É, talvez. – Eu não queria trair a confiança da sra. Cone e dizer à minha mãe que os pais não falam com ela especificamente porque o dr. Cone é judeu.

– E Izzy, é o quê? Presbiteriana ou judia?

– Acho que ela é os dois.

– A sra. Cone a leva para a igreja?

– A sra. Cone está doente, lembra? – As mentiras fluíam tão suavemente agora que eu mal pensava nelas.

– Antes. Ela levava Izzy para a igreja antes?

– Não sei, mãe. Agora ninguém vai para a igreja.

– Hum. Com ela doente, agora seria a hora de ir à igreja.

– Acho que sim.

– Vamos orar por ela amanhã.

Todas as minhas últimas orações tinham sido para que Jimmy melhorasse e para que eu não fosse uma viciada em sexo.

– Tudo bem. Isso seria gentil. Vou contar para ela na segunda-feira.

Enquanto minha mãe e suas amigas bebiam chá gelado e limonada na varanda, eu olhava para o vasto gramado verde e observava os homens jogarem golfe. Eu tinha visitado o clube minha vida inteira, mas nunca o enxergara do jeito que enxerguei naquele dia. O que no passado parecia normal, de repente era anormalmente silencioso, quieto e contido. Era como se estivéssemos em uma peça de teatro infinita sem nenhuma tensão dramática. Os garçons, garçonetes, bartenders e ajudantes em Elkridge eram homens e mulheres negros. Desde que comecei a andar, eu tinha visto e conhecido muitos deles. Mas só hoje pude enxergar a mim mesma, minha mãe e seus amigos do jeito que os funcionários deviam nos enxergar. O que eles achavam de todas essas pessoas brancas caladas? O que achavam dos vestidos e calças em tons pastel e dos penteados que pareciam congelados no lugar com spray e faixas de cabelo? O que achavam de trabalhar em um lugar que não os aceitava como membros?

Aprendemos sobre o movimento dos direitos civis na escola. Isso me fez sentir esperançosa, como se a mudança estivesse acontecendo ao nosso redor. Mas naquele dia, sentada em Elkridge, eu me senti presa em uma dobra no tempo de polidez segregada.

No jantar daquela noite, minha mãe contou para meu pai sobre o casamento misto dos Cone.

– Hum. – Meu pai cortou um pedaço de bife da grossura de um polegar. – Como ele joga golfe?

– Como ele joga golfe? – repeti. Eu não entendia o que o golfe tinha a ver com isso.

– Os clubes judeus não o aceitam por causa da esposa dele. E os clubes normais não o aceitam porque ele é judeu.

Quando não respondi rápido o suficiente, minha mãe chamou minha atenção.

– Seu pai está falando com você, Mary Jane.

– Eu acho que o dr. Cone não joga golfe – eu disse. Em toda a minha busca e organização na residência Cone, eu nunca tinha visto tacos de golfe. Mesmo que fosse uma deflexão, não era uma mentira. Meu pai deu de ombros. Mastigou. Encarou o bife. Eu forcei outra garfada de lasanha para dentro.

– Vamos orar pela sra. Cone no domingo. – Minha mãe cortou a borda de gordura do bife dela. Parecia um verme branco e grosso.

– Por que todas as pessoas que trabalham aqui são negras? – perguntei, não levantando os olhos da minha lasanha.

O rosto da minha mãe disparou na minha direção com a velocidade de uma bala.

– Que tipo de pergunta é essa?

– Bons funcionários. – Meu pai enfiou outro pedaço de bife na boca.

– Quero dizer, você não acha estranho que pessoas negras trabalhem aqui, mas não tenham permissão para se tornarem membros? Por que brancos não trabalham aqui?

Minha mãe largou o garfo e a faca e pôs as palmas das mãos sobre a mesa.

– Isso é uma conversa apropriada para a mesa de jantar?

Meu pai cortou uma porção sangrenta no centro.

– O Ted é branco.

– Ele é seu *caddie*.[7]

– Sim, ele é – papai falou enquanto mastigava.

Minha mãe pegou o garfo e a faca e foi na direção do outro pedaço de gordura.

– Eu não acho que isso seja uma conversa apropriada para se ter na mesa de jantar.

– Por que você não tem um *caddie* negro? Por que o barman é negro, mas seu *caddie* não?

Minha mãe largou o garfo e a faca de novo.

– Mary Jane! O que deu em você?

Meu pai enfiou o garfo e a faca na carne. Ele olhou diretamente para mim. Era tão incomum que eu só consegui sustentar o olhar dele por alguns segundos antes de baixar a cabeça para meu colo.

---

7   No golfe, um *caddie* é a pessoa que carrega a bolsa e os tacos, além de dar conselhos e apoio moral ao jogador. [N.T.]

– O barman, Billy, faz o melhor Manhattan deste lado do Mississippi. É por *isso* que ele é o barman. E o Ted é um bom *caddie*. Se você puder encontrar um homem negro que seja um *caddie* tão bom quanto o Ted, eu fico com ele. E se puder encontrar um homem branco que prepare uma bebida como o Billy, também fico com ele. – Foi o máximo que ouvi meu pai dizer em muito tempo, talvez a vida inteira. Acho que porque nunca tínhamos discutido golfe ou bebidas antes.

– Se o Billy quisesse se juntar ao clube, você permitiria? – Levantei o olhar do meu colo.

– Não depende de mim. – Meu pai voltou a cortar. – Mas as regras do clube dizem que não, ele não pode se tornar um membro.

– Eu não estou gostando desta conversa. – Minha mãe baixou a voz e apertou os olhos. Percebi que ela estava preocupada que alguém pudesse nos ouvir.

– Mas eu vou te dizer uma coisa, Mary Jane. – Papai enfiou outra porção de carne na boca. – Se tivéssemos de deixar outra raça fazer parte do clube, eu preferiria ter um negro a um judeu.

– Podemos, *por favor*, mudar de assunto? – minha mãe insistiu.

Meu pai empurrou a cadeira para trás e se endireitou.

– A maioria dos homens negros sabe se pôr no lugar deles. Eles não pressupõem nada. É um prazer estar na companhia deles. Agora, os judeus... Judeus pensam que são mais inteligentes que todos os outros. E isso os torna desagradáveis, instáveis e desonestos.

Olhei da minha mãe para meu pai. Se tivessem me perguntado no início do verão se eu conhecia bem meus pais, eu teria dito que sim. Mas essas duas pessoas sentadas aqui eram totalmente estranhas para mim. Na escola, aprendemos sobre antissemitismo, Holocausto, racismo e o movimento pelos direitos civis. O que nunca aprendemos foi que às vezes as ideias racistas e antissemitas eram despertadas pelas próprias pessoas com quem você convivia.

– Não acho certo que os homens negros tenham *um lugar para se pôr* quando estão perto de você – eu disse. – E o dr. Cone não é nenhuma dessas palavras que você usou para descrever o povo judeu. – Meus lábios tremeram. Era a primeira vez que eu discordava do meu pai em voz alta.

137

Meu pai virou a cabeça na minha direção.

– Você não o conhece, Mary Jane. Você trabalha para ele. – Meu pai voltou a atenção para o bife. O que ele disse sobre eu conhecer o dr. Cone ficou na minha mente. Achava que o conhecia. Eu estava errada? Eu era apenas uma empregada dos Cone, e a afeição deles por mim era algo como a afeição do meu pai pelo Billy, o barman? Eles só gostavam de mim quando eu sabia me pôr no meu lugar?

– Já terminou? – minha mãe perguntou. Ela quis saber se eu tinha terminado de falar. E, na verdade, não era uma pergunta.

– Sim – respondi. – Terminei.

As crianças estavam inquietas na escola dominical, então minha mãe começou a tocar "Rise and Shine" no violão. Eu me perguntei se os Cone se importariam se eu ensinasse a música para Izzy. A sra. Cone parecia desaprovar a igreja, e o dr. Cone era um judeu budista. Mas Izzy adoraria aprender as rimas com os nomes de todos os animais da arca de Noé. E Jesus não era mencionado na música, então talvez eles achassem que estava tudo bem.

Depois da catequese, minha mãe voltou para casa para deixar o violão e eu corri até o ensaio do coral. O sr. Forge, o diretor do coral, bateu palmas rapidamente quando eu me aproximei.

– Viva! – ele disse. – Nossa voz mais espetacular está aqui! – Ele era um homem entusiasmado que sorria com frequência e saltava na ponta dos pés quando regia. Quando eu via o Liberace na televisão, pensava no sr. Forge. Eles tinham uma exuberância semelhante. Uma festividade equivalente.

Quando chegou a hora do culto, vesti minha túnica vermelha, esperei que os outros membros do coral se sentassem e, em seguida, me sentei na cadeira vazia da primeira fileira ao lado do púlpito. Observei minha mãe conversar com outras mães enquanto caminhava pelo corredor até o segundo banco da frente. Lentamente, meu pai andava atrás da minha mãe. O nó da gravata estava apertado no pescoço dele.

Normalmente eu prestava atenção na igreja, mas naquele dia minha mente flutuava. Quando chegou a hora da primeira música, "Dona Nobis Pacem", o sr. Forge levou a flauta à boca e tocou sol, a primeira nota. Ele apontou para mim, a sra. Lubowski e a sra. Randall. Ele quis dizer que nós três deveríamos cantar os versos de abertura. A música era um cânone, o que significava que a cada verso, mais vozes seriam adicionadas até que todo o coral estivesse cantando.

A sra. Randall pôs a mão na garganta e balançou a cabeça. Ela estava reclamando de um resfriado desde a hora em que nos sentamos. O sr. Forge acenou para ela, e então olhou para mim e acenou com as mãos para cima. Eu me levantei, assim como a sra. Lubowski. Quando direcionada, fechei os olhos e cantei: "*Dona nobis pacem pacem, dona nobis pa-a-a-a-cem...*". Pensei em Jimmy enquanto cantava, e a paz que ele sentiria se seu vício desaparecesse, deixasse seu corpo.

Assim que a música começou, olhei para a congregação. Meu pai estava olhando para o nada, como sempre. Minha mãe estava olhando para mim, a cabeça inclinada, a boca fechada com um sorriso apertado.

Olhei para além dos meus pais, pelos corredores. Então meu coração deu uma pirueta e eu quase soltei uma gargalhada. Sentados na fileira de trás, com perucas pretas idênticas, estavam Sheba e Jimmy. Eles tinham enormes sorrisos estampados no rosto e moviam a cabeça ao som da música. Eu podia ver que Sheba estava cantando junto. Ela parecia muito mais satisfeita comigo do que minha mãe. E Jimmy parecia completamente relaxado e feliz. Como se esse fosse um espaço onde ele não pensasse em usar drogas ou quebrar pratos ou arremessar livros.

Quando a música acabou, sorri para eles. Sheba ergueu as mãos e me aplaudiu em silêncio. Jimmy ergueu o punho e murmurou *Arrasou*!

Sheba e Jimmy escaparam antes que o culto terminasse. Enquanto caminhava para casa com meus pais, não conseguia parar de pensar na maneira como eles olhavam para mim enquanto eu cantava: como se eu fosse importante, como se estivesse sendo vista. Meu pai não estava falando, como sempre, mas não senti o peso do seu silêncio. Minha mãe estava falando, como sempre, mas eu mal podia escutá-la.

Mamãe estava fazendo um assado de porco para o jantar naquela noite. Prestei muita atenção para poder prepará-lo para os Cone na segunda-feira. Eu me perguntei se eles tinham um termômetro de carne; não conseguia me lembrar de ter visto um durante as minhas muitas maratonas de organização e limpeza.

Depois de pôr a mesa, fiquei sozinha na sala de jantar e encarei o presidente Ford na parede. As palavras *viciada em sexo* circulavam na minha cabeça, como se meu cérebro quisesse trazer à tona a pior coisa que eu poderia pensar na frente do rosto do nosso presidente.

– Mary Jane! – minha mãe chamou.

Fui até a cozinha e vesti as luvas de forno acolchoadas amarelas que ganhara no Natal do ano anterior. Juntas, minha mãe e eu pusemos toda a comida na mesa: carne de porco assada, purê de batatas, ervilhas e cenouras salteadas, pãezinhos e manteiga.

Minha mãe se sentou e pôs o guardanapo no colo. Eu me sentei e ajeitei meu guardanapo no colo. Nós duas olhamos na direção da sala de estar, onde meu pai estava na sua cadeira, lendo o jornal de domingo.

– Eu não sei por que eles cantam músicas daquele *Jesus Cristo Superstar*. – Minha mãe estava se referindo à terceira música que cantamos, "Hosanna". Ela não gostava de *Jesus Cristo Superstar*, embora nunca o tivesse visto. Eu também não tinha visto, mas tínhamos a música em um dos álbuns do Clube de Músicas de Espetáculo. Quando tocava, eu tinha de deixar o volume bem baixo.

– Acho que, se você ouvisse o disco inteiro, iria gostar.

– *Godspell*, *Jesus Cristo Superstar*. O que as pessoas estão pensando? Elas não mostram respeito algum pela igreja.

Eu me lembrei dos rostos de Sheba e Jimmy certa noite quando nos sentamos no carro e cantamos canções de *Godspell*. Ambos sabiam as letras de todas as músicas. Jimmy estava tão interessado que levantou o pé e esmagou o baseado com a sola da sua sandália. E, pelo modo que Sheba fechava os olhos em certos versos, eu poderia dizer que ela respeitava a igreja.

Meu pai entrou na cozinha. Ele dobrou o jornal ao meio, colocou-o na mesa ao lado do prato e se sentou. Como sempre, examinou a comida antes de dispor as mãos em oração. Minha mãe e eu também postamos as nossas. Fechei os olhos.

– Obrigado, Jesus, por esta comida na nossa mesa, pela minha esposa maravilhosa e minha filha obediente. Deus abençoe esta família, Deus abençoe nossos parentes em Idaho, Deus abençoe o presidente Ford e a família dele, e Deus abençoe os Estados Unidos da América – meu pai falou.

– E Deus abençoe a todos na casa Cone. Que todas as doenças deles sejam... – fiz uma pausa enquanto tentava encontrar a melhor palavra – ... erradicadas.

Meu pai olhou para mim por uma fração de segundo. E então, como se minha voz não fosse forte o suficiente para chegar aos ouvidos de Deus, ele resumiu minha oração.

– Saúde para os Cone. Amém.

– Amém – minha mãe e eu dissemos.

Minha mãe se levantou e serviu meu pai enquanto ele tirava a gravata.

– Alguém na casa está doente? Não quero que você vá até lá se todos estiverem doentes.

– Eu só quero garantir que oremos por todos sob aquele teto.

– Se você fizer o assado de porco amanhã, certifique-se de que esteja bem cozido. O corpo da sra. Cone provavelmente não pode aguentar carne malcozida.

– O.k.

– Vou até lá verificar o assado antes de você servi-lo.

– Eles têm um termômetro de carne. E ela não gosta muito de visitas.

– Agricultor de amendoim – meu pai murmurou para o jornal.

– Ela está perdendo o cabelo? – minha mãe perguntou.

– Ela tem usado perucas.

– Elas são de bom gosto?

– Sim.

– Eu usaria uma peruca que se parece com meu cabelo, assim ninguém teria como saber que era uma peruca. – O cabelo loiro da minha mãe era na altura dos ombros, grosso e liso. Era como um capuz. Ou, na verdade, como uma peruca.

– Ela tem usado uma longa peruca loira, na maior parte do tempo. – Minha mãe balançou a cabeça em desaprovação.

Na segunda-feira, corri para a casa dos Cone, meus chinelos faziam barulho em contato com o asfalto. Quando cheguei à casa deles, fiquei um minuto parada na varanda recuperando o fôlego. Eu não queria que ninguém soubesse que eu tinha corrido até lá. Era embaraçoso pensar no quanto eu queria estar com eles.

Quando finalmente abri a porta da frente, encontrei Izzy e Jimmy sentados na cozinha. Jimmy tinha um violão nas mãos e estava inventando uma música sobre Izzy. Ela estava sacudindo a cabeça como se estivesse em um show.

– Izzy! Izzy! – Jimmy cantou. – *Seu AMOR me deixa doidão!*

– MARY JANE! – Izzy pulou do assento e subiu nos meus braços. – O Jimmy está cantando uma música sobre mim!

– Eu ouvi. – Beijei os cachos de Izzy. Sua cabeça cheirava a barro úmido. O último banho dela devia ter sido na sexta-feira, antes de sairmos para jantar.

– Agora cante sobre a Mary Jane! – Izzy desceu dos meus braços e voltou para o lugar dela no banco. Fui até a geladeira e peguei alguns ovos. Jimmy tocou uma melodia no seu violão. Ele estava cantarolando.

– Ah! – Eu me virei para Jimmy. – Obrigada por ir até a igreja.

– Eu odeio igrejas. – Jimmy continuou dedilhando. – Mas a Sheba adora. E tenho de admitir, valeu a pena só de ouvir você cantar. Foi lindo pra caralho, Mary Jane. Eu pude reconhecer sua voz acima de todas as outras. Totalmente maravilhosa.

Engoli em seco e corei, então murmurei um agradecimento e me virei para os armários para me ocupar. Quando abri os armários superiores, encontrei pratos novos – brancos com desenhos de cebolas e folhas pintados em azul – e copos novos. Os armários de baixo onde eu havia guardado tigelas e assadeiras ainda estavam bem vazios, embora um conjunto de tigelas de metal e algumas assadeiras tivessem sobrevivido ao expurgo.

Jimmy começou a cantar.

– *Mary Jane, ela não é banal, é minha doce e querida Mary Jane.*

Meu coração disparou. Quando me senti mais firme, me virei para olhar para Jimmy. Ele sorriu e deu algumas dedilhadas, com os dedos se movendo rápido nas cordas do violão. Então continuou:

– *Aquela garota de família, Mary Jane, fritando ovos, muito mais que deliciosos.*

– *FAZENDO PASSÁROS NO NIIIIINHO!* – Izzy cantou, e eu ri.

– *MARY JANE!* – Jimmy cantou como se estivesse cantando para um estádio. – *Ela cozinha para nóóós, e ela nunca, nunca, nunca, nunca, nunca vai nos magooooar.*

Quebrei um ovo em uma tigela de metal para começar a fazer a massa da panqueca. Izzy bateu palmas e pulou. Ela *alimentava* Jimmy com versos para a música dele. Ele cantava com entusiasmo para ela, como se Izzy fosse Stephen Sondheim.

Quando o dr. Cone desceu, eu me levantei para preparar um pássaro no ninho para ele.

– Gostei da louça nova – eu disse.

– Ah, sim. – O dr. Cone sorriu. – A Sheba e a Bonnie que escolheram. Mary Jane, alguém te contou sobre a casa de praia?

– Nós vamos à praia por uma semana inteira. Isso dá sete dias! – Izzy gritou.

– Ah, é? – Meu corpo parecia um balão de festa velho e murcho. Eu tinha acabado de passar um fim de semana de tortura em casa. O que eu faria uma semana sem os Cone, Jimmy e Sheba? Como eu poderia passar sete dias inteiros com minha mãe?

– Sim, pegamos emprestada a casa dos Fleming em Indian Dunes, na praia de Dewey. É um lugar grande, tem muitos quartos e banheiros. Fica próxima ao mar.

– Isso é ótimo – forcei as palavras a saírem.

– É um trecho particular da praia também. E, você sabe, eu não acredito na privatização de certas áreas. Todo mundo deveria aproveitar a areia, a água, as dunas e é melhor para nós, como pessoas, não nos apegarmos às coisas. – O dr. Cone largou o garfo, como se para descansar um minuto. – Mas o Jimmy e a Sheba precisam de privacidade, então vou aceitar a praia particular em respeito a eles.

– O Jimmy não pode se drogar em uma praia particular. Certo? – Izzy olhou para o pai.

O dr. Cone sorriu para ela, então se inclinou e a beijou várias vezes nas bochechas e na testa.

– Certo. E nós podemos meditar lá. Fazer longas caminhadas. Incorporar, de verdade, alguma conexão entre mente e corpo na terapia.

– Parece perfeito. – Pisquei para conter minha dor e comecei outro pássaro no ninho.

Como se fosse uma deixa, a sra. Cone entrou na cozinha, vestindo jeans cortados e uma regata.

– Mary Jane! Você viu os pratos novos?

– Eles são belíssimos. – Eu mal consegui dar um sorriso. Depositei o pássaro no ninho em um dos pratos novos e o deslizei sobre a mesa até a sra. Cone, então comecei outra leva.

– Ah, o prato favorito de todo mundo! Pássaros no ninho. – A sra. Cone se sentou e começou a comer.

– O Jimmy escreveu uma música chamada "Mary Jane". – Izzy subiu no colo do pai e se aninhou no espaço entre os pais dela. A sra. Cone a beijou por todo o rosto, assim como o dr. Cone tinha feito.

Jimmy estava cantando baixinho, dedilhando acordes, tocando pequenos riffs. A sra. Cone parou de beijar Izzy e o observou atentamente. Parecia que ela queria beijá-lo do mesmo jeito que beijou Izzy.

– Jimmy, você quer outro? – perguntei.

– MARY JANE! – Jimmy cantou. – *Apenas um pássaro no ninho nunca, nunca, nunca, nunca satisfaz, então Mary Jane cozinha mais uuuuum...*

Peguei o prato de Jimmy e o enchi de novo. Sheba entrou na cozinha vestindo um macacão de veludo vermelho, meias brancas até o joelho e tênis vermelho. No cabelo dela havia um elástico vermelho grosso. Ela parecia ter saído de uma revista. Ou da capa de um disco.

– Mary Jane, como foi seu fim de semana? – Sem esperar que eu respondesse, ela acrescentou. – Você já ficou sabendo da praia?

144

– Sim. Vocês vão se divertir muito. – Coloquei o último pássaro no ninho em um prato para Sheba.

– Ué, você vai com a gente, não vai? – Sheba perguntou. Todo mundo olhou para mim.

– Ah – eu disse. Meu coração murcho começou a inflar. – Não sabia que tinha sido convidada.

– Claro que você está convidada – o dr. Cone falou. – Você é parte da família agora.

Senti meus olhos lacrimejarem e me virei para o fogão rapidamente, para que ninguém pudesse ver.

– Ah, tudo bem. Eu adoraria ir. – O rosto da minha mãe apareceu na minha mente e eu me senti um pouco doente. Quase tonta. E se ela não me deixasse ir?

– Mary Jane, eu não quero ir a nenhum lugar sem você! – Izzy desceu do banco e abraçou a parte de trás das minhas pernas. Seu aperto me estabilizou. Minha mãe desapareceu dos meus pensamentos.

Mais tarde naquele dia, quando Izzy e eu chegamos da nossa ida diária ao Eddie's, eu me preparei para ligar para minha mãe e perguntar sobre a praia.

– Eu gostaria de falar com o dr. Cone sobre isso. – A voz da minha mãe era afiada. Eu percebi que ela queria dizer não, mas não conseguia encontrar uma razão lógica.

– Ele está trabalhando. Posso passar o recado?

– Estou preocupada com o fato de a esposa dele estar doente e você ter total responsabilidade por uma criança perto da água.

– Já fomos à piscina pública de Roland Park muitas vezes.

– Há salva-vidas lá.

– Há salva-vidas nas praias também.

– Mary Jane. Não seja atrevida comigo. Você está pedindo para ficar fora por uma semana com uma família que seu pai e eu não conhecemos. Eu gostaria de falar com o dr. Cone para ter certeza de que essa é uma decisão segura e sábia.

– O.k.

– Vou até aí hoje antes do jantar.

Olhei ao redor da cozinha. Se minha mãe entrasse, ela não aprovaria o gosto dos Cone para decoração – antiguidades, Budas, desenhos de pessoas nuas emoldurados. Além disso, se ela visse Sheba e Jimmy, eu ficaria presa em casa. E, teoricamente, a sra. Cone deveria estar doente. Por um minuto, eu a imaginei abrindo a porta para minha mãe, seus mamilos quase saltando para fora da regata.

– A sra. Cone não gosta de visitas.

– Então me ligue antes do jantar hoje à noite e ponha o dr. Cone na linha.

– Tudo bem, vou fazer isso.

– E, Mary Jane, se você está trabalhando dia e noite assim, precisa receber mais.

– O.k., vou perguntar se eles vão me pagar mais. – Eu não faria isso.

– Eles têm um termômetro de carne adequado para o seu assado de porco?

– Sim. – Eu tinha comprado um no Eddie's.

– Você está preparando as frutas vermelhas com chantilly para a sobremesa?

– A Izzy nunca comeu *s'mores*, então comprei os ingredientes para fazer.

– Essa não é uma sobremesa adequada para adultos.

– Eu posso fazer as frutas com chantilly também.

– Que tipo de manteiga eles têm em casa?

– Uma da Land O'Lakes. – Que eu também tinha comprado no Eddie's.

– Com ou sem sal?

– Com sal.

– Não ponha muito nas ervilhas e milho. Só o suficiente para cobri-los de leve.

– O.k.

Houve silêncio por um momento. Senti algo através da linha telefônica. Solidão, talvez. Será que minha mãe sentia minha falta?

– Nos falamos hoje à noite, quando fizer a ligação para o dr. Cone.

– Tá certo, mãe. – Eu queria dizer *amo você*, como Izzy e eu dizíamos todas as noites quando eu a colocava para dormir. Mas meus pais não diziam essas palavras. Em vez disso, apenas desliguei.

No restante da tarde, enquanto Izzy e eu preparávamos o jantar e dobrávamos e passávamos duas máquinas de roupa limpa, preocupei-me com a conversa da minha mãe com o dr. Cone. Como eu poderia ter certeza de que o câncer fictício da sra. Cone não viraria um assunto na conversa? Se eu contasse ao dr. Cone sobre a mentira, ele ainda iria querer que eu cuidasse da sua filha e fosse à praia com eles? Ele poderia tolerar uma mentirosa na sua casa? Se eu fosse mãe, deixaria uma mentirosa – e, talvez, viciada em sexo – cuidar do meu filho?

Enquanto o assado estava no forno, e Izzy e eu estávamos arrumando a mesa, o dr. Cone e Jimmy entraram na casa. Jimmy foi direto até seu violão na cozinha. O dr. Cone entrou na sala de jantar.

– O cheiro está maravilhoso – ele disse.

Eu sorri e meu rosto queimou. Meu coração batia tão forte que pensei que poderia desmaiar ali mesmo.

– Dr. Cone? – falei com dificuldade.

O dr. Cone olhou para mim.

– Mary Jane, você está bem?

– Posso falar com você em particular?

– Mary Jane, você está bem? – Izzy abraçou minhas pernas e olhou para mim.

– Sim. Eu só preciso falar com seu pai um minuto.

– Izzy, vá ajudar o Jimmy. – Izzy apertou minhas pernas e depois correu até Jimmy. O dr. Cone puxou uma cadeira e estendeu o braço, indicando que eu me sentasse. Sentei. Ele se sentou ao meu lado.

– Respire. Para dentro e para fora. Devagar.

Inspirei e depois expirei lentamente. Isso fez com que eu me sentisse melhor.

– Minha mãe quer falar com o senhor antes de permitir que eu vá para a praia.

– O.k. Tudo bem.

– Mas eu disse a ela algo que não deveria ter dito. – Respirei fundo outra vez e, quando exalei, comecei a chorar. Isso me surpreendeu tanto quanto pareceu surpreender o dr. Cone.

O dr. Cone puxou um guardanapo que estava na frente dele e me entregou.

– Você contou a ela sobre o Jimmy e a Sheba?

Eu fiz que não com a cabeça.

– Pior.

– Pior? Está tudo bem, Mary Jane. Você pode me contar.

– Eu disse a ela... – Fiquei assustada de estar chorando tanto que nem conseguia falar. Muito mais do que já tinha chorado na frente dos meus pais, que não permitiam choro algum. Não pude deixar de pensar em como eu estava diferente esses dias. Eu estava me tornando uma pessoa nova, nova até para mim.

– Inspire, expire.

Eu respirei fundo.

– Eu disse a ela... – Minha voz falhou e eu respirei com firmeza. – Eu disse a ela que a sra. Cone tem câncer.

– Por quê? – O dr. Cone inclinou a cabeça e olhou para mim. Sua testa estava franzida. As sobrancelhas espessas dele quase encontraram suas costeletas.

– Foi a única maneira que encontrei para que ela me deixasse preparar o jantar.

– Desculpe. Não estou entendendo.

– Ela acha que uma mãe deve sempre preparar o jantar. E então a única maneira de explicar por que a sra. Cone não estava fazendo o jantar era dizer que ela estava doente. E, na verdade, eu nunca disse que a sra. Cone tinha câncer. Só disse que ela estava doente. E então minha mãe supôs que ela estava com câncer, e eu nunca neguei. – Fechei os olhos com força. Quando os abri, o dr. Cone estava me encarando.

– Então sua mãe não deixaria você ficar e preparar o jantar a menos que a Bonnie estivesse incapacitada?

– Sim.

– Então, quando eu falar com ela sobre a semana na praia, ela pode mencionar o câncer da Bonnie?

– Ela provavelmente não vai falar nada – eu disse. – Porque ela acha que o câncer é muito particular. Mas eu não sei. Se você dissesse algo sobre a sra. Cone nadando no mar, ela poderia... – Engoli em seco e segurei as lágrimas. – Me desculpe, eu menti. Aposto que você não imaginou que sua babá de verão era uma garota mentirosa.

O dr. Cone riu.

– Não, eu entendo por que você mentiu. – Ele estendeu a mão e esfregou meu ombro. – Está tudo bem. Isso não é um crime. Você estava tentando administrar duas famílias diferentes com dois sistemas de valores diferentes. E, sim, não é bom mentir. Mas entendo que foi a única maneira que você encontrou para fazer a situação funcionar. Eu respeito isso, Mary Jane. Acho que você pode se livrar da culpa.

A sra. Cone e Sheba entraram na sala de jantar. Elas estavam com as perucas pretas curtas combinando.

– O que aconteceu? – Sheba arrastou uma cadeira até meu lado, sentou-se e então me puxou contra o peito dela. Comecei a chorar de novo.

– Richard, o que é isso? – A sra. Cone nos rondou. O dr. Cone se levantou e então a sra. Cone se sentou na cadeira dele e se aproximou de mim, também me abraçando.

– Richard! Por que ela está chorando? – Sheba perguntou.

– A mãe dela não a deixaria cozinhar para nós a menos que a Bonnie estivesse incapacitada. Então a Mary Jane disse para a mãe que a Bonnie tem câncer e, por isso, ela teria de ficar e preparar o jantar todas as noites.

– Sinto muito por ter mentido! – Eu chorei, e Sheba me abraçou mais forte. A sra. Cone estava atrás de mim, abraçando-me também. Eu nunca estive tão perto de dois corpos humanos antes, e fiquei surpresa que não parecesse apertado e claustrofóbico. Foi bom. Quente. Seguro.

– Ah, querida! Você não precisa se sentir mal! Eu teria de dizer a mesma coisa para a minha própria mãe – a sra. Cone falou.

– Mary Jane, ninguém se chateou por você ter mentido sobre isso! – Sheba disse e beijou minha cabeça do jeito que todo mundo beija Izzy.

A sra. Cone começou a rir.

– Câncer! Porque só algo tão horrível e letal como o câncer aliviaria uma mulher do tédio de ter que fazer o jantar para a sua família todas as noites!

Todos se reuniram na cozinha perto do telefone enquanto eu discava o número da minha casa. Sheba pôs o dedo nos lábios e arregalou os olhos para todo mundo depois que eu disquei o último número.

Minha mãe atendeu o telefone no segundo toque.

– Residência dos Dillard.

– Mãe, o dr. Cone pode falar com você agora.

– Obrigada, Mary Jane. Ponha ele na linha.

Eu podia vê-la tão claramente na minha cabeça. De pé na cozinha perto do telefone bege de parede. Segurando uma caneta e um bloco de papel para que pudesse anotar todos os detalhes importantes, como o endereço da casa onde estaríamos hospedados.

– Senhora Dillard, que prazer finalmente falar com você! – O dr. Cone parecia mais formal, mais otimista do que costumava ser. Jimmy passou um braço em volta de mim e me puxou para perto dele. Eu podia sentir a penugem dos pelos do seu peito através da camisa e me perguntei se isso era um pensamento de alguém viciado em sexo ou apenas um pensamento.

A sra. Cone pegou Izzy no colo. Ela pôs o dedo sobre os lábios como Sheba. Sheba sorriu e passou um braço ao redor de Jimmy.

– A Mary Jane salvou nossa vida neste verão. Não sei o que teríamos feito sem ela. – O dr. Cone assentiu enquanto minha mãe falava do outro lado. – Não tenho nenhuma dúvida sobre a capacidade dela de cuidar da Izzy na praia. Além disso, a Izzy adora cozinhar com ela, então elas passam grande parte da tarde na cozinha. – O dr. Cone olhou e piscou para o grupo. – Sim. Sim. É claro... Partiremos amanhã, bem cedo, e voltaremos na terça-feira seguinte. Posso pedir para ela te ligar todas as noites, se você quiser. Nós pagaremos as despesas telefônicas... Sim, sim, eu entendo. Obrigado e, por favor, mande meus cumprimentos ao sr. Dillard.

Quando o dr. Cone desligou o telefone, todos nós olhamos para ele.

– Ela pediu que eu te desse uma carona para a igreja no domingo e mandou desejos de melhora para a Bonnie.

– Isso quer dizer que eu posso ir?

– Sim, você pode ir.

– OBA! – Izzy gritou, e todos aplaudiram e gritaram como se algo realmente espetacular tivesse acabado de acontecer.

9

Jimmy se sentou no banco da frente com o dr. Cone. O restante de nós estava amontoado na parte de trás, Izzy e eu no meio da sra. Cone e da Sheba. Ninguém usava cinto de segurança e as janelas estavam abertas, soprando meu cabelo no rosto. As perucas loiras da sra. Cone e de Sheba mal se moviam, como se o cabelo fosse pesado demais para voar.

– Quando eu era criança, minha família sempre cantava no carro – Sheba disse.

– Posso comer um biscoito Lorna Doone? – Izzy perguntou para mim, embora tenha sido a mãe dela quem enchera o cooler com salgadinhos e o colocara na caçamba da caminhonete.

– Sim. Mais alguém quer? – Girei no meu assento e me estiquei até a caçamba.

– Pegue o pacote todo – a sra. Cone falou.

– A gente costumava cantar músicas da escola – Sheba disse. – Tipo "My Country, 'Tis of Thee".

– *My country 'tis of thee...* – Comecei a música enquanto me recostava no banco e abria a caixa de biscoitos. Entreguei um para Izzy e tentei dar um para a sra. Cone, que acenou com a mão, negando e agradecendo.

– *Sweet land of liberty...* – Sheba cantou junto comigo.

Eu me endireitei no assento e ofereci um biscoito para o dr. Cone e um para Jimmy. Sheba e eu continuamos cantando. Quando Jimmy começou a cantarolar com sua voz retumbante, soou lindo.

– *Land where my fathers died, land of the pilgrim's pride, from ev-ryyy mountain side, let freedom ring!*

151

– Por que os pais morreram? – Izzy perguntou.

A sra. Cone estendeu a mão sobre meu colo, pegou o biscoito inacabado de Izzy, deu uma mordida e depois o devolveu.

– Acho que eles estão falando sobre os pais que morreram na Guerra de Independência.

– O que é isso?

– Quando os americanos decidiram que não queriam mais um rei ou uma rainha. – Sheba estendeu a mão, pegou a caixa de biscoitos e sacou um. A sra. Cone agarrou a caixa de Sheba e pegou um biscoito também.

– Talvez a Izzy conheça essa aqui – Jimmy disse. – *If I had a hammer, I'd hammer in the morning, I'd hammer in the evening...*

Jimmy cantou e todos se juntaram a ele. Izzy fazia movimentos com as mãos enquanto cantava, jogando o punho para cima e para baixo imitando um martelo, as mãos sobre a cabeça, que balançava para a frente e para trás parecendo um sino. Quando chegamos ao último refrão, todos faziam esses movimentos com as mãos.

Cantamos "The Star-Spangled Banner" e depois "Row, Row, Row Your Boat" na mesma rodada. Em seguida, o dr. Cone cantou para nós uma música que tinha aprendido no acampamento quando menino. Era sobre um rei canibal tocando bongô debaixo de uma árvore de bambu e beijando sua namorada. Izzy adorou a música, especialmente na parte em que havia sons estridentes de beijo. Era tipo "Boom boom (beijo beijo) Boom boom (beijo beijo)". Levou apenas alguns minutos para o dr. Cone nos ensinar a música, e logo todos estávamos cantando com o mesmo entusiasmo da Izzy.

– De novo! Vamos cantar de novo! – Izzy falou.

Atendemos ao pedido da Izzy, só que dessa vez, na parte do beijo, todos se viraram e beijaram alguém que estava ao seu lado. Jimmy até beijou a bochecha do dr. Cone. Eu nunca tinha visto um homem beijar outro homem assim, e me pareceu tão engraçado que continuei rindo enquanto beijava a bochecha de Sheba.

Sentados no carro, todos encaramos a casa branca baixa e comprida de madeira. As telhas e as venezianas pareciam velhas, de um verde-ervilha desbotado. A casa parecia solitária em contraste com a praia. As casas vizinhas eram tão distantes que me lembravam as casinhas verdes do Banco Imobiliário.

– Parece uma pintura de Hopper – a sra. Cone disse.

– *Starry, starry night, paint your palette blue and grey...* – Jimmy cantou.

– Essa música não é sobre o Van Gogh? – o dr. Cone perguntou.

– Estou quase fazendo xixi nas calças – Sheba anunciou.

– Vai mesmo? Sheba, você vai fazer xixi nas calças? – Izzy questionou.

– Onde eu enfiei as chaves? – o dr. Cone estava vasculhando os bolsos. Ele se debruçou sobre Jimmy e abriu o porta-luvas.

– Eu preciso fazer xixi AGORA! – Sheba saiu do carro e correu para as dunas de areia. Todos nós saímos logo depois dela, o dr. Cone ainda apalpando os bolsos. Sheba se virou de frente para nós, abaixou os shorts, se agachou e fez xixi. Eu olhei em volta. Ninguém parecia estar prestando atenção, exceto Izzy.

Izzy correu até Sheba.

– Quero fazer xixi na areia!

– Achei! – O dr. Cone pescou a chave do bolso da camisa. Ele destrancou a casa e abriu a porta da frente. Jimmy e a sra. Cone começaram a descarregar o carro.

Olhei para Izzy agachada na depressão de uma duna.

– Mary Jane! – ela gritou. – Venha fazer xixi na areia!

De repente, eu quis fazer xixi na areia. Apenas por diversão. Só porque o mais nua que eu já estivera em público tinha sido havia duas semanas, quando vesti meu sutiã na escuridão ao lado da minha própria casa. Olhei para o carro. O dr. e a sra. Cone estavam tirando as malas e as depositando na calçada. Jimmy estava carregando uma mala com estampa nas cores marrom e mostarda para dentro da casa. Ele olhou para mim.

– Vá em frente, Mary Jane! – Jimmy falou.

Antes que eu pudesse pensar muito, corri até Sheba e Izzy. Ambas estavam de pé agora, com as calças levantadas.

– Você precisa fazer xixi? – Sheba perguntou.

– Sim.

– Finja que você é um gato. Chute areia sobre o xixi quando terminar. – Sheba chutou areia sobre a poça grande e oval perto dos pés dela. Mesmo que eu tivesse me acostumado a estar com Sheba, meu cérebro disparou um pequeno alarme que dizia: "Você está olhando para o xixi da Sheba".

Izzy tentou chutar areia sobre sua poça de xixi. Ela estava descalça e seus dedos dos pés não paravam de encostar no local do xixi.

– Vocês podem fazer uma cabaninha para mim? – perguntei.

– Sim! – Izzy respondeu. – O que significa isso?

– Fique na frente dela para que ninguém possa espiar. – Sheba se moveu para que ficasse entre mim e a casa. Izzy ficou ao lado de Sheba.

Eu me afastei um pouco para não fazer xixi nos pés delas, e então baixei meus shorts. Sentir o sol quente na minha bunda nua era uma sensação totalmente nova. Quando terminei, levantei meus shorts rapidamente e depois chutei areia sobre o xixi.

– Podemos fazer cocô? – Izzy perguntou.

– Não! – Sheba e eu respondemos juntas.

A casa era praticamente inteira térrea, com um segundo andar pequeno onde havia um quarto e uma sala de estar. Os cinco quartos restantes ficavam no primeiro andar, alinhados em um longo corredor. Alguns dos quartos dividiam um banheiro e alguns tinham banheiro próprio. A sra. Cone disse para Sheba e Jimmy que eles deveriam ficar no quarto do segundo andar, e eles aceitaram. Ela e o dr. Cone ficaram no quarto da frente, que tinha vista para a praia. Sobraram quatro quartos para Izzy e para mim.

Izzy pegou minha mão.

– Você vai dividir um quarto comigo?

– Claro. – Fiquei me perguntando o que eu deveria fazer depois que Izzy fosse dormir. Eu deveria me juntar aos adultos ou ficar no meu quarto? Mesmo que Izzy e eu dividíssemos um quarto, eu poderia ir para outro cômodo e ler.

Izzy me puxou para o quarto que ficava ao lado do dr. e da sra. Cone.

– Você acha que tem uma bruxa aqui? – Ela soltou minha mão e rodopiou em um círculo. O quarto tinha duas camas de solteiro com colchas com estampa de âncoras que combinavam com o papel de parede.

Rodopiei também. Então agachei, levantei o lençol de uma cama, e depois da outra.

– Não. Definitivamente, não há nenhuma bruxa aqui.

No quarto ao lado, procuramos novamente pela bruxa. Esse quarto tinha papel de parede com estampa de canoas e peixes, que combinava com as colchas também de canoas e peixes. A base das lâmpadas de cabeceira tinha o formato de uma canoa de cobre.

O terceiro quarto tinha uma cama de casal com papel de parede estampado de margaridas e uma colcha branca com bordas de renda.

– Bruxa? – Izzy perguntou.

– Hum, não sei. Mas eu não gostei desse quarto. Você não acha que a gente deveria ficar em um quarto mais praiano, já que estamos na praia?

O último quarto tinha papel de parede com estampa de bolas de praia e guarda-sóis, com colchas combinando. Izzy e eu concordamos que, embora fosse praiano, era colorido demais.

– Canoas ou âncoras? – perguntei.

– Canoas – Izzy falou.

Assim que Izzy e eu terminamos de desfazer as malas, peguei as fichas com as receitas da semana que havia trazido, levei-as até a mesa da sala de jantar e as li para Izzy. Ela queria escolher a ordem das refeições. A sala de jantar era aberta para a cozinha, onde a sra. Cone e Sheba estavam desempacotando as sacolas de mantimentos – principalmente lanches – que trouxemos. Elas estavam conversando sobre Jimmy e o progresso na recuperação dele. A maneira como elas falavam fazia Jimmy parecer um garotinho – assumindo responsabilidades, aprendendo a ficar sozinho, descobrindo como ficar quieto com seus pensamentos, parando e pensando antes de agir. Fiquei feliz por Jimmy não estar por perto para ouvi-las.

O dr. Cone apareceu no alpendre que dava para a cozinha.

– Bonnie! – ele gritou para dentro da casa.

– O QUÊ?! – a sra. Cone gritou de volta.

O dr. Cone baixou a voz.

– E se eu montar meu consultório aqui? – A sra. Cone e Sheba foram até o alpendre.

Izzy e eu assistimos. Sheba achou que o lugar era muito público e o restante de nós poderia se sentir banido da casa.

Jimmy desceu, vestindo sua bermuda jeans e nada mais, e se sentou à mesa comigo e Izzy. O colar de couro e penas estava no pescoço dele. Em sua mão havia um chapéu de palha de abas largas, com um lenço vermelho estilo bandana amarrado em volta. O chapéu parecia pertencer a uma mulher.

– O que vocês duas estão fazendo? – ele perguntou.

– Nós, hum... – Corei. Estávamos espiando a conversa alheia, mas eu não queria admitir.

– Estamos montando a ordem dos menus para o jantar. Aqui. – Izzy ficou de pé na cadeira e estendeu as fichas de receita na frente de Jimmy como vagões de um trem. – Primeiro, macarrão com queijo! Qual delas é a ficha do macarrão com queijo?

– Encontre a letra M seguida pela letra A – falei.

– Ma, ma, ma. – Izzy foi passando o dedo pelas fichas.

O dr. Cone, a sra. Cone e Sheba voltaram para a cozinha.

– E se vocês trabalhassem na praia? – a sra. Cone perguntou. – Eu vi uma pilha de cadeiras na garagem.

– Não é uma má ideia. – O dr. Cone olhou para nós três.

– MACARRÃO COM QUEIJO! – Izzy acenou com a ficha de receita correta na mão.

– Vamos montar um escritório na praia? – Jimmy perguntou.

– O que você acha? Pode ser produtivo se sentir conectado ao mar, ao céu, à areia.

– Acho legal. Eu curto a ideia – Jimmy assentiu e então se levantou. – Vou dar uma volta.

– Sozinho? – Sheba parecia nervosa.

– Sim. Só quero esvaziar a cabeça.

– Talvez eu devesse ir com você – Sheba disse.

– Eu estou bem. Relaxa.

– Por que você está na defensiva? Por que não posso ir com você? – Sheba estava endurecendo a voz. O rosto dela era pontudo como uma flecha.

– Eu só quero ficar sozinho por alguns minutos! Qual é a porra do problema nisso?! – Jimmy estava a ponto de gritar.

– Você ligou para alguém?! Me diga que você não ligou para alguém! – Sheba estava gritando agora.

– Para quem diabos eu vou ligar?! A gente está numa cidadezinha de merda em Maryland!

– Estamos na porra do Delaware! – Sheba caminhou até Jimmy e ficou de pé na frente dele, com o rosto a apenas alguns centímetros de distância. Com a boca fechada assim, ela parecia dez anos mais velha.

– COMO EU VOU LIGAR PARA ALGUÉM SE EU NEM SEI EM QUE PORRA DE ESTADO EU ESTOU?

Izzy subiu em cima da mesa da sala de jantar. Ela reorganizou as fichas como se nada de anormal estivesse acontecendo. Mas eu podia sentir que ela estava tensa. Suas sobrancelhas quase invisíveis estavam apertadas em uma carranca, e sua boca se contorcia enquanto murmurava baixinho para si mesma.

– Está bem. – O dr. Cone levantou as mãos com os dedos abertos. – Jimmy, eu sinto sua frustração. Posso ver o quanto dói o fato de Sheba não confiar em você.

– É ÓBVIO QUE NÃO CONFIO! ELE USOU NO BECO ATRÁS DA PORRA DA SUA CASA!

– Sheba – o dr. Cone continuou. – Eu entendo sua aflição. Você ama o Jimmy. Ele teve uma recaída. Você está com medo. E posso ver que você se sente responsável por ele.

– Macarrão com queijo hoje à noite – Izzy sussurrou.

– Ela não é a porra da minha mãe – Jimmy disse.

– Tem razão, eu não sou uma alcoólatra te perseguindo pela casa com um atiçador de fogo letal feito de ferro!

– CARALHO, Sheba! Era uma pá de cinzas!

157

– Por que não fazemos o seguinte? Deixa eu verificar os bolsos do Jimmy, ter certeza de que ele não está com nenhum dinheiro, e vamos estipular um limite de tempo na caminhada. Você está de acordo com isso, Jimmy? – O dr. Cone repousou a mão no ombro de Jimmy e o massageou, como se estivesse tentando aquecê-lo.

Jimmy assentiu, enfiou as mãos nos bolsos do short jeans e puxou o forro para fora. Depois ele se virou e o dr. Cone deu um tapinha nos bolsos traseiros.

– Não esqueça seu chapéu. – Izzy ficou de pé na mesa e estendeu o chapéu de palha.

O dr. Cone pegou o chapéu, examinou dentro dele e passou o dedo por baixo do lenço. Ele entregou o chapéu a Jimmy.

– Uma hora, o.k.?

– Que tal uma hora e meia?

– Em que direção você está indo? – Sheba perguntou. – Para a esquerda ou para a direita?

Jimmy deu de ombros.

– Escolha uma – Sheba disse.

– Direita.

– Não – Sheba falou. – Vá para a esquerda.

– O.k., esquerda.

– Você está de brincadeira comigo, né? Você sabia que eu mudaria, por isso me deu a direção oposta.

O dr. Cone parecia confuso. A sra. Cone estava encostada no balcão da cozinha, observando. Izzy tinha se agachado e estava reorganizando as fichas.

– Beleza. Você me diz qual direção seguir, e essa é a direção em que eu vou. – O peito de Jimmy estava arfando. Eu temia que ele começasse a jogar coisas ou gritar novamente. Mas foi Sheba quem fez isso.

– SEU FILHO DA PUTA SORRATEIRO! SE VOCÊ ENCONTRAR UMA ALMA NESSA PRAIA, EU VOU CORTAR SUAS BOLAS FORA! ESTÁ ME OUVINDO?!

– O que são as bolas do Jimmy? – Izzy sussurrou para mim. – Eu tenho bolas?

– É outro jeito de chamar os testículos – eu sussurrei de volta. – Igual aqueles no seu livro de colorir, sabe?

– VOCÊ NÃO PODE ME VIGIAR DESSE JEITO! VOCÊ PRECISA ME DAR ESPAÇO PRA RESPIRAR, PORRA... – Jimmy parou e balançou a cabeça. Rapidamente avaliei os itens quebráveis da sala que poderiam ser lançados. Não havia muita coisa. Ele precisaria abrir um dos armários.

– Inspire, expire – o dr. Cone orientou. – Sheba, você também. Respire fundo. Vamos fazer uma sessão rápida de meditação.

O dr. Cone, Jimmy e Sheba formaram um círculo, um de frente para o outro. A sra. Cone se juntou a eles. Sheba ainda estava com o rosto rígido e o peito de Jimmy continuava a arfar.

– Inspire, expire – o dr. Cone disse em um tom de voz baixo e suave, como se fosse o locutor em um programa de rádio noturno de canções românticas. Ele repetiu as palavras várias vezes enquanto o grupo inspirava e expirava. Eu me perguntei se essa respiração era diferente da respiração normal.

– Será que a Sheba vai mesmo cortar as bolas do Jimmy? – Izzy olhou para mim com olhos enormes.

– Não. – Eu a tirei da mesa e a puxei para o meu colo. Ela empurrou a cabeça contra meu pescoço e eu esfreguei suas costas. – Ela nunca faria isso. Ela só disse isso para que ele soubesse quão brava ela estava.

Izzy começou a inspirar e expirar seguindo as instruções do dr. Cone, e logo senti seu corpo derreter sobre o meu como um pedaço de manteiga quente.

– O.k., vamos manter essa paz. – O dr. Cone pôs a mão no ombro de Jimmy. – Vou acompanhar o Jìmmy até a praia e deixá-lo seguir sozinho. Sheba, você ficará bem e o Jimmy ficará bem.

– É. Tanto faz. Está bem. – Sheba olhou para Jimmy como se estivesse o desafiando a fazer alguma coisa. – Vou tirar um cochilo no sol e esperar por você.

– Ótimo. Muito bem. – O dr. Cone pôs a mão no ombro de Sheba também. Ele era como um jugo entre bois.

Sheba assentiu e, em seguida, estendeu a mão até a cabeça, arrancou a peruca loira e a jogou longe para que aterrissasse na mesa da sala de jantar. A sra. Cone também tirou a peruca. Ela olhou para a mesa, e então aninhou a peruca contra o peito e a segurou como se estivesse segurando um gato.

O dr. Cone nos levou, a Izzy e a mim, ao supermercado. Izzy apertava todas as fichas de receita na mão. Quando chegamos à loja, peguei um carrinho e ela pulou na ponta dele.

– Precisamos contar a proporção? – ela perguntou.

– Proporção? – o dr. Cone perguntou.

– Quando vamos ao Eddie's, contamos os funcionários e os clientes para encontrar a proporção. – Dei de ombros, envergonhada. Parecia estranho e bobo quando eu dizia isso em voz alta.

– Ontem era dezoito para vinte e nove – Izzy falou.

O dr. Cone afofou os cachos dela.

– Isso é maravilhoso!

– Acho que essa loja é grande demais para a gente contar. – Percorri os corredores com os olhos. Era enorme, como um armazém.

– Concordo. – O dr. Cone se virou em direção à seção de hortifrúti. Eu tinha memorizado a maioria dos ingredientes das fichas e comecei a colocar as coisas no carrinho.

– A proporção da bruxa é de três para um – Izzy falou.

– Três *o que* para um *o quê*? – o dr. Cone perguntou.

– Eu, a Mary Jane e a Sheba somos três. E a bruxa é uma só.

– Vou me juntar à equipe de vocês.

– Então vamos ser... – Izzy apontou para mim, para o pai, para ela mesma, e para uma Sheba imaginária do nosso lado. – Quatro! Para um. Certo?

– Aham – eu disse. – Não existe uma bruxa no mundo que possa machucar uma criança no meio de uma proporção de quatro para um.

– Concordo – o dr. Cone disse. Fiquei aliviada que ele não parecia achar o jogo da proporção estranho ou bobo. E me senti estranhamente feliz por ele ter se juntado ao nosso time tão rápido. Izzy falava sobre a bruxa com tanta frequência que eu tinha esquecido que não acreditava em bruxas.

160

Antes de sairmos da seção de hortifrúti, repassei as fichas para me certificar de que não tinha esquecido nada.

– Espere! As alcachofras!

– Sofisticado. – O dr. Cone foi até a vitrine de alcachofras. Empurrei o carrinho atrás dele.

– Você gosta de alcachofras? – perguntei. Fiquei preocupada que "sofisticado" não necessariamente significasse "bom". Os Cone pareciam antissofisticação, com Izzy pondo os pés na mesa da sala de jantar, fazendo xixi na praia e colorindo pênis no livro de anatomia dela.

– Eu adoro. A gente só não come com frequência. Os restaurantes não servem alcachofra. – O dr. Cone pôs a mão na minha cabeça e a acariciou, do jeito que todo mundo fazia com Izzy. Foi tão bom que fiquei imóvel por um segundo, apenas para sentir as vibrações daquele toque.

Quando voltamos para a casa da praia, Jimmy e Sheba estavam aconchegados no sofá da sala assistindo *Green Acres*. Nunca me ocorreu que as pessoas que apareciam na tevê também pudessem assistir à tevê.

– Eu amo esse programa. – Parei em frente à tevê com um saco de compras marrom nos meus braços. Izzy parou do meu lado. Ela estava carregando o saco mais leve.

– Venha assistir! – Sheba deu um tapinha na almofada ao seu lado.

– Tenho que guardar as compras – avisei.

– Mary Jane – o dr. Cone disse. – Vá ver tevê. Eu guardo as compras.

Olhei para ele por um segundo para ver se ele estava falando sério. Ele e a sra. Cone estavam me pagando. Será que era apropriado eu ser paga para sentar em um sofá e assistir a *Green Acres* com Sheba e Jimmy?

– Tem certeza?

– Sim. Vá se sentar. Relaxa. Você trabalha demais.

– Venha sentar! – Sheba falou.

– O.k.! – Fui até a cozinha, larguei o saco de compras e voltei para o sofá. Sheba deu outro tapinha na almofada. Eu me sentei por cima dos pés, com as pernas dobradas, imitando a posição de Sheba.

– Eu amo o sr. Haney – Jimmy disse.

– Eu também.

Izzy entrou na sala e se aconchegou em mim do jeito que Sheba estava aconchegada em Jimmy.

– Por que tem um porco na casa?

– É o Arnold Ziffel – Jimmy falou. – Ele é tipo o filho deles.

– Por que aquela senhora fala desse jeito?

– Ela é uma Gabor – eu disse. – Ela e a irmã gêmea são muito bonitas, além de serem estrangeiras. Húngaras, talvez.

– Ela é uma vadia – Sheba afirmou. – Na vida real.

– Você a conhece?

– Sim. Esnobe e mesquinha. Peitos enormes. Unhas postiças.

– Mas o Eddie Albert... – Jimmy apontou para a tela. – Cara legal. Bebe pra caralho.

– Você conhece todo mundo na tevê? – perguntei.

Jimmy e Sheba se entreolharam como se estivessem pensando a respeito. Começou a passar um comercial do cereal Trix. O coelho branco maníaco corria gritando: *"Trix é para crianças! Trix é para crianças!"*.

– Sabe... – Sheba falou, por fim. – Eu estou no ramo há tanto tempo que conheço quase todo mundo. E o Jimmy sai em turnê há tantos anos que ele conheceu todo mundo também.

– É. As pessoas querem entrar nos bastidores, se juntam à turnê, aparecem nas festas que damos nos hotéis... – Jimmy deu de ombros.

– Chega de festas – Sheba disse. Um comercial do Control Data Institute, uma escola técnica, passava na tevê. Todos prestamos atenção como se estivéssemos prontos para nos matricular.

Aquela briga do primeiro dia entre Jimmy e Sheba foi como uma mangueira de incêndio limpando os destroços. Do *Green Acres* para a frente, todos na casa pareciam mais felizes e relaxados que o normal. Jimmy e o dr. Cone faziam terapia na praia, mas era breve e com intervalos. Eles escolheram um ponto entre duas dunas de areia que chamavam de "escritório". O lençol que eles levaram para lá ficou rapidamente coberto de areia.

Sheba, a sra. Cone, Izzy e eu arrumamos cadeiras, toalhas e um cooler no primeiro trecho de areia seca em frente à água, diretamente alinhadas com o escritório. Quando me virei, pude ver Jimmy comendo pipocas doces e balançando a cabeça enquanto o dr. Cone falava, ou, às vezes, falando enquanto o dr. Cone assentia. De vez em quando, ele largava as guloseimas e se deitava no lençol, enrolado de lado. A princípio fiquei preocupada, mas ele não parecia estar com dor ou chorando.

Sheba e a sra. Cone deixaram as perucas de lado, pois a praia era realmente particular. Conseguíamos ver qualquer pessoa que se aproximasse, e sempre que acontecia, Sheba punha um par de óculos escuros que cobriam o rosto dela das sobrancelhas até quase os lábios. Ela usava um chapéu também, para esconder o cabelo preto longo e denso. A sra. Cone costumava usar óculos escuros e chapéu quando Sheba usava. "Para o caso de ser alguém que eu conheça", ela me disse uma vez.

Izzy e eu cavamos buracos, construímos castelos de areia e entramos e saímos do mar. Sheba e a sra. Cone também levaram Izzy para a água, o que me deu tempo para ler um livro. Encontrei o livro *Tubarão* em uma prateleira na sala de estar da casa. Era sobre um ataque de tubarão em uma praia de Long Island, mas não me deixou com medo de entrar na água.

Quando Jimmy e o dr. Cone não estavam no consultório, eles estavam na praia. Jimmy gostava de levar Izzy para a água. Ele a jogava no ar e a pegava de novo. O dr. Cone lia seu livro e muitas vezes cochilava com um boné de beisebol sobre os olhos.

Todos os dias, Jimmy saía para passear sozinho, para desanuviar a cabeça. Antes de sair, ele colocava o forro dos bolsos dos shorts para fora e mostrava os bolsos traseiros para o dr. Cone verificar com tapinhas. Depois da revista, Izzy e eu íamos até a casa para preparar o jantar. Eu gostava do tempo que passávamos juntas na cozinha. Depois de um dia de sol e mar, havia uma paz na cozinha quente, o silêncio da casa, a tranquilidade que pairava no ar.

Eu dava banho em Izzy todas as noites depois do jantar e então a levava para dormir no nosso quarto. Assim que ela adormecia, eu me juntava aos adultos na sala de estar ou na varanda. Eles ouviam música, ou Jimmy dedilhava seu violão. Jimmy e o dr. Cone tomavam cada um uma xícara de chá, a sra. Cone e Sheba bebiam vinho, e um baseado era passado de mão em mão. O dr. Cone, assim como eu, não fumava, embora uma vez eu o tenha visto dar uma tragada antes de ir para a cama. E outra noite, juntando a louça, senti um cheiro estranho na xícara do dr. Cone. Suspeitei que ele estava fingindo não beber só para que Jimmy não fosse o único adulto sem álcool.

Tubarão estava sempre no meu colo durante esses momentos na sala de estar, mas em geral a conversa era tão envolvente que eu nem lia. Sheba era quem mais falava. Certa vez, ela nomeou todas as pessoas famosas com quem fez sexo e também nos contou o tamanho e como era o pênis de cada homem. Ela disse que um parecia ter articulações sob a pele, outro era do tamanho do dedo mindinho dela, outro cheirava a presunto e tinha cor de presunto, e outro era inclinado para a direita como se estivesse apontando direções. Eu não tinha ideia de que os pênis fossem tão variados. Uma das estrelas de cinema, um cara que fazia filmes de ação, tinha um pênis tão grande que Sheba não conseguia enfiá-lo na vagina. Eu não sabia quem eram algumas das estrelas, mas agora eu nunca seria capaz de assistir a nenhum dos seus filmes ou programas de tevê sem visualizar a imagem do seu pênis.

– O meu é maior que o dele, mas ela fez uma pequena cirurgia para que coubesse lá dentro e agora está tudo bem. – Jimmy falou sobre o astro com o pênis enorme. Todo mundo riu, então eu entendi que era uma piada.

A sra. Cone perguntou para Jimmy se ele tinha feito amor com tantas estrelas quanto Sheba. Jimmy deu um trago no baseado, franziu a testa e pareceu pensativo.

– Olhe, Bonnie, eu simplesmente não me lembro. Não faço a menor ideia. Cérebro de drogas. Antes de me relacionar com a Sheba, a maneira como eu sabia que tinha comido alguém era encontrar a pessoa no meu quarto ou na cama do hotel ou no ônibus da turnê na manhã seguinte. Às vezes eu sentia que tinha dormido com alguém, então olhava minhas costas no espelho. Se eu não visse marcas de arranhões, cheirava meus dedos.

Todos riram, mas eu não entendi.

– Você se lembra da garota com quem perdeu a virgindade – Sheba falou. – E também se lembra de dormir com a Margaret Trudeau.

– Ah, sim. É que tem pessoas que se destacam...

– Você dormiu com a Margaret Trudeau! – A sra. Cone se inclinou para a frente na cadeira dela.

– Você não esqueceu a Streisand – Sheba disse.

– Ninguém esquece a Streisand. – Jimmy piscou para Sheba e ela riu. Me surpreendi por ela não ter ficado com ciúmes. Vai ver que, quando você era alguém como Sheba, e todos os homens do mundo quisessem fazer amor com você, fosse impossível sentir ciúmes.

– Senhorita March – Sheba disse, pondo as mãos na frente do peito para indicar seios que se projetavam cerca de um metro.

– Acho que você está confundindo com a srta. June.

– Senhorita May.

– Houve uma série de quatro Coelhinhas – Jimmy admitiu.

– Acho que foram as das edições de junho, julho, agosto e setembro.

– Você guardou as edições? – o dr. Cone perguntou. Achei que ele estivesse brincando, mas não dava para ter certeza.

– A única edição que ele tem é a que eu estou na capa. – Sheba se moveu da cadeira para o chão, na frente das pernas de Jimmy. Ela envolveu os braços ao redor das panturrilhas dele.

– Essa é a única edição que eu aprecio – Jimmy falou.

Eu queria saber como era posar para a *Playboy*. Se eu tivesse coragem, perguntaria a Sheba mais tarde. E talvez eu também perguntasse a ela por que Jimmy olhava para as costas ou cheirava os dedos para saber se tinha dormido com alguém.

No quinto dia na praia, Jimmy virou os bolsos do avesso e virou o traseiro para o dr. Cone, que ergueu os olhos do seu livro e acenou para que Jimmy se afastasse.

Jimmy então virou a bunda para a sra. Cone, que deu uma risadinha e bateu em cada um dos bolsos traseiros dele. Em seguida, ele foi até Sheba. Ela estava usando um biquíni que parecia pequeno o bastante para servir em Izzy. A pele dela era lisa e cremosa, como se tivesse sido polida.

– Preciso fazer uma inspeção completa. – Sheba se ajoelhou nas costas de Jimmy e apalpou os bolsos dele. Então ela se inclinou e o mordeu. Jimmy uivou, e Izzy riu tanto que os cachos balançaram na cabeça dela.

– Sua vez. – Jimmy virou o traseiro para Izzy. Ela dava batidas alternadas nos bolsos dele, como se estivesse tocando bongô.

– A Mary Jane tem que verificar também! – Izzy se levantou e empurrou Jimmy na minha direção.

Bati em cada um dos bolsos dele uma única vez. Ele tinha nadado com seus shorts jeans e eles estavam úmidos e cheios de areia.

– Está limpo!

– Então eu vou nessa! – Jimmy levantou a perna igual a um desenho animado, como se estivesse se preparando para correr. E então correu. Para longe de nós, por toda a praia, vestindo apenas aqueles shorts úmidos e sujos e o cordão de couro com penas em volta do pescoço.

– O que teremos para o jantar hoje à noite? – A sra. Cone estendeu a mão e apertou a perna carnuda de Izzy. Ela estava vestindo um maiô vermelho de bolinhas e parecia uma joaninha fofa.

– Pizza! – Izzy exclamou.

A sra. Cone olhou para mim.

– Você vai fazer pizza?

– Não, o dr. Cone disse hoje de manhã que queria pedir pizza em algum lugar em Rehoboth, então não vamos cozinhar essa noite. – Eu não estava cansada de cozinhar, mas era bom ter uma noite de folga.

– Ah, que emocionante. Não como pizza há séculos. – A sra. Cone deu um tapinha no estômago. O biquíni dela era tão pequeno quanto o de Sheba e me lembrava uma bolsa de crochê desmanchada. Minha mãe nem teria considerado aquilo uma roupa de banho.

– O quê? – O dr. Cone ergueu os olhos do seu livro. Ele estava completamente desligado.

– Eles entregam ou nós vamos buscar? – Sheba perguntou. – Talvez a gente possa ir buscar e depois parar em uma butique para comprar um biquíni para a Mary Jane.

Eu estava usando o mesmo maiô que usei durante todo o verão. No começo ele era laranja, mas desbotou para uma cor pálida quase rosa.

166

– Acho que minha mãe não vai me deixar usar biquíni – falei.

– Sua mãe não está aqui. – Sheba piscou.

– Ah, vamos comprar um biquíni novo para a Mary Jane! – a sra. Cone falou.

– Eu preciso de um biquíni novo? – Izzy perguntou.

– Não, você é uma joaninha perfeita. – Eu me inclinei e dei um beijo em Izzy.

– Mas a Mary Jane precisa de um biquíni novo?

– Eu não – falei. – E é um desperdício de dinheiro. Só temos mais dois dias.

– Não é um desperdício de dinheiro – Sheba rebateu. – Quando você fugir de casa e se mudar para Nova York para morar comigo e com o Jimmy, você pode usá-lo.

– A Mary Jane não pode me abandonar. – Izzy subiu no meu colo e eu a beijei novamente. Eu não queria deixá-la. E eu nunca pensei em deixar meus pais antes da faculdade. Mas depois que Sheba jogou a ideia de fugir e morar com ela e Jimmy, fiquei momentaneamente contaminada. Como uma febre que permite ver o mundo comum através da intensidade do inusitado.

O dr. Cone pediu a pizza e a sra. Cone, Sheba, Izzy e eu fomos buscar. Jimmy já estava em casa, então ele e o dr. Cone decidiram trabalhar no escritório enquanto estávamos fora.

A sra. Cone foi dirigindo e Sheba estava sentada no banco da frente. Ambas usavam perucas pretas e óculos de sol gigantes. Sheba estava usando um macacão de veludo que fechava na parte da frente e tinha capuz. A sra. Cone vestia shorts jeans que mostravam o pedaço não bronzeado da bunda dela e uma regata que revelava o contorno dos mamilos. Izzy e eu usávamos shorts jeans que não mostravam nossas bundas e blusas que não revelavam nossos mamilos.

A sra. Cone e Izzy foram buscar as pizzas enquanto Sheba e eu entramos na Red Crab Boutique. Sheba circulou pela loja, tirando roupas das araras sem nem verificar os preços. Eu andei atrás dela.

167

– O.k., Mary Jane, entre no provador – ela disse. Neste momento, percebi que ela estava escolhendo itens para mim.

Olhei para a pilha de roupas nos braços de Sheba. No topo da pilha estava um biquíni preto de crochê que eu imediatamente amei. Mas eu sabia que nunca poderia usá-lo na frente da minha mãe, nem mesmo no Elkridge Club quando minha mãe não estivesse lá (ela sempre estava). O crochê era subversivo – era atribuído aos hippies, aos fumantes de maconha e à Era de Aquário.[8] Eu realmente teria de morar com Jimmy e Sheba se quisesse usar esse biquíni fora do meu quarto.

Abri a porta do provador com Sheba logo atrás de mim.

– Mary Jane! – Eu dei um pulo. Era Beanie Jones, saindo do provador ao lado do meu. Ela estava segurando um macacão prateado que parecia mercúrio líquido. – Estava me perguntando quando eu trombaria com vocês! E os convidados de *fora da cidade*! – Ela piscou para Sheba como se fosse uma integrante da família Cone, e não uma estranha que deveria ser enganada.

– Bom te ver de novo. – Sheba falou com sua voz de socialite. Eu me perguntei se ela conseguia se lembrar do nome que tinha inventado quando vimos Beanie e seu marido na Morgan Millard. Eu não me lembrava.

– Como você sabia que estávamos aqui? – eu perguntei. O dr. Cone nos disse que os Fleming, de quem havíamos pegado a casa emprestada, juraram não contar para ninguém que estávamos hospedados lá.

– Eu encontrei com sua mãe no Elkridge e ela me disse que você estava hospedada em algum lugar em Indian Dunes. – Beanie Jones acenou com a mão na direção da pilha de roupas nos braços de Sheba. – Isso é para você experimentar, Mary Jane? É um biquíni ousado esse que você tem aí. – Ela olhou para mim e então piscou para Sheba.

– Aqui, boneca – Sheba disse com sua voz fictícia. Ela me entregou a pilha e acenou em direção ao provador. Entrei e Sheba fechou a porta. –

---

8 Na cultura popular, a expressão "Era de Aquário" geralmente se refere ao auge dos movimentos hippie e New Age, que aconteceram durante as décadas de 1960 e 1970. [N.T.]

168

Bom ver você, sra. Jones. Se cuide. – Havia dois banquinhos na sala; larguei a pilha em um deles e comecei a tirar a roupa.

– Vamos tomar coquetéis na praia hoje à noite? – Beanie Jones disse do outro lado da porta.

– Ah, *malheureusement*,⁹ meu marido e eu vamos embora esta tarde. Mas dê meus cumprimentos ao sr. Jones. – Sheba abriu a porta do provador. Eu sabia que ela precisava de uma fuga.

– Tchau, sra. Jones, uh, Beanie. – Eu me encostei na parede, já que estava quase totalmente nua.

– Bem, então talvez possamos beber alguma coisa na próxima vez em que você estiver na cidade? – Beanie Jones disse para Sheba.

– Com certeza. Até mais! – Sheba disse antes de se enfiar dentro do provador e fechar a porta atrás de si.

– Até! – Beanie Jones respondeu.

Fiquei ali de calcinha e sutiã. Sheba e eu nos encaramos em silêncio, esperando Beanie Jones sair. Depois de mais ou menos um minuto, Sheba abriu a porta de novo e olhou para fora. Então ela a fechou e se sentou no banquinho vazio no canto.

– Meu Deus, essa mulher está nos assombrando – ela sussurrou. – Experimente o biquíni primeiro.

– O.k. – Peguei o biquíni. Eu estava mesmo prestes a tirar o sutiã e ficar nua na frente da Sheba? Seria rude se eu virasse de costas? Respirei fundo, fingi normalidade, desabotoei o sutiã e vesti a parte de cima do biquíni. Depois puxei a parte de baixo por cima da calcinha.

– Finalmente algo que valoriza seu corpo. – Sheba fez um movimento com a mão, indicando que eu girasse em um círculo. – Você tem que levar esse biquíni.

Olhei para a etiqueta de preço. Era equivalente a duas semanas de salário. Nunca gastei meu próprio dinheiro em roupas e não conseguia me imaginar começando com algo tão caro quanto aquele biquíni.

– Acho que eu deveria procurar algo mais barato – falei.

---

9 *Malheureusement* significa "infelizmente", em francês. [N.T.]

– Não! – Sheba sacudiu ambas as mãos no ar. – Mary Jane! Eu sou rica. Vou comprar o biquíni e qualquer outra coisa que você gostar. Sem discussão.

– Está bem. – Eu ri aliviada. Depois de saber que poderia levar o biquíni, me permiti admitir o quanto gostava dele. Parecia estranhamente poderoso usar algo tão ousado. Embora eu não imaginasse ser corajosa o suficiente para usá-lo em público.

– Agora prove isso. – Sheba me entregou um lindo vestido amarelo. Era ensolarado. Alegre. Algo que minha mãe aprovaria. Coloquei o vestido por cima do biquíni.

– Linda. Próximo. – Sheba me deu um macacão de veludo branco que era semelhante ao vermelho que eu a vira usar. A peça se agarrou a mim como plástico filme.

– Linda novamente – Sheba disse.

Continuamos assim por um tempo. Entre a avaliação de Sheba sobre cada roupa, ela contava a história de quando perdeu a virgindade. Ela tinha quinze anos e o menino, dezenove. Ele era filho de um ator "muito famoso" que eu nunca tinha ouvido falar. Quando a mãe de Sheba descobriu – ela os encontrou no quarto de Sheba –, pegou uma tesoura e cortou todas as peças de roupas legais que Sheba tinha.

– As únicas coisas que ela não destruiu foram minhas calças de veludo cotelê de inverno e meus suéteres grossos da Ilha Fair – Sheba contou.

– Uau – eu disse. As roupas que Sheba estava comprando para mim eram as primeiras que eu tinha que podia imaginar minha mãe destruindo. – Fico preocupada que minha mãe tire essas roupas de mim se as vir. Eu não acho que ela as cortaria, mas...

– Sim. Uau. – Sheba suspirou.

Houve silêncio por um momento enquanto nós duas encarávamos meu corpo em um vestido tie-dye de frente única. Eu estava de costas, olhando por cima do ombro para minha bunda no espelho. O vestido era longo e folgado; definitivamente iria para a pilha de rejeição.

– Posso te fazer uma pergunta? – sussurrei.

– Sim – Sheba sussurrou de volta. Eu me virei para ela e me inclinei perto de seu ouvido para que ninguém do lado de fora do provador pudesse escutar.

– Por que o Jimmy conferia as costas e cheirava os dedos para descobrir se ele tinha feito amor com garotas?

Sheba respirou fundo. Achei que ela estava a ponto de rir. Era como se eu fosse Izzy e ela fosse eu. Até a pergunta soou como uma das que Izzy fazia.

– Porque as mulheres arranham as costas dos homens quando fazem sexo com eles. E eu não acho que ele tenha cheirado os dedos de verdade, mas os homens fazem piadas sobre o cheiro da vagina das mulheres, então ele inventou que os cheirava para ver se tinham cheiro de vagina.

As palavras *cheiro de vagina* ressoaram na minha cabeça. Eu queria perguntar a ela sobre posar para a *Playboy* também, mas estava muito perplexa com o que tinha acabado de ouvir. Minha vagina tinha cheiro? Se tinha, eu nunca havia notado.

O carro cheirava a pizza. Ou era a vagina? Havia quatro vaginas na caminhonete.

– Nós vimos aquela mulher de novo, a Beanie – Sheba disse para a sra. Cone.

– Jesus Cristo! Eu sabia que íamos esbarrar em alguém. Metade das pessoas de Baltimore passa o verão em Dewey ou Rehoboth.

– Beanie Jones? – Izzy perguntou.

– A primeira e única – respondi.

– Ouvi dizer que os Jones têm uma casa aqui em algum lugar – a sra. Cone disse. – Com sorte, ela fica aqui pelo resto do verão enquanto voltamos para Baltimore.

– Ela te deu um bolo? – Izzy perguntou. – Ela faz um bolo gostoso!

– Não – respondi. – Sem bolo dessa vez.

No meu colo levava uma sacola cheia de roupas compradas pela Sheba. Eu estava preocupada sobre como faria qualquer uma das peças passar pela aprovação da minha mãe. Até as sandálias que Sheba comprou para mim pareciam ousadas. Eram pretas de couro e tinham um anel de tecido que circundava o dedão do pé.

– Ninguém sabe onde estamos hospedados – a sra. Cone disse. – Então ela não deve aparecer com nenhum bolo.

– *Beeeanie Jones, Beeeanie Jones, quando ela entra na sala, todo mundo grita e suspiiiiira* – Sheba cantou.

Todos cantamos o verso e então Sheba continuou.

– *Beanie Jones, Beanie Jones, primeiro ela grita, depois ela suspiiiiira.*

Repetimos esse verso. Então Izzy cantou.

– *Beanie Jones, Beanie Jones, o telefone toca e, olha só, é ela quem telefona!*

– Boa! – Abracei Izzy e senti uma onda de orgulho.

Depois foi a vez da sra. Cone cantar.

– *Beanie Jones, Beanie Jones, ela invade a cidade como uma tempestade.*

– Sua vez, Mary Jane! – Sheba falou.

– O.k... – Mordi o lábio, pensando. – *Beanie Jones, Beanie Jones, seu corpo é feito de carne, mas seu coração, de osso!*

– *Osso, osso, osso* – Sheba cantou. – *Beanie Jones. Osso, osso, osso, ela grita, depois suspira!*

Cantamos os dois últimos versos pelo resto do caminho até a casa, com Sheba na melodia e eu harmonizando.

10

No café da manhã, Jimmy olhou para as duas últimas fichas de receita. Uma era de carne assada e a outra de sopa de tomate e queijo quente.

– Carne assada. – Jimmy jogou a ficha na frente de Izzy. Ela estava de camisola até chegar à mesa, mas tirou a roupa quando eu não estava olhando. Ela agora tomava mingau nua.

– Isso não é comida de verão. – Sheba usava um biquíni diferente do que usara no dia anterior. Esse era branco com a parte de baixo tão pequena que a penugem difusa dos seus pelos pubianos castanhos se projetava nas bordas da peça. Eu estava vestindo meu biquíni novo, mas havia colocado meus novos shorts e minha nova camiseta listrada por cima, já que não tinha coragem de sair do quarto só de biquíni.

– Mas eu amo carne assada. E tenho me comportado tão bem! – Jimmy desceu da cadeira, foi até Sheba e começou a beijá-la por toda parte. Ela o empurrou para longe, rindo. Izzy saiu da sua cadeira e correu para beijar Sheba também, então Sheba foi coberta pelos dois. Eu assisti, sorrindo, e me perguntei como seria beijar tão livremente assim.

O dr. Cone entrou na sala e Jimmy levantou a cabeça.

– Richard, o que você acha de carne assada para o jantar hoje à noite? – Jimmy se sentou à mesa.

O dr. Cone olhou para mim.

– Mary Jane?

– Bem, nós compramos todos os ingredientes. Mas a Sheba acha que não é comida de verão.

– Se compramos os ingredientes, não vamos desperdiçá-los. – O dr. Cone foi até o fogão e se serviu de uma tigela de mingau de aveia que estava na panela.

– Sério, Mary Jane. Sua mãe faz carne assada no meio do verão? – Sheba ergueu as pernas nuas e as cruzou sobre a mesa. Izzy se acomodou no colo de Jimmy. Ela olhou para a ficha de receita e pronunciou as letras.

– Eu copiei as fichas de receita das refeições que ela havia programado para esta semana, então, sim. – Eu me perguntei se o dr. Cone se importava com a filha nua sentada no colo de um homem adulto. Ninguém mais pareceu notar.

– Você tem uma mãe incrível – Jimmy falou. – A melhor refeição que minha mãe já fez foi quando comprou uma peça de queijo cheddar. Ela enrolava em uma folha de papel-alumínio e punha o cheddar para derreter.

– E depois? – Peguei a camisola de Izzy do chão e a passei sobre sua cabeça.

– E depois o quê?

– O que ela fez com o queijo derretido? – Sheba perguntou.

– Nada. Era isso. Ela tirava o papel-alumínio do forno, colocávamos na mesinha de centro e comíamos o cheddar com os dedos enquanto assistíamos à tevê.

Eu ri.

– Como era o nome do prato?

– Ela chamava de "queijo derretido".

– Como você ficou tão criativo e inteligente? – Sheba voltou a cruzar as pernas, a esquerda por cima da direita agora. – Sua mãe não te ajudou em nada.

– Pelo menos ela estava lá. Ao contrário do meu pai, que estava sempre com a mulher do macramê que morava na nossa rua.

– Fizemos macramê no acampamento! – Izzy exclamou.

– Quem era a mulher do macramê? – perguntei.

– Ela vendia suportes para vasos de plantas feitos de macramê, do lado de fora do supermercado. Tinha olhos grandes e peitos grandes.

Isso, e o macramê, atraíram meu pai. Ele a seguiu para casa um dia e foi isso.

– Peitos – sussurrou Izzy. Eu esperava que ela não perguntasse o que isso significava.

A sra. Cone entrou usando um vestido de verão amarelo e sandálias de couro. Fez uma pausa, olhou para Sheba e, em seguida, tirou o vestido, revelando outro biquíni micro. Então ela se sentou à mesa.

– A Izzy e eu fizemos mingau de aveia – ofereci.

– Maravilhoso! – A sra. Cone bateu palmas.

Fui até o fogão e servi uma tigela grande para ela.

– Você se importa se tivermos carne assada no jantar?

– O que todo mundo acha?

– Acho que tem muita cara de inverno. – Sheba cruzou as pernas novamente.

Cada vez que ela as movia, era como um relâmpago para o qual todos, menos Izzy, se voltavam.

– Eu quero – Jimmy falou. – É melhor do que queijo derretido em papel-alumínio.

– O pai do Jimmy gosta da senhora do macramê com olhos grandes – Izzy disse.

– Amor... – Sheba chamou Jimmy. – Você está certo. Dessa vez é sobre você. Vamos de carne assada.

– OBA! – Izzy gritou.

Às duas da tarde, Izzy e eu pusemos o assado no forno. Era preciso deixar cozinhando por quatro horas. De volta à praia, decidimos coletar conchas para decorar a mesa da sala de jantar.

– Chapéu. – Enfiei um chapéu roxo na cabeça de Izzy. O rosto e os ombros dela queimaram e descascaram durante toda a semana e eu queria acabar com o ciclo de queimaduras. Com exceção do dr. Cone e de Izzy, todos tinham passado a semana inteira usando óleo de bronzear Bain de Soleil, na tentativa de amplificar os efeitos do sol. Sheba era a mais bronzeada, seguida por Jimmy. A sra. Cone apenas ficava vermelha e depois descascava, então ela precisava começar do zero a cada dois dias. O dr. Cone não estava interessado em se bronzear, mas ficava bronzeado mesmo assim. Eu estava com a pele da cor de uma noz, e meu cabelo tinha ficado ainda mais loiro.

– Balde – Izzy disse, agarrando a alça do balde e marchando pela praia.

– Voltaremos em breve – falei, mas o dr. Cone, a única pessoa na praia com a gente, não estava ouvindo.

Corri atrás de Izzy. Eu não tinha vestido nem meus shorts nem minha camiseta e sentia o ar contra minha pele enquanto caminhávamos. Cada vez que eu me inclinava para pegar uma concha, puxava a calcinha, que ficava enfiando na bunda, e verificava a parte de cima do biquíni, embora não houvesse ninguém por perto para me ver.

Izzy começou a cantar uma música de Jimmy, do nosso álbum favorito do Running Water. Logo, eu estava cantando com ela e esqueci minha quase nudez. Depois que cada música terminava, Izzy fazia uma pausa pelo que parecia ser o mesmo tempo de intervalo entre as músicas do álbum, até que a próxima da lista começasse.

– Olhe! – Izzy parou no meio da música e apontou para uma casca de caranguejo-ferradura do tamanho de uma travessa. Estava em perfeitas condições; um vermelho-acastanhado mosqueado, da cor que ficava a pele da sra. Cone pouco antes de descascar.

– Legal! – Tínhamos encontrado conchas pela metade, conchas partidas em quatro e fragmentos de conchas no início da semana. Mas esse foi nosso primeiro encontro com uma concha inteira e completamente formada.

– Cadê o caranguejo?

– Provavelmente devorado por gaivotas. – Virei a concha para que pudéssemos estudar o lado de baixo. – Olhe como é enorme! Os caranguejos-ferradura são mais velhos que os dinossauros.

– Podemos ficar com ele? – Izzy levantou a concha gigante e tentou colocá-la no balde. Era muito grande.

– Sim. Mas vamos pegá-la no caminho de volta.

– E se outra pessoa pegar? – Izzy pressionou a casca do caranguejo-ferradura contra o peito. A concha a cobria até a barriga.

– Podemos esconder nas dunas e pegar no caminho de volta.

– Sim! – Izzy segurou a concha bem acima da cabeça como um boxeador com seu troféu e correu em direção às dunas. Corri alguns passos atrás. Ela subiu no topo de uma duna e parou como se tivesse esbarrado em uma parede invisível. Quando a alcancei, meu corpo deu o mesmo solavanco.

Atrás da duna estava Jimmy, nu exceto pelo colar de couro e penas, e Beanie Jones, também nua. Supus que eles estivessem fazendo sexo, mas nunca imaginei que o sexo fosse daquele jeito. Jimmy estava em cima das costas de Beanie, que estava com a bunda para cima e tinha a boca do Jimmy no seu ombro, como um cachorro mordendo. O rosto de Beanie estava metade na toalha e metade na areia. Seu cabelo loiro estava espalhado ao redor da cabeça e cobria a maior parte do lado exposto do rosto. Eles estavam brilhando, suados. Fiquei tão atordoada com a visão que permaneci em profundo silêncio. Também não conseguia me mexer, era como se eu estivesse presa na lama.

Os olhos de Beanie se abriram.

– Ah! – ela gritou, e, em seguida, rolou por baixo de Jimmy.

– PUTA MERDA! CARALHO! – Jimmy se levantou. O pênis dele se projetava de uma forma que eu nunca tinha visto nas aulas de educação sexual ou no livro de colorir de Izzy. Estava ereto na vertical – como se uma corda estivesse presa a ele e alguém estivesse puxando a corda.

– Desculpem – consegui falar. Então peguei Izzy, que ainda estava segurando o caranguejo-ferradura, e corri de volta para a água.

Quando chegamos ao local onde estava o balde, coloquei Izzy no chão e me ajoelhei. Eu estava tremendo. Izzy ficou de joelhos e deitou a cabeça no meu colo. Ela respirou fundo, suas pequenas costas subindo e descendo. Nenhuma de nós falou por um minuto.

Finalmente Izzy se sentou e olhou para mim.

– O Jimmy estava se drogando?

– Acho que sim. – Massageei o cabelo dela. Minhas mãos tremiam.

– O que eles estavam fazendo?

– Eles estavam lutando.

– Pelados?

– Sim. Luta livre pelada.

– Será que a Sheba vai ficar brava?

– Sim. Eu acho que sim.

– Mas essa não é nossa cozinha.

Eu entendi o que ela queria dizer.

– Não, não é. Eu não acho que o Jimmy vai quebrar todos os pratos aqui. – Eu me perguntei como eu teria reagido a uma situação como essa quando eu tinha a idade de Izzy. Tudo – a destruição da cozinha, o sexo na praia – era inimaginável, até que me deparei com isso. Tive de superar rapidamente meu próprio choque e ser a adulta – aquela que faz tudo ficar bem para Izzy quando os adultos bagunçam as coisas de maneiras extraordinárias.

– Talvez a gente não devesse contar para ninguém, assim o Jimmy não vai ter problemas – Izzy falou.

Puxei Izzy para o meu colo. Então fechei os olhos e pensei por um segundo. Parecia importante que eu dissesse a coisa certa.

– Você não precisa guardar segredos dos seus pais, está bem? Se algo estiver na sua cabeça, você pode contar para a sua mãe e o seu pai.

Izzy fez que sim com a cabeça enterrada no meu pescoço. Eu podia sentir as lágrimas dela escorrendo pela minha pele.

– Não quero isso na minha cabeça.

– Vou falar com seu pai e ele pode descobrir o que fazer sobre isso. Ele é o médico do Jimmy. Esse é o trabalho dele.

– Estou preocupada com o Jimmy.

– Não fique. Essa preocupação não é sua – eu disse. – Isso não é um problema seu. Apenas seja você. Vamos fazer o jantar. Vamos decorar com conchas. Está bem? O problema do Jimmy não é problema seu.

Izzy assentiu novamente. Ela fungou e depois limpou o nariz no meu pescoço.

– Vamos voltar e fazer um enfeite para colocar na mesa. – Desci Izzy para o chão e peguei o balde. Ela carregou o caranguejo-ferradura contra o peito com uma das mãos. Sua outra mão estava na minha. Apertei seus dedos e ela apertou de volta. Nós apertamos a mão uma da outra em harmonia enquanto caminhávamos em direção à casa.

E então Izzy começou a cantar nossa batida.

– *Beanie Jones, Beanie Jones, primeiro ela grita, depois ela suspira.*

Na minha cabeça, eu cantava junto com ela. "*Osso, osso, osso, Beanie, Beanie Jones.*"

Tampei o ralo da pia da cozinha e a enchi com água e detergente. Izzy puxou um banquinho e, uma a uma, enfiou as conchas que coletamos na água. Ela pôs a casca do caranguejo-ferradura gigante por último.

Peguei uma tábua e cortei vegetais para a salada verde. Eu adicionaria a alface por último, pouco antes do jantar.

Estávamos trabalhando em silêncio quando o dr. Cone chegou da praia.

– O cheiro está delicioso. – Ele se agachou e olhou pela porta de vidro do forno. Então ele foi até Izzy e beijou a parte de trás da cabeça dela.

– Estou lavando as conchas para a gente fazer o enf... – Izzy olhou para mim.

– O enfeite.

– O enfeite.

– Isso vai ficar lindo. – O dr. Cone beijou a filha de novo.

– E... – Izzy sussurrou. – Mary Jane, conte para o papai sobre as dunas de areia.

– Sim? – O dr. Cone olhou para mim. Meu coração estava martelando.

Izzy voltou para sua tarefa. Engoli uma noz goela abaixo.

– Posso te contar em outro lugar?

O dr. Cone assentiu.

– Que tal irmos para a varanda?

– Já volto – falei para Izzy. – Não desça do banquinho. Apenas fique aqui e continue limpando as conchas. Está bem?

– O.k. – A cabeça de Izzy estava baixa. Ela parecia estar esfregando cada sulco de cada concha com sua unha minúscula. Eu sabia que ela estava totalmente envolvida na tarefa e não se preocupava mais com Jimmy.

Na varanda, respirei fundo.

– A Izzy e eu encontramos o Jimmy com a Beanie Jones atrás de uma duna de areia.

O dr. Cone piscou várias vezes.

– Eles estavam usando drogas?

– Não.

– O que eles estavam fazendo?

– Acho que eles estavam fazendo amor.

O dr. Cone ficou em silêncio por alguns segundos.

– Você contou para mais alguém?

– Não. Eu disse para a Izzy que eles estavam lutando, e acho que ela acreditou em mim. Mas ela também sabe que a luta sem roupas foi errada e que a Sheba vai ficar com raiva.

O dr. Cone assentiu.

– Vamos manter isso entre nós por enquanto. Depois que a Izzy for para a cama, vamos lidar com isso. Como uma família. Eu, você, Bonnie, Jimmy e Sheba.

– O.k. – Eu sorri de nervoso. Até conhecer os Cone, eu não fazia ideia de que uma família ousaria discutir algo tão volátil e embaraçosamente pessoal quanto a infidelidade. Na minha casa, cada dia era uma linha de horas perfeitamente contida, onde nada de incomum ou inquietante jamais era dito. Na família Cone, não havia contenção. Os sentimentos se espalhavam pela casa com a intensidade de uma mangueira de incêndio. Eu estava apavorada com o que poderia testemunhar ou ouvir esta noite. Mas, junto com esse terror, meu carinho pelos Cone só cresceu. Sentir *alguma coisa* era se sentir vivo. E se sentir vivo estava começando a se parecer com amor.

Izzy se agachou na mesa da sala de jantar. Ela colocou a casca do caranguejo-ferradura, de costas, no centro da mesa. Na cúpula espinhosa e dura, ela espalhou as conchas menores, do mar, uma a uma. Ao redor da casca do caranguejo-ferradura, ela dispôs as conchas maiores, alternando as faces para cima e para baixo.

– Isso está tão bonito – falei.

– É o diferente.

– Enfeite.

– O enfeite.

Jimmy entrou na sala. Não o víamos desde as dunas, embora tivéssemos visto Sheba e a sra. Cone quando elas passaram pela cozinha para irem até seus quartos se vestirem para o jantar. Jimmy estava com jeans cortados e sem camisa. O cordão de couro com penas pendia no pescoço dele. Parecia estar apontando para a virilha. Eu não pude evitar visualizar o pênis de novo, o jeito que ele tinha balançado no ar. Meu estômago embrulhou. Agora eu tinha certeza de que era uma viciada em sexo. Eu teria de pedir ao dr. Cone para me tratar. Mas como eu pagaria pela terapia? E ele seria obrigado a contar aos meus pais?

– Jimmy! – Izzy ergueu os braços, era o sinal dela para ser pega no colo.

– Izzy, amor! – Jimmy a levantou da mesa, girou e depois a abraçou contra o peito.

– A gente viu você lutando – Izzy sussurrou.

– Eu sei. Sinto muito. – Jimmy carregou Izzy até mim e, com ela ainda nos braços, ele me abraçou. – Eu realmente sinto muito.

– Hmm. – Eu não sabia o que dizer. Jimmy se agarrou a mim e nós três balançamos para a frente e para trás, Izzy espremida entre nós. Eu podia sentir o cheiro do sol na pele de Jimmy, e os pelos do peito dele faziam cócegas no meu rosto. Seu pênis pipocou na minha mente de novo, assim como tinha aparecido no ar.

– Sinto muito, muito mesmo. – Jimmy nos apertou mais forte e continuou balançando. Fechei os olhos. Era bom estar presa ali daquele jeito. Tentei tirar o pênis do Jimmy da cabeça, mas descobri no mesmo instante que tentar parar de pensar punha tanto foco nele quanto não tentar. Quando Jimmy me soltou, ele olhou nos meus olhos.

– Eu contei para o dr. Cone e mais ninguém – confessei. Lágrimas brotaram nos meus olhos. Eu estava com raiva de Jimmy por trair Sheba, e por fazer amor com a (casada!) Beanie Jones. Mas eu sabia que ele era um viciado. Eu sabia que seu corpo era como o de um adolescente, que ele tinha de lutar para controlar todos os dias. Até conhecer Jimmy, eu não entendia que as pessoas que você amava podiam fazer coisas que você não amava. E, ainda assim, você poderia continuar a amá-las.

– Eu sei, ele me disse. Está tudo bem. – Jimmy enxugou minhas lágrimas com o polegar.

– Mary Jane, você está chorando? – Izzy se jogou dos braços do Jimmy para os meus.

Fiz que não com a cabeça, mas as lágrimas escorriam pelo meu rosto. Chorei mais nesse verão do que em todos os anos desde que tinha a idade de Izzy. E também nunca estive mais feliz.

– Está tudo bem, Mary Jane. Você não fez nada de errado. – Jimmy se inclinou e beijou minha testa, o que me fez chorar um pouco mais. Eu inalei profundamente em um esforço para engolir o choro. Não queria assustar Izzy.

– Mary Jane. – Izzy beijou meu rosto inteiro. – Não chore. Eu te amo.

– Todo mundo ama a Mary Jane. – Jimmy beijou minha cabeça e começou a cantar. – *Mary Jane, Mary Jane!*

Izzy cantou com ele e eu comecei a rir. Jimmy cantou enquanto ia para a sala. Ele voltou, ainda cantando, com o violão.

Enquanto Izzy e eu arrumávamos a mesa, Jimmy se sentou em uma cadeira tocando violão e cantando. Desejei tanto que não tivéssemos visto Jimmy com Beanie Jones. Ou que Beanie Jones nunca tivesse se mudado para Roland Park.

Sheba foi a primeira a entrar na sala de jantar. Ela estava usando um vestido longo de batik sem sutiã e estava descalça. Ela se sentou ao lado de Jimmy, observou por um minuto, e então harmonizou. Eles soavam mágicos juntos. E se Jimmy e Sheba terminassem por causa de Beanie Jones? E se eles nunca mais cantassem juntos? E se Sheba enlouquecesse de novo e Jimmy fugisse, usasse drogas e tivesse uma overdose? Algo ia se desenrolar, e me senti como se eu fosse a pessoa que estava segurando a ponta solta, prestes a puxar e ver tudo desmoronar.

Nada parecia incomum durante o jantar. Na verdade, Jimmy estava mais feliz e otimista que na maioria das noites, e o dr. Cone estava mais engajado. Todo mundo adorou a carne assada, e Izzy ficou emocionada com seu enfeite. Cada vez que alguém passava alguma coisa sobre a mesa, ela ficava de pé na cadeira para se certificar de que nenhuma concha do centro de mesa fosse perturbada.

Depois da sobremesa, Jimmy empurrou a cadeira para trás e disse que iria lavar a louça. A sra. Cone se levantou e disse que o ajudaria. Como Sheba, ela estava usando um longo vestido de verão, mas o dela não era batik e parecia um pouco velho e cheio de bolinhas. Ela também estava descalça. Toda vez que alguém atravessava a cozinha, eu agradecia mentalmente por nenhum copo ou prato ter sido quebrado e não haver cacos invisíveis esperando por um pé macio.

Empurrei minha cadeira para trás e olhei para Izzy.

– Hora do banho.

– Espere aí. – Izzy ficou de pé na cadeira. – Precisamos de uma foto do meu enfeite!

– Excelente ideia. – O dr. Cone saiu para encontrar a câmera Polaroid enquanto Sheba e eu levávamos os pratos para a pia. Jimmy e a sra. Cone já tinham começado a lavar.

O dr. Cone voltou em poucos minutos. Izzy se sentou na mesa perto das conchas e ergueu as mãos em um grande V. O dr. Cone bateu uma foto e o flash explodiu com uma luz branca brilhante que me fez ver estrelas por um minuto.

– Agora todo mundo com o meu enfeite! – Izzy disse.

– Outra ideia excelente. – O dr. Cone se inclinou sobre Izzy e beijou a cabeça dela. – BONNIE!

Fiquei surpreso pelo dr. Cone ter gritado do jeito que ele e a sra. Cone gritavam em casa. A sala de jantar era aberta para a cozinha. Estávamos olhando direto para a sra. Cone e Jimmy, lado a lado na pia, conversando e rindo.

– O QUÊ? – A sra. Cone se virou e olhou para o marido.

– FOTO EM GRUPO.

– Ah, nós *precisamos* tirar uma foto em grupo. – Sheba estava levando a travessa de carne assada para a cozinha. Ela voltou com Jimmy e a sra. Cone.

– Eu bato a foto. Braços longos. – Jimmy pegou a câmera do dr. Cone e todos nos reunimos atrás dele, o enfeite de Izzy em algum lugar atrás de nós.

– Diga: sóóóbrio! – Jimmy apertou o botão, o flash explodiu novamente e as estrelas nadaram diante de mim. Jimmy puxou o filme da câmera e a colocou na mesa ao lado da foto que o dr. Cone havia tirado.

– Vamos dar uma olhada nelas depois do seu banho – falei para Izzy. Eu podia sentir o cheiro de cola do agente fixador que o dr. Cone estava aplicando nas Polaroids enquanto pegava Izzy e a carregava para o banheiro.

Na banheira, Izzy cantou a música de Beanie Jones novamente.

– Vamos cantar a música do arco-íris em vez disso. – Eu ensinei a Izzy "The Beautiful Land", da trilha sonora de *The Roar of the Greasepaint – The Smell of the Crowd*.

Começamos juntas.

– *Red is the color of a lot of lollipops...*

Quando Izzy estava de pijama, com o cabelo penteado e a pele cheirando a lençóis de algodão secos, eu a carreguei para a sala de jantar para ver as Polaroids. Os adultos estavam na sala de estar. O cheiro de borracha enfumaçada que os acompanhava à noite se infiltrava na sala de jantar.

Izzy olhou para as fotos.

– Ficamos bonitos.

– Ficamos mesmo. – O desastre estava se aproximando e ainda assim estávamos lindos. Todos estavam sorrindo. Todos parecíamos relaxados, como se tivéssemos acabado de colar um no outro. E cada corpo estava ligado a outro corpo, intimamente. Uma corrente inquebrável de amor. Era o oposto da foto de família encenada que minha mãe mandava todo Natal. Na foto da mamãe, nossa árvore decorada – montada no dia 1º de dezembro – estava ao fundo. Minha mãe e eu usávamos vestidos e sapatos da mesma cor. Sempre vermelho ou verde, com meias bege nas pernas. Meu pai usava a mesma gravata todos os anos: vermelha com um padrão de árvores de Natal verdes. Eu ficava alguns centímetros na frente dos meus pais, cujos corpos não se tocavam. Minha mãe punha a mão direita no meu ombro esquerdo e meu pai, a mão esquerda no meu ombro direito. Geralmente a foto era tirada pelo nosso vizinho, o sr. Riley. Certa vez, em uma viagem em família a San Francisco, visitamos o museu "Acredite se quiser" no Fisherman's Wharf.[10] Quando vi as figuras de cera de lá, pensei nas nossas fotos de Natal. Sempre achei que o visual ceroso de estranhos em um elevador era apenas porque ninguém na minha família ficava confortável na frente de uma câmera. Mas agora eu me perguntava se era porque ninguém da minha família ficava confortável com qualquer outra pessoa da minha família.

– Eu amo a mamãe, amo o papai, amo a Mary Jane, amo a Sheba, amo o Jimmy. – Izzy se inclinou para longe do meu quadril e pôs o dedo na foto. No coração de Jimmy.

– Eu amo você. – Coloquei meu dedo em cima do de Izzy. Então peguei as duas fotos e as levei para o quarto. Pus Izzy na cama e apoiei a foto dela com o enfeite de caranguejo-ferradura contra a base do abajur na sua mesa de cabeceira. A outra foto coloquei na base do abajur da minha mesa de cabeceira. Mais tarde, perguntaria ao dr. Cone se poderia ficar com ela.

Eu sabia que o que estava vivenciando era apenas um momento. A foto tinha sido tirada fazia menos de uma hora e eu já podia sentir falta desse tempo, desse verão, dessa família improvisada. Achei que era nostalgia preventiva, preparando-me para o que estava por vir. Será que Izzy me esqueceria?

O dr. e a sra. Cone a lembrariam do verão que ela passou comigo? Será que Sheba e Jimmy se lembrariam? Este verão estava mudando a vida deles do jeito que estava mudando a minha?

Izzy adormeceu enquanto eu lia para ela. Levantei-me da cama, fechei a porta do quarto e segui a fumaça até a sala. Embora eu me sentisse trêmula em relação à terapia familiar desta noite, também queria que acontecesse logo, só para que eu pudesse parar de imaginar e me preocupar sobre como Sheba reagiria, e como Jimmy reagiria à reação de Sheba. Meu coração sofria por Sheba. E sofria por Jimmy também, mesmo sabendo que era culpa dele.

O dr. Cone bateu palmas quando me viu.

– Mary Jane!

10   Fisherman's Wharf é uma das áreas turísticas mais movimentadas da cidade de San Francisco, na Califórnia. [N.T.]

– Oi. – Levantei minha mão desajeitadamente e acenei. Eu não ficava tão nervosa desde o dia em que conheci Sheba e Jimmy.

O dr. Cone se levantou.

– Vamos fazer isso no consultório?

– Vamos. – Jimmy se levantou e se espreguiçou. A camisa dele subiu, revelando o caminho de pelos na barriga.

– Na praia? Aquele consultório? – perguntei, embora é claro que eu soubesse a resposta.

– Sim, tem sido realmente um bom lugar para se abrir, Mary Jane. O som das ondas, o cheiro da brisa do mar, isso te leva de volta às origens. Isso nos lembra de que estamos vivos, que somos apenas mais uma parte do mundo físico.

– Querida! – Sheba me abraçou. – É sua primeira vez na terapia?

– Hmm. É, sim. – Eu realmente não tinha pensado nisso nesses termos. Que *eu* ia fazer terapia.

– Vou levar um pouco de vinho. –A sra. Cone segurava uma garrafa contra o peito como um bebê.

– E a Izzy? – perguntei.

– Ela é muito nova para isso. – O dr. Cone balançou a cabeça. – Mas, em breve, quem sabe.

– Não, quero dizer, vamos deixar a Izzy sozinha na casa? E se ela acordar e ninguém estiver aqui?

– Ela já acordou desde que chegamos aqui? – A sra. Cone ergueu a garrafa e tomou um gole.

– Não, mas e se ela acordar? Ela não vai ficar com medo de não encontrar ninguém em casa?

– Vamos deixar as portas que dão para a praia abertas para que ela saiba para onde ir. – O dr. Cone acenou com o braço como se indicasse o caminho do ar, o caminho de Izzy.

– *Mary Jane, Mary Jane!* – Jimmy cantou e saiu pela porta. A sra. Cone o seguiu, a garrafa de vinho pendurada em uma das mãos.

O dr. Cone abriu a porta do alpendre e empurrou uma cadeira de vime contra ela para que ficasse aberta. Então ele abriu a porta de tela que dava para a praia e colocou outra cadeira de vime lá.

– Isso deve funcionar. – Ele acenou para o lado, indicando que eu deveria sair.

– O.k. Mas espere. – Eu não tinha certeza se estava realmente tão nervosa por deixar Izzy sozinha ou se estava evitando as pendências da terapia familiar. – Existem animais que podem entrar na casa e atacar a Izzy?

– Mary Jane. – Sheba falou com firmeza. – Pegue minha mão. Você vem comigo.

– A Izzy vai ficar bem. – O dr. Cone sorriu para mim. – Nenhum animal vai entrar na casa e atacá-la. Mas eu admiro sua preocupação. Você vai ser uma mãe excelente um dia.

Sheba me puxou para fora da casa. A lua estava alta e as estrelas estavam espalhadas pelo céu como leite derramado. Estava claro o suficiente para ver nossos pés descalços enquanto caminhávamos pelas dunas até o local onde Jimmy e a sra. Cone esperavam. Eles estavam no lençol, deitados de lado, um de frente para o outro. A garrafa de vinho estava encostada nos seios da sra. Cone.

Eu me sentei de pernas cruzadas aos pés da sra. Cone. Jimmy se sentou e cruzou as pernas e, em seguida, a sra. Cone também se sentou e dobrou as pernas atrás de si. Sheba levantou o vestido até a altura da calcinha rosa e se sentou de pernas cruzadas ao lado de Jimmy. A sra. Cone se virou e puxou o vestido para cima, de modo que ela também estava sentada de pernas cruzadas. O dr. Cone se sentou entre Sheba e a sra. Cone.

A sra. Cone tomou outro gole da garrafa. O dr. Cone lançou um olhar rápido na direção dela. Normalmente, o consumo de vinho era mais discreto.

– Mary Jane. – O dr. Cone olhou para mim. O branco dos olhos dele brilhava. – Este é um lugar onde todos são honestos e abertos. Não tem nada para esconder e nada do que se envergonhar. Compartilhamos nossos sentimentos e não julgamos uns aos outros. Nós nos aceitamos entre nós e a nós mesmos.

Balancei a cabeça para o dr. Cone, me sentindo ainda mais nervosa. Eu tinha de anunciar o que Izzy e eu tínhamos visto nas dunas?

– É tudo muito franco – Sheba disse. – Mas você é inteligente o suficiente e madura o suficiente para lidar com conversas adultas e ouvir, sem se assustar, questões relacionadas à sexualidade e traumas de infância com os quais todos ainda estamos lidando, nossos relacionamentos atuais e todas as suas complexidades, é claro.

– O.k. – Eu balancei a cabeça para Sheba agora. Eu tinha de falar?

A ideia de falar sobre qualquer uma dessas coisas, especialmente sobre sexualidade – tendo em vista que eu era uma viciada em sexo –, era a coisa mais aterrorizante que eu já tinha imaginado.

– Vamos começar dando a volta no círculo e apenas nos apresentando. Dizendo como cada um de nós se sente. Onde estamos emocionalmente agora.

– Estou me sentindo um pouco bêbada. – A sra. Cone virou a garrafa e bebeu as últimas gotas. – E talvez eu tenha fumado maconha demais.

– Diante das lutas do Jimmy, talvez todos nós pudéssemos ir mais devagar com a maconha, a branquinha e o vinho. – O dr. Cone olhou diretamente para a sra. Cone enquanto dizia isso.

Sheba começou a cantar.

– *And if you give meeeeee weed, whites, and...*

Eu só havia aprendido recentemente que maconha era a mesma coisa que Mary Jane, mas não fazia ideia do que era a branquinha. Provavelmente outra coisa que a sra. Cone fumava ou bebia.

– Estou me sentindo um pouco aflito. – Jimmy olhou direto para o dr. Cone. – Hoje foi uma merda e não estou me sentindo bem com isso. Mas acho que minhas emoções foram reprimidas dentro de mim e, em vez de falar sobre isso, deixei meus impulsos explodirem de maneiras inadequadas. Então. Hmm. É. Estou aflito. – Jimmy puxou um baseado de um dos bolsos de trás da bermuda e um isqueiro do outro. Ele acendeu o baseado, deu um trago e passou para Sheba.

Sheba deu um trago. A fumaça saiu de sua boca.

– Estou sentindo um amor incrível pelo Jimmy. E orgulho também. Quero dizer, ele está se esforçando muito. E me sinto grata por todos vocês. Por esta linda família. – Sheba e Jimmy se entreolharam. Ambos estavam sorrindo com a boca fechada. Sheba então passou o baseado para a sra. Cone.

– Mary Jane? – o dr. Cone disse.

– Hmm, hmm. – Senti que poderia vomitar. Será que Sheba ainda amaria Jimmy quando soubesse da transa dele com Beanie Jones nas dunas? Os Cone me demitiriam se soubessem que eu era uma viciada em sexo? – Eu me sinto bastante preocupada e nervosa.

– Por quê? – Sheba perguntou.

– Hmm. – Olhei de Jimmy para o dr. Cone, para Jimmy novamente.

– Tá tranquilo – Jimmy disse. – Você pode falar qualquer coisa.

– Por que não deixamos os outros falarem primeiro, já que essa é a primeira vez da Mary Jane na terapia? – o dr. Cone sugeriu.

– O.k., eu vou falar – Sheba disse. – Acho que estou um pouco inquieta também. O Jimmy e eu estamos escondidos há semanas e estou descobrindo que, em vez de me sentir livre por isso, sinto falta da reação que as pessoas têm ao me ver. Quer dizer, eu pensei que odiava. Não entendo o porquê, mas sinto falta dos garçons caindo em cima de mim e me dando a melhor mesa e sinto falta das garotas chorando quando me veem e sinto falta dos homens gays que me dizem que salvei a vida deles.

Eu queria perguntar a Sheba como ela salvou a vida de homens gays, mas sabia que não era o momento certo.

– Você sente falta da sua fama – o dr. Cone falou.

– Sinto. Isso não é estranho? Eu reclamei disso o tempo todo. Mas me pergunto se sou meio viciada em ser a pessoa na sala que todos querem ver ou conhecer.

Todos nós estávamos olhando para Sheba. Ela era tão bonita que, mesmo que não fosse uma estrela, eu gostaria de olhar para ela em uma sala. Eu gostaria de conhecê-la também.

O dr. Cone disse:

– Vamos explorar isso mais a fundo. O que você acha que ganha *sendo vista*? É emocional? Existe uma interação de infância que está sendo recapitulada ou uma necessidade não satisfeita que está sendo preenchida pelo ato de ser vista?

– Ah, Richard. – Sheba balançou a cabeça. Ela puxou a ponta dos dedos dos pés descalços. – Você sabe que minha mãe não me deu amor. E ela me inibiu por causa da minha sexualidade.

– Sua mãe é uma vadia – Jimmy falou com os lábios quase fechados, que permitiram que uma fina camada de fumaça escapasse.

– Ela era. Tinha vergonha das mesmas coisas que o público adora em mim: meu cabelo, meus peitos, minha bunda, minhas pernas. Até minha buceta...

Eu engoli em seco. Eu nunca tinha ouvido ninguém usar essa palavra, mas eu sabia o que significava. Tentei deixar meu cérebro ir além da ideia de que Sheba estava discutindo essa parte do seu corpo. Tentei ser a adulta que Sheba esperava que eu fosse.

– Você foi indicada ao Oscar – o dr. Cone disse. – Você sempre é convidada para cantar em talk shows. É fato que você também é adorada pelos seus muitos talentos.

– Mas, Richard, ninguém no planeta pagaria cinco centavos para ver meus talentos se eu não tivesse a aparência que tenho. – Sheba jogou o cabelo para a frente.

– Você sente alguma gratificação quando é recompensada pelos seus talentos, ou só quando é recompensada pelos seus atributos físicos?

– Quando eu saí na *Playboy*, recebi mais reconhecimento, mais adoração, mais elogios que por qualquer outra coisa que eu já tenha feito. E sabe de uma coisa?

– O quê? – a sra. Cone perguntou, muito alto, e então soluçou.

Sheba e o dr. Cone olharam para ela como se ela tivesse acabado de gritar durante uma oração silenciosa na igreja.

Sheba virou a cabeça para o dr. Cone, como se ele que tivesse feito a pergunta.

– Isso fez com que eu me sentisse bem. Fez com que eu me sentisse importante. A *Playboy* preencheu o buraco que minha mãe abriu em mim quando me disse que eu era uma prostituta e uma vadia e que nunca seria tão boa quanto meus irmãos.

– Como eu disse – Jimmy resmungou. – A velha é uma vadia.

– Então você está desafiando sua mãe, de certa forma. – O dr. Cone estava balançando a cabeça. Ele parou por um momento e então continuou. – Esse desafio te alimenta espiritualmente?

Sheba pensou a respeito, e eu pensei também. Usar o biquíni de crochê que Sheba comprou para mim parecia preencher alguma necessidade espiritual. Quando o usei, foi como se estivesse me transformando na pessoa mais livre e menos medrosa que eu queria ser. Mas eu poderia realmente comparar minha seminudez em um biquíni em uma praia particular com a nudez total de Sheba em uma revista que quase todos os homens do mundo olhavam?

– Talvez. O fato de me permitir exibir o que minha mãe queria que eu escondesse faz com que eu me sinta como se existisse nos meus próprios termos – Sheba falou, e eu a entendi completamente.

– Vamos olhar de outro ângulo – o dr. Cone disse. – Existe alguma coisa que valha a pena fazer sem uma audiência? Existe alguma parte de você que não precisa ser vista?

– Quando o Jimmy e eu fazemos amor, eu me sinto inteira. Completa. Como se tudo o que está faltando em mim fosse preenchido. – Sheba estendeu o braço para Jimmy e eles deram as mãos. Ele se inclinou e sussurrou algo para ela. A sra. Cone suspirou tão alto que me perguntei se ela queria interrompê-los. O dr. Cone parecia completamente calmo, como se não tivesse nenhum problema em esperar que os dois terminassem o que quer que estivessem sussurrando, lábio com lábio.

– Amor, eu te amo tanto – ouvi Jimmy dizer.

Meu estômago explodiu novamente. Sheba tinha acabado de admitir que os momentos mais completos na vida dela foram quando estava fazendo amor com Jimmy. E poucas horas atrás, Jimmy estava fazendo exatamente isso com Beanie Jones.

Quando eles finalmente pararam de sussurrar, Sheba disse:

– Acho que preciso meditar sobre como posso me sentir completa e inteira sem feedback contínuo de fontes externas, incluindo o Jimmy. Tipo, eu preciso relaxar totalmente e encarar eu mesma, entender o que significa ser *eu* sem que o mundo me diga quem eu sou, ou quem eu não sou, ou quem eu sou para eles.

– Você deu um excelente conselho para si mesma – o dr. Cone falou. Achei legal ele não sentir que tinha de ser o único a dar conselhos. E então me perguntei se deveria encarar eu mesma sem levar em conta o feedback de fontes externas, embora em geral me sentisse confortável e silenciosamente invisível, exceto para minha mãe, que me criticava o tempo todo. Talvez parte da minha alegria de estar nos Cone fosse a alegria de não receber os apontamentos da minha mãe. Eu queria pensar mais sobre isso, mas então Jimmy começou a falar e eu não queria perder nada que ele tinha a dizer.

– Mas espere. Quero dizer, porra, cara, se a Sheba não for a superestrela sugando toda a atenção, então todo mundo vai olhar mais de perto para mim. – Ele bateu o polegar contra o peito quando falou isso.

– Então você prefere ficar em segundo plano? – o dr. Cone perguntou. Todos os psiquiatras eram assim? Parecia que o dr. Cone falava muito pouco. Embora talvez as perguntas dele tenham sido projetadas para ajudar as pessoas a chegarem a conclusões por conta própria.

– Pra caralho. Eu nunca quis a fama. Tudo o que eu sempre quis foi ganhar dinheiro suficiente para comprar cordas de violão e comer. Eu odeio celebridades. Se eu pudesse fazer o que faço anonimamente, com certeza faria. Eu só quero tocar minha maldita guitarra e cantar. Eu não quero estranhos falando comigo ou tentando me tocar, ou mesmo me dizendo o quanto eles amam minha música. E eu com certeza não dou a mínima para o que eles pensam sobre minha aparência. Na verdade, eu preferiria que eles nem olhassem para mim.

– A fama perdida da Sheba parece ameaçadora para você? – o dr. Cone bateu a ponta dos dedos, suas duas mãos formavam uma tenda.

– Sim, parece ameaçador. Doutor, você mais do que ninguém entende que metade da razão pela qual eu amo usar drogas é para fugir de me sentir como um palhaço de circo. Eu faço isso para fugir das massas gritantes e dos produtores gananciosos. Quando estou chapado, a fama não existe. Sou só eu. Minha música e eu, entorpecidos em um nível que não leva em conta o mundo e o que todo mundo quer ou precisa. Quando uso, posso ouvir meus pensamentos. Posso sentir meu batimento cardíaco. Estou contente em apenas sentar comigo mesmo. Não há autoconsciência. Nenhuma! Tem alma pra caralho, cara.

– Não! – Sheba rebateu.

– Jimmy... – o dr. Cone disse. – Sua alma estava lá antes das drogas. Sua alma apareceu desde que você ficou sóbrio, não é?

– Mas a droga é uma linha direta para a minha alma. – Jimmy bateu no coração com o polegar de novo.

– Essa não é a porra da sua alma, Jimmy! – Sheba se endireitou. – Isso é uma alma falsa. Uma alma em pó. Isso não é mais comovente do que Captain & Tennille cantando naquele maldito piano! É uma ilusão!

– A fama é uma maldita ilusão, Sheba! Somos todos apenas humanos: a gente nasce, come, caga, fode e depois morre. O fato de estranhos aleatórios pensarem que você e eu somos melhores que eles é a maior ilusão de todas!

– Isso não é verdade – Sheba disse. – Você tem mais talento que os outros. Você é melhor que eles.

– Eu posso ser melhor tocando guitarra – Jimmy falou. – Mas há milhões de coisas em que outras pessoas são melhores. Porra, a Mary Jane é uma cozinheira melhor que todos aqui, e ela canta melhor que a maioria das pessoas em estúdios.

Arrepios cobriram minha pele como um lençol que tinha acabado de ser jogado sobre mim. Jimmy realmente achava que eu cantava melhor que algumas pessoas nos estúdios de gravação?

A sra. Cone assentiu vigorosamente.

– Se a Sheba ama a fama e você odeia, não é um ponto difícil no casamento de vocês?

– Não – Sheba e Jimmy falaram ao mesmo tempo.

– Se nós dois quiséssemos fama, estaríamos competindo – Sheba falou.

– Como eu falei, ela me protege disso. – Jimmy se curvou e esfregou a perna de Sheba. – Ela é minha droga.

– Eu adoraria ser uma estrela – a sra. Cone disse. – Quer dizer, vamos lá. É tipo ser a pessoa mais popular da escola, mas a escola é o mundo. – A sra. Cone soluçou novamente. – Se eu fosse a Sheba, eu posaria na *Playboy* também. Inferno, eu posaria até na *Oui*.

Todos nós olhamos para a sra. Cone com curiosidade.

– Ser vista assim é algo que você sente que precisa, Bonnie? – o dr. Cone perguntou. A sra. Cone continuou falando como se ele não tivesse feito pergunta alguma.

– Quem não seria viciado em estrelato? Sinceramente.

– Bem, somos todos viciados de alguma forma – Sheba disse. – Parte de estar vivo é descobrir o equilíbrio entre o que você quer, o que você precisa e o que você tem; e o que você não quer, não precisa e não tem. Quero dizer, Jimmy, cara, você não está sozinho aqui. Toda essa família, cada um de nós, somos todos viciados de uma forma ou de outra.

– Eu fiquei viciada em maconha desde que vocês dois se mudaram – a sra. Cone comentou.

– Você não é viciada em maconha. – Sheba disse isso de uma maneira que fez parecer irrefutável. – Mas eu sou viciada em fama. – Eu me perguntei: se a sra. Cone ou Sheba tivessem um vício em sexo como eu, elas admitiriam abertamente? No entanto, Sheba falou sobre sexo com Jimmy, então talvez ela admitiria.

– O Richard é viciado em trabalho. Porra, Richard, você já passou mais horas conversando comigo do que minha mãe em toda a minha vida – Jimmy falou.

– Eu posso ser viciado em trabalho, mas você está em grande necessidade agora, e eu quero te acompanhar até um fim bem-sucedido. Quero que todos terminemos este verão com sucesso.

– Grande necessidade! – Sheba riu e ergueu o baseado.

– A Mary Jane já é um sucesso – Jimmy disse. – Ela é perfeita do jeito que é.

– É assim que você se sente, Mary Jane? – o dr. Cone perguntou, e todos viraram a cabeça para mim.

– Olha. – Eu respirei fundo. Parecia que meus pulmões estavam dentro de uma caixa de metal que não os deixava se expandirem adequadamente. – Acho que eu também tenho problemas.

– Você tem?! – a sra. Cone riu. – Eu não consigo imaginar uma coisa que esteja fora de controle para você. Com exceção dos seus pais, talvez.

– Você está segura aqui, Mary Jane. Estamos aqui para ouvir. Sem julgamento. – O dr. Cone passou os dedos pelas costeletas grossas, como se as estivesse penteando.

– Hmm... – Meu coração batia tão forte que pensei que ia desmaiar. Mas se houvesse uma chance de eu ser curada do meu problema, este parecia ser o melhor lugar.

– Ah, Mary Jane. Nada do que você disser pode nos chocar ou nos fazer te amar menos. – Sheba rastejou sobre Jimmy para ficar ao meu lado. Ela pegou minha mão e a segurou entre as suas. – Você pode falar.

Respirei fundo e depois exalei antes que eu pudesse pensar mais sobre isso.

– Acho que talvez eu seja viciada em sexo.

Todos ficaram em silêncio. Sheba pôs a cabeça mais perto da minha e olhou nos meus olhos, piscando. Olhei para o dr. Cone. As sobrancelhas dele estavam juntas. Eu nunca o tinha visto tão sério.

– Você tem feito sexo imprudente e descontrolado? – o dr. Cone perguntou.

– Não! – Fiquei surpresa por ele imaginar que eu tivesse. – Nunca fiz sexo.

– Você andou ficando com alguém? – A sra. Cone olhou para Jimmy enquanto perguntava isso, como se esperasse que eu estivesse ficando com ele.

– Não! Não. Eu nunca beijei um menino.

– Você está vendo revistas pornográficas? – o dr. Cone falou.

– Não, claro que não. Estou cuidando da Izzy o dia todo.

– Está se masturbando compulsivamente? – o dr. Cone perguntou, e meu rosto queimou forte e profundamente.

– Não, eu *nunca* fiz isso. Mas eu penso em sexo o tempo todo. Ou na hora errada. Tipo, do nada, vem a minha mente a imagem de um pênis quando estou fazendo o jantar. Ou, se estou fazendo compras no supermercado, não consigo tirar a palavra *sexo* do meu cérebro ou talvez pense que sou *viciada em sexo, viciada em sexo, viciada em sexo* só porque estou pensando em sexo. Ou eu vou ver algo que não está totalmente relacionado ao sexo e isso vai me remeter ao sexo. – Senti uma onda de leveza depois de ter derramado tudo isso. Era como se minha cabeça estivesse cheia de hélio.

– Tipo uma abobrinha? – Sheba perguntou.

Eu fiz uma pausa.

– Olhe, eu nunca pensei nisso. Mas agora eu vou. É o que eu quero dizer. De hoje em diante, vou pensar em sexo, ou em um pênis, acho, toda vez que olhar para uma abobrinha. – Eu procurei o rosto deles no luar sombrio para ver se eles sentiam repulsa por mim. Ou se estavam decepcionados comigo. Mas todos estavam sorrindo.

– Ah, querida. – Sheba passou os braços em volta de mim e me puxou contra ela. Ela beijou minha cabeça como se eu fosse Izzy. – Você está bem. Esses são apenas pensamentos normais de garotas humanas.

– Eles são? – Eu não conseguia imaginar minha mãe pensando em pênis enquanto comprava abobrinhas. E as gêmeas provavelmente nem pensariam em pênis se estivessem em um vestiário masculino com um monte de pênis visíveis. As garotas que queriam ser presidentes pensavam em sexo?

– Esses pensamentos estão perfeitamente dentro do normal – o dr. Cone falou. – E se você estivesse se masturbando ou vendo pornografia, isso *ainda* seria normal, desde que não deixasse suas necessidades e responsabilidades diárias de lado.

– Doutor Cone, você tem certeza disso? – No início do verão eu nunca teria pensado que seria possível ter essa conversa. Eu pensei que ia morrer com meu vício secreto em sexo. Mas agora, o que me surpreendeu, mais do que a conversa em si, foi o enorme alívio que senti. Foi como se, de repente, uma corrente de vento soprasse através do meu corpo.

– Tenho certeza. Você não está nem beirando o vício.

– Mary Jane! Querida! – Jimmy se inclinou na minha direção. – Eu que sou meio viciado em sexo. Você viu o que aconteceu! Não é você, querida.

– Você está SUPERBEM! – Sheba me abraçou. Então ela se afastou de mim. – O que ela viu? Do que você está falando?

– Jimmy, talvez você devesse poupar a Mary Jane do desconforto de ter que dizer o que aconteceu – o dr. Cone disse.

– QUE PORRA ACONTECEU? – Sheba olhou fixamente para Jimmy.

A sra. Cone se curvou para a frente.

– O quê? Espere aí! O que aconteceu? Richard, você sabe o que aconteceu?

– Vamos deixar o Jimmy falar. E, por favor, todo mundo, tentem guardar o julgamento e manter suas emoções sob controle até que ele termine. – O dr. Cone olhou para Sheba enquanto dizia isso.

– Eu estava andando na praia hoje – Jimmy disse. – E eu encontrei aquela mulher, Beanie...

– Não! – Sheba exclamou. – Aquela dona de casa loira é incapaz de ficar longe da gente!

– Eu não consegui dizer não. – Jimmy parecia magoado com isso. Como se dizer "não" causasse sofrimento físico nele. – Eu não soube como parar. Eu *realmente* não quis fazer aquilo, mas também não quis ferir os sentimentos dela, e meu pau estava a fim, com certeza, mas então a Mary Jane e a Izzy viram a gente...

– VOCÊ TRANSOU COM A BEANIE JONES! – A sra. Cone se levantou. Ela estava com a garrafa de vinho na mão e por um segundo pensei que ela ia bater em Jimmy. Fiquei surpresa que ela não estava chateada por Izzy ter visto Jimmy em cima de Beanie Jones.

– Que porra é essa, Jimmy?! – Sheba disse.

– Eu sinto muito. – Jimmy balançou a cabeça, como se até ele estivesse cansado de si mesmo.

– Como você pôde fazer isso com a gente?! A Beanie Jones? – A sra. Cone gritou.

Todos ficaram em silêncio. O dr. Cone olhou para a sra. Cone. Sheba também olhou para a sra. Cone. Jimmy parecia nervoso ou confuso, seus olhos vagaram da sua esposa para a sra. Cone, indo e voltando.

A sra. Cone parecia estar tentando não chorar.

– É só que... a Beanie Jones?! QUAL É! A Beanie Jones?! – E então, em um semicolapso rápido, ela se sentou de novo. A garrafa permaneceu na mão dela.

Sheba se afastou da sra. Cone, como se já estivesse farta dela.

– Sério, Jimmy. A porra da Beanie Jones? Mas que caralho! Cada maldita dona de casa do bairro vai fazer fila na porta para dar para você agora.

Na minha cabeça, vi todas as mães de Roland Park segurando bolos e biscoitos, alinhadas na porta da frente dos Cone, esperando para fazer amor com Jimmy. A sra. Cone entraria na fila também? Parecia que ela gostaria de ser a primeira.

Pensei em como sentia meu corpo eletrizante quando Jimmy cravou os olhos nos meus. O peito peludo dele estava quente contra minha bochecha quando ele me abraçou. Eu tinha visto o pênis dele e, apesar das minhas melhores tentativas, não conseguia tirar essa imagem da minha cabeça. Mas quando parei e me perguntei se queria beijar Jimmy, a resposta foi *não*. Ele era bonito, e a sensualidade pulsava nele como ondas sonoras. Mas ele era... bem. Ele era velho.

Jimmy estava gaguejando, soluçando.

– Eu não conseguia encontrar uma saída, as palavras fugiram de mim. E depois que começou, eu não sabia como parar.

– Jimmy, é *seu* corpo. Você está encarregado dele. Você pode optar por não fazer amor com todas as mulheres bonitas que se oferecem a você – o dr. Cone disse.

– Você acha que a Beanie Jones é bonita?! – a sra. Cone perguntou. Ela parecia mais chateada que Sheba. Eu esperava que Sheba corresse para dentro de casa e começasse a jogar pratos, no estilo Jimmy. O marido dela tinha feito sexo com outra mulher! Mas Sheba parecia relativamente calma.

– Bonnie, por favor. – O dr. Cone levantou as mãos e as deixou cair, palmas para baixo, como se estivesse driblando duas bolas de basquete.

– Nós concordamos: sem pegar ninguém enquanto você estivesse ficando sóbrio – Sheba disse. Eu pensei sobre isso. Jimmy foi autorizado a ficar com outras mulheres quando ele não estava em tratamento?

– E nada de pegar alpinistas sociais fofoqueiras como a Beanie Jones! – a sra. Cone acrescentou.

– Bonnie! – Sheba falou. – Ele é *meu marido*. Ele tem um casamento aberto *comigo*, não com você! Concordo com você sobre ser a fodida da Beanie Jones, mas não entendo qual é seu maldito interesse nisso. Vocês dois estão transando? Você tem dormido com meu marido?

As palavras *casamento aberto* ecoaram na minha cabeça. O que exatamente isso significava? Sheba fazia sexo com outras pessoas? Eles discutiam isso antes? Eles relatavam um ao outro o que tinha acontecido depois? Eu mal podia admitir meu vício em sexo na terapia em grupo e Sheba tinha acabado de falar "casamento aberto" como se não fosse grande coisa!

– É claro que a Bonnie e eu não estamos fazendo amor! Isso é absurdo pra caralho! – Jimmy falou, e os olhos da sra. Cone brilharam como se ela tivesse levado um tapa.

– Bonnie? – O dr. Cone olhou para sua esposa. – Qual é seu interesse nisso?

A sra. Cone baixou a cabeça por um segundo, como se precisasse reunir ar ou coragem ou talvez apenas forças para levantar a cabeça.

– É só que, Deus, eu não sei. O Jimmy e a Sheba são *nossos*, eles estão com a gente! E... e... Eu não sei, eu meio que sinto que o Jimmy nos traiu também.

– Você precisa se desapegar – o dr. Cone disse. – Não é seu casamento.

– E *você* precisa parar de foder a Beanie Jones – Sheba disse para Jimmy.

– Eu não quero estar com ninguém além de você, amor. – Jimmy olhou para Sheba. – Não quero nem ter um casamento aberto. Eu só concordei porque você queria. – A ideia de que Sheba havia pressionado pelo casamento aberto mais que Jimmy fervia na minha cabeça. Sempre pensei que os homens procuravam sexo mais que as mulheres. Mas talvez essa ideia fosse tão errada quanto pensar que os judeus não eram confiáveis ou que os negros deveriam "saber seu lugar".

– Ah, querido, eu te amo tanto! – Sheba estava chorando. E então ela e Jimmy se aproximaram um do outro e começaram a se beijar. De língua. O dr. Cone, a sra. Cone e eu assistimos à cena.

O dr. Cone chamou minha atenção.

– Mary Jane, você está tranquila com tudo o que aconteceu aqui esta noite? Você tem alguma dúvida?

– Hmm... – Eu tinha, mas eu não sabia ao certo se deveria perguntar.

O dr. Cone assentiu para mim, e então ele olhou para Jimmy e Sheba até eles pararem de se beijar e olharem para mim também.

– Então. Hmm. A Beanie Jones também tem um casamento aberto? – O mundo estava cheio de pessoas cujas vidas eram inteiramente diferentes do que eu imaginava?

– Não. – Jimmy fez que não com a cabeça.

– É só porque é o Jimmy. – A sra. Cone pareceu estar falando com a areia. – As mulheres farão qualquer coisa pela chance de fazer amor com o Jimmy.

– Bonnie! – Sheba disse. – Que porra é essa? Você está apaixonada pelo meu marido?!

A sra. Cone levantou a cabeça e olhou para Sheba.

– O que você disse? – Ela parecia estar tentando ganhar tempo.

– Você está apaixonada pelo meu marido? – Sheba pronunciou cada palavra com precisão, como se tivesse que colocar ar ao redor das sílabas e dar espaço a elas.

– Bem, quem não está, Sheba? – A sra. Cone olhou ao redor vagamente, tentando, de alguma forma, não fazer contato visual com nenhum de nós. – O que eu quero dizer é: não estou falando que vou transar com ele. Mas eu quero sua vida. Quero passar um mês no Cap-Eden-Roc, no sul da França! Quero ir para Muscle Shoals gravar um disco e beber uísque no estúdio até as seis da manhã! Quero sair com Lowell George e Linda Ronstadt e Graham Nash! Quero gastar dez mil dólares em roupas e carregar uma bolsa de crocodilo comprada no Mercado de Pulgas de Paris e comer nos melhores restaurantes... E eu quero... Eu quero...

– Que porra você quer, Bonnie? – A voz de Sheba tinha um tom agudo e impaciente.

– Eu quero estar em um casamento em que a gente sinta vontade de se beijar como vocês dois acabaram de fazer. Eu quero estar com alguém que é tão apaixonado que beira a loucura. Eu quero estar com alguém que vai me chamar de amor e chorar por mim e olhar para mim do jeito que o Jimmy olha para você. Não quero ser a esposa de um médico morando em Baltimore. Eu... Eu só quero mais que isso. – A sra. Cone abaixou a cabeça e começou a chorar.

Nenhum de nós falou. Não consegui olhar para o dr. Cone.

– Você está dizendo que não quer continuar casada comigo? – ele perguntou, finalmente.

– Acho que eu bebi demais. – A sra. Cone se levantou, se virou e começou a vomitar na areia. O dr. Cone correu até ela. Ele segurou seu cabelo ruivo grosso para trás com uma das mãos e pôs a outra no seu ombro para que ela não mergulhasse de nariz enquanto vomitava.

Sheba pegou minha mão e me puxou para ficar de pé. Jimmy também se levantou e nós três fomos embora em silêncio.

Segui Jimmy e Sheba até a cozinha. Jimmy abriu a torneira, se inclinou sobre ela e tomou alguns goles de água. Sheba se sentou à mesa. Ela olhou para mim e deu um tapinha na cadeira ao lado dela.

– Nós temos pipoca doce? – Jimmy perguntou.

– Sim, no armário – eu disse. – Eu pego.

– Já peguei. – Jimmy abriu o armário e eu me sentei na cadeira ao lado de Sheba.

Jimmy trouxe as pipocas para a mesa e se sentou do lado oposto de Sheba e de mim. Depois que ele pegou um punhado de pipocas, me passou a caixa. Peguei um punhado enorme, do tamanho de uma bola de neve. Sheba enfiou a mão na embalagem e fez o mesmo.

– Que merda. – Jimmy se esticou para pegar a caixa e agarrou outro punhado de pipoca.

– Eu sei. – Sheba pegou a caixa de volta dele. Ela despejou uma pilha da guloseima sobre a mesa.

– Tipo, que porra é essa? – Jimmy apanhou a embalagem de pipoca doce de novo.

– Exatamente, que porra é essa. Coitado do Richard.

– Você acha que a sra. Cone vai deixar o dr. Cone? – Peguei a caixa de Jimmy e despejei mais pipocas na pilha de Sheba.

– Quem sabe, cara? – Jimmy estendeu a mão sobre a mesa e puxou a guloseima para mais perto dele. – Mas, mesmo que eles não terminem, ele vai continuar magoado com aquele pequeno showzinho.

– Não adianta chorar pelo leite derramado. – Sheba pegou um naco de pipoca da pilha e enfiou na boca.

– Não dá mais para enfiar essa pasta de dente de volta no tubo. – Jimmy sacudiu a caixa, deixando os últimos farelos se juntarem no canto para poder comê-los de uma só vez.

– Qual faculdade você quer fazer? – Sheba me perguntou, como se estivéssemos falando sobre a escola, e não sobre o casamento trincado dos Cone.

– Eu tenho tentado convencer meus pais a me levarem para Nova York, mas eles não gostam de Nova York. Então meio que pensei que a única maneira de eu conhecer a cidade seria se eu fizesse faculdade lá.

– Eu nem terminei o ensino médio – Jimmy disse. – Não fui feito para a escola.

– Você ainda é o homem mais inteligente que eu conheço – Sheba falou. Ela olhou para mim. – Ele lê muito, caso você não tenha percebido. História, biografias, ficção.

Eu tinha notado.

– Você fez faculdade?

– Eu fiz UCLA. Precisei ficar em Los Angeles porque estávamos filmando o programa lá. Mas não tive uma experiência normal de faculdade. As pessoas olhavam para mim e me seguiam pelo campus. E eu desconfiava que ninguém queria muito ser meu amigo. Até os professores escreveram bilhetes como "Vamos nos encontrar no meu escritório e discutir isso". Sempre achei que a maioria das pessoas só queria passar um tempo com a garota famosa.

– Mais ou menos como a Bonnie – Jimmy comentou. Sheba e eu olhamos para ele.

– Mas parece que a sra. Cone gosta de você de verdade – eu disse.

– Não, tenho certeza de que ela gosta de mim. E eu gosto dela também. Mas é difícil ter uma amizade equilibrada quando uma pessoa quer tudo o que a outra tem. – Sheba enfiou a unha na pilha de pipocas, procurando os melhores pedaços, imaginei.

Jimmy se levantou, beijou Sheba na boca e depois beijou o topo da minha cabeça. Ele saiu da sala e voltou alguns segundos depois com seu violão.

– Que tal isso? – Jimmy começou a tocar uma música que eu não conhecia. Eu sabia todas as músicas dele, então devia ser do álbum de outra pessoa. Sheba cantou junto e, quando eles começaram a tocar pela segunda vez, eu já tinha decorado as palavras e estava harmonizando. "*And I'm wasted and I can't find my way home.*"

– Gostei dessa música – eu disse quando terminamos. – Você que escreveu?

– Claro que não – Jimmy respondeu. – O Steve Winwood escreveu.

– Temos que levar você para comprar discos – Sheba falou. Ela se levantou, foi até o armário e pegou uma nova caixa de pipocas.

Jimmy começou a tocar outra música. Antes de cada linha, ele dizia as palavras em voz alta para que eu soubesse o que cantar. Sheba ficou na melodia e Jimmy levou a harmonia comigo. Eu podia sentir nossas vozes vibrando no ar, perfeitamente equilibradas como uma equação matemática.

O dr. e a sra. Cone não entraram pela porta que dava para a praia, mas eu ouvi a porta da frente abrir e fechar. Já era tarde, depois da nossa segunda caixa de pipocas. Sheba, Jimmy e eu cantamos a noite toda – às vezes a mesma música três ou quatro vezes só para eu aprender direito. Por volta das quatro da manhã, Jimmy largou o violão e fomos para a cama.

Izzy acordou antes das sete, como sempre.

– Pássaros no ninho? – ela perguntou.

– Apenas venha se aconchegar comigo por um minuto. – Meus olhos pareciam cimentados de sono.

Ela se arrastou até minha cama e eu a envolvi como se fôssemos conchas empilhadas lateralmente.

– Podemos ler um livro?

– Você olha o livro e eu durmo por mais vinte minutos. Aí a gente se levanta e eu vou fazer pássaros no ninho para você.

– O.k. – Izzy não se mexeu para pegar um livro. Ela ficou ali, quieta e quente como um gatinho aninhado. Pensei no dr. e na sra. Cone, sentindo pontadas de culpa por não ter me preocupado mais com eles na noite anterior. Eu queria que tudo estivesse certo e seguro no casamento deles para que Izzy pudesse crescer naquela casa maravilhosa com seus pais juntos. Jurei fazer o melhor trabalho possível cuidando de Izzy, para garantir que ela sempre se sentisse amada, segura e protegida.

– Já se passaram vinte minutos?

– Não. Só dois minutos se passaram.

– Quanto tempo é vinte minutos?

– Mil e duzentos segundos. Conte até mil e duzentos. Menos os cento e vinte segundos que já passaram. – Eu sabia que poderia voltar a dormir se tivesse apenas um momento de silêncio.

203

– Quanto é mil e duzentos segundos menos cento e vinte segundos?

– Hm... Mil... Hm... Mil e oitenta segundos. Conta até mil e oitenta.

– Tá bom. Um. Dois. Três...

Izzy chegou até oitenta e cinco e depois girou nos meus braços para ficarmos cara a cara. Eu podia sentir seu hálito quente no meu nariz. Eu podia sentir seus olhos caindo sobre mim. Ela estava sendo tão boa, sem dizer nada, mal se movendo, respirando profunda e silenciosamente. Abri os olhos e encarei Izzy. Olhamos uma para a outra por um longo tempo, nenhuma de nós falando nada.

– O.k. – eu disse. – Eu vou me levantar agora.

Izzy se inclinou e beijou meu nariz. E então ela se levantou da cama, meio caindo, meio cambaleando, tirando a camisola e falando tudo ao mesmo tempo.

Era um dia longo e preguiçoso. O dr. e a sra. Cone ficaram trancados no quarto. Izzy não pareceu notar a ausência deles, e Sheba e Jimmy não pareceram se importar. No início da tarde, Jimmy largou o livro e cochilou em uma cadeira na praia. Sheba deitou de costas, colocou seus óculos enormes e tomou banho de sol. Talvez ela estivesse dormindo também. Eu não conseguia ver seus olhos.

Izzy e eu esculpimos um casal gigante de banhistas na areia. Ela empilhou montes de areia para os seios da mulher. Pensei em modelar um pênis para o homem, mas decidi fazer um leve relevo igual a um boneco Ken. Depois da noite anterior, me senti confiante de que meu desejo inicial de esculpir a genitália masculina não me tornava uma viciada em sexo.

– Que pênis engraçado – Izzy disse.

– É só um montinho. Vamos cobri-lo com uma sunga.

Cada uma de nós pegou um balde e andou pela praia coletando troncos e conchas para servirem como roupas de banho. Para os cabelos, coletamos ervas marinhas.

Estávamos trabalhando em silêncio nos trajes de banho de conchas quando o doutor e a sra. Cone se aproximaram, cada um carregando uma cadeira. A sra. Cone usava um chapéu gigante e óculos escuros. Seus lábios estavam alaranjados e lustrosos. O biquíni dela cobria tão pouco que eu me perguntei por que ela estava usando um, para começo de conversa.

– Olhe o que estamos fazendo! – Izzy disse, e os dois largaram suas cadeiras e foram admirar os banhistas.

– Lindo! – O dr. Cone beijou a cabeça de Izzy. Ele estava suando e seu cabelo brilhava como uma moeda nova.

– Incrível. – A sra. Cone se inclinou sobre Izzy e beijou sua cabeça também. – Tudo certo? – Ela olhou para mim.

– Sim. Tudo ótimo.

– Comemos pássaros no ninho no café da manhã e o Jimmy fez um bife de West Virginia para o almoço!

– Ah, é mesmo? O que é isso? – A sra. Cone olhou para mim.

– Carne magra, muito, muito magra. – Izzy voltou a posicionar as conchas nas esculturas de areia.

– Mortadela frita. Ele disse que era o que ele comia no almoço quando era criança.

A sra. Cone olhou para Jimmy e Sheba, que mal se mexeram. Ela se virou para mim.

– Sinto muito por qualquer coisa que eu disse ontem à noite.

Eu não sabia dizer se ela estava se desculpando comigo ou apenas expressando arrependimento.

– Está tudo bem – falei rapidamente.

O dr. Cone se acomodou na cadeira e abriu seu livro.

A sra. Cone forçou um sorriso para mim. Ela acariciou a cabeça suada de Izzy e depois foi até a cadeira ao lado da do dr. Cone.

Jimmy e Sheba acordaram alguns minutos depois. Eu pude ouvir a sra. Cone se desculpando com eles também. Ela alegou que estava bêbada e nem se lembrava do que havia dito, mas que o dr. Cone tinha contado a ela.

– Cara, foi uma loucura.

– Já fiz muito pior – Jimmy disse. Mas eu imaginava que ele provavelmente nunca *falara* nada pior. Ele parecia cuidar bem dos sentimentos de todos ao seu redor. Estava sempre tentando fazer Sheba feliz primeiro, e o restante de nós feliz depois.

Se você estivesse assistindo a um filme nosso naquele último dia, ou durante o jantar naquela noite, ou mesmo na manhã seguinte enquanto carregávamos o carro, não teria notado nada diferente. Mas algo tinha mudado. Senti como se uma rede invisível e vibrante tivesse nos separado em três alianças. A primeira era Jimmy, Sheba, Izzy e eu. A próxima era o dr. Cone, que sempre ficava de fora de tudo, como se alguém tivesse de ser o adulto responsável, encarregado de manter as coisas em ordem. E a terceira era a sra. Cone. Ela parecia um pouco à deriva e abandonada. Ela e Sheba conversaram como de costume, mas sua camaradagem parecia um pouco mais rígida e cautelosa. Sheba não baixava mais a guarda para ela. E eu sabia que ela nunca mais mencionaria hotéis em Antibes ou bolsas compradas no Mercado de Pulgas em Paris.

11

O tempo na praia passou rápido, mas, ao mesmo tempo, parecia extenso. Era como se, em vez de uma semana, uma temporada inteira tivesse se passado. Em casa, na minha própria cama, eu sentia falta de todos na casa dos Cone. Com minha mãe, no café da manhã, eu me sentia uma impostora. Até minhas roupas eram falsas, pois eu tinha deixado o guarda-roupa que Sheba comprara para mim na casa dos Cone e todas as manhãs, assim que chegava lá, trocava de roupa. Minha mãe, que sabia tudo sobre mim desde meu nascimento – o que eu comia, quando dormia, quem eram meus amigos, que música eu ouvia e que livros lia –, de repente tinha uma estranha na sua mesa. Mas eu era a única que estava ciente da mudança. Agora, eu era alguém que tinha ido à terapia de grupo familiar para o vício em sexo e conhecia as letras dos lados A e B de todos os álbuns do Running Water. Como Sheba com suas perucas – eu mal podia esperar para chegar aos Cone e poder arrancar a falsa Mary Jane e ser apenas eu. Pés descalços. Cantando. Fazendo o jantar. Vestindo um biquíni. Brincando com o cabelo de Izzy.

O dr. e a sra. Cone agiam como se aquela noite na praia nunca tivesse acontecido, mas notei um esforço no relacionamento deles que não existia antes. Quase nunca se tocavam e, quando um falava, o outro se calava completamente, como se tivesse cuidado para não interromper ou corrigir.

Três semanas depois que voltamos da praia, a sra. Cone saiu de casa à tarde para ir ao cabeleireiro. Izzy e eu estávamos na sala de tevê, dobrando roupas. Lavar roupa era uma das atividades favoritas de Izzy, todas as etapas, desde separar até guardar.

Sheba entrou comendo um picolé.

– Vamos passar a ferro. – Izzy apontou para a pilha crescente de roupas amassadas. Eu já tinha colocado um banquinho ao lado da tábua de passar e estava esperando o ferro esquentar. Quando Izzy passava, eu ficava bem atrás dela, pronta para pegar o ferro se ela o deixasse cair, se permancesse muito tempo em um ponto da roupa ou o derrubasse da tábua.

– Você acredita que eu nunca passei roupas a ferro? – Sheba disse.

– Sério?

– Uma mexicana morava com a gente quando eu era criança. Ela passava tudo. Até jeans e roupas íntimas.

– E durante a faculdade? Ou agora?

– Na faculdade, eu deixava minhas roupas na lavanderia toda semana e elas eram devolvidas para mim passadas e dobradas. E então, depois da faculdade, contratei uma faxineira que lava toda a roupa. A Toni. Ela está no apartamento de Nova York agora.

– A Mary Jane pode te ensinar a passar ferro – Izzy falou. – Ela é uma boa professora.

– O.k. Eu vou tentar.

– Mas você não pode chupar picolé enquanto passa ferro. – Izzy e eu brigamos por causa de um picolé vermelho pingando de sua boca na última vez que passamos roupa.

– Que mandona! – Sheba sorriu para Izzy e continuou chupando seu picolé.

– Eu termino para você. – Izzy foi até Sheba e pegou o picolé dela. Sheba se levantou e parou na tábua de passar.

Coloquei uma camisa branca de botão aberta e virada para baixo na tábua.

– O importante é não demorar. Basta pressionar com firmeza e deslizar ao longo do tecido.

– Não demorar! – Sheba piscou para mim. Ela empurrou o ferro algumas vezes. Eu assisti. Izzy se aproximou e olhou para cima. O picolé escorria pelo seu queixo. – E agora?

– Agora você passa as mangas. – Reajustei a camisa para que houvesse uma única manga no tabuleiro.

– Com firmeza. E sem demora! – Sheba levantou a voz para soar mais como eu. Ela deslizou o ferro ao redor da manga, depois no punho. – O.k. Estou entediada.

– Já?

– Sim. Vamos comprar discos.

Sheba repousou o ferro sobre a camisa, virado para baixo. Eu o endireitei rapidamente antes que a camisa queimasse.

– Eu quero ir comprar discos! – Izzy pulou para cima e para baixo, acenando com o picolé.

– Eu nem sei onde fica a loja de discos. – Não havia lojas de discos em Roland Park, e não lembro de ter visto alguma nas rotas regulares pelas quais eu passava com minha mãe: para o Elkridge Club, para a Roland Park Country School, para a Huxler's comprar roupas.

– O Richard deve saber. Eu vou encontrar as chaves. – Sheba saiu.

– Posso ter um disco também? – Izzy perguntou.

– Sim. Eu compro um para você. – Rapidamente terminei de passar a camisa.

– Você vai? Você tem dinheiro?

– Tenho. Eu tenho guardado todo o dinheiro que seus pais me pagam. Mas vou usar um pouco dele para comprar um disco para você.

Izzy correu até as minhas pernas e me abraçou. Eu acariciei a cabeça dela. Então desliguei o ferro e dobrei a camisa com cuidado.

Jimmy também quis ir. Nem ele nem Sheba estavam usando perucas. Ambos puseram óculos escuros. Jimmy estava vestindo uma regata e um boné de beisebol da Johns Hopkins que deveria ser do dr. Cone. Sheba amarrou um lenço colorido na cabeça. Ele cobria sua testa e caía na parte de trás do cabelo como duas caudas vermelhas e laranja.

O dr. Cone nos acompanhou até a caminhonete. Sheba sentou-se no banco do motorista, e Izzy e eu no banco de trás. Sheba baixou a janela e o dr. Cone se apoiou no batente com seus antebraços peludos.

– Você se lembra de como chegar lá? – ele perguntou.

– Esquerda na Cold Spring, direita na Charles, fique na Charles por um tempo, esquerda na North Avenue.

– Isso mesmo. Cold Spring, Charles, North Avenue. Não dá para se perder.

– A Mary Jane vai comprar um disco para mim! – Izzy disse.

– Ela vai? – O dr. Cone ergueu os olhos da janela de Sheba, depois deu a volta até a da Izzy. Ele estendeu a mão e despenteou o cabelo dela, então puxou uma nota dobrada e tentou entregá-la para mim. Eu acenei para ele, dispensando a nota.

– Que tipo de disco? – O dr. Cone tentou mais uma vez me entregar o dinheiro. Eu fiz que não com a cabeça, sorrindo. O dr. Cone deu de ombros e enfiou a nota de volta no bolso.

– Eu não sei. Mary Jane, que tipo de disco?

– Que tal uma trilha sonora da Broadway?

– A MARY JANE VAI COMPRAR UMA BANDA SONORA DA BROADWAY PARA MIM! – Izzy se inclinou para fora da janela. Eu agarrei sua cintura para que ela não caísse. O dr. Cone a beijou e então se afastou quando Sheba tirou o carro do meio-fio.

– Divirtam-se lá na loja de discos! – o dr. Cone riu da filha, que parecia perigosamente perto de cair na calçada.

– Tchau! – Sheba gritou.

– ADEUS! – Izzy gritou, e eu a puxei de volta antes que estivéssemos nos movendo rápido demais. Assim que ela se acomodou no assento, começou a cantar uma música do Running Water. Sheba entrou na melodia e eu cantei em harmonia. Jimmy fez barulhos de instrumento com a boca que soaram bem legais. Ele conseguia mesmo fazer o som de uma trombeta. E, para uma guitarra, ele meio que disse a palavra *twang*, mas de uma forma que soava próximo a uma guitarra.

Quanto mais nos afastávamos de Roland Park, menos árvores eu via. Quando Sheba estacionou o carro perto da loja de discos, não havia árvores, apenas calçada, rua, lojas e carros. Apesar de ter vivido em Baltimore toda a minha vida, nunca estive na North Avenue. A primeira coisa que notei foi que havia poucas caminhonetes por perto. A maioria dos carros aqui ou era mais brilhante e chique – muitos da cor de joias –, ou surrados e quase impossíveis de dirigir. Todos na calçada eram negros e imaginei quão desconfortável minha mãe ficaria aqui. Jimmy, Sheba e Izzy não pareciam notar que éramos os únicos brancos por perto.

Entramos na loja de discos do tamanho de um armazém e Jimmy respirou fundo.

– Puta que pariu – ele disse.

Observei a loja. Placas penduradas por cordas acima das seções nomeavam o gênero: Jazz, Funk, Rock, Soul/ R&B, Clássico, Folk, Blues etc.

Ao longo das paredes havia estações de música que pareciam cabines telefônicas, mas, em vez de um telefone, cada cabine tinha um toca-discos e fones de ouvido. As pessoas que trabalhavam na loja usavam camisas listradas em amarelo e verde, tornando difícil não vê-las.

– Por que não viemos aqui no primeiro dia na casa dos Cone? – Sheba perguntou.

Izzy puxou minha mão.

– Onde encontramos os discos de banda sonora da Broadway?

– Bem ali. – Apontei para uma placa escrito *Trilhas sonoras*.

Um vendedor se aproximou de nós. Ele era magro como um palito de alcaçuz e tinha um pente garfo preso no cabelo. Achei que era um lugar inteligente para carregar o pente, pois era grande demais para caber no seu bolso.

– Como posso ajudar vocês, pessoal? – O cara sorriu e balançou a cabeça como se estivesse acompanhando um jogo de tênis: Izzy, Sheba, eu, Jimmy. – Não pode ser, cara. Sem chance. Jimmy e Sheba? – O sorriso dele cresceu.

– Sim, cara. – Jimmy tirou o boné de beisebol, passou os dedos pelo cabelo e pôs o boné de novo. – Eu preciso de algo novo. Umas paradas que vão me inspirar, sabe. Eu preciso de um empurrão para a minha própria música.

– NÃO PODE SER! – O cara olhou para trás, como se quisesse checar se mais alguém estava vendo Jimmy. – Jimmy! Adoro o Running Water! Eu sei todas as músicas de cor!

211

– Nós também – Izzy disse.

– NÃO É POSSÍVEL! De jeito nenhum, cara! Eu amo vocês dois! Minha família inteira assistiu ao seu programa, Sheba. Por anos! ANOS!

– Ah, você é tão gentil. – Sheba sorriu e pude ver em seus olhos ela contemplando essa adoração como pó de ouro. Ela estava radiante.

– Minha mãe vai MORRER! Isso é SURREAL!

– Estas são nossas sobrinhas. – Sheba estendeu a mão para Izzy e para mim. Ela ergueu os óculos escuros para que ficassem apoiados na cabeça, sobre o lenço.

O cara olhou para a gente, sorriu, então se virou para Jimmy e Sheba de novo.

– O.k., o.k., o.k., então me deixem ajudá-los. Jimmy quer algo inspirador. E você, Sheba, o que quer?

– Eu só quero algo divertido – Sheba disse.

– Eu quero as bandas da Broadway! – Izzy falou.

– Temos músicas de espetáculos. – Ele riu, sorrindo para Izzy. – A gente tem tudo, cara. Eu vou pegar para vocês. Esperem aqui. – Ele ergueu as mãos como sinais de parada. – Não saiam daqui, tá legal? Tipo, nem um passo. Fiquem aqui mesmo.

– Estaremos aqui, boneco – disse Sheba.

O cara voltou alguns segundos depois, uma pequena multidão seguindo atrás dele. A multidão era composta de um bando de caras e uma garota. A garota estava usando um boné de patchwork de couro que eu podia imaginar Sheba usando na televisão.

– Santo Deus, santo Deus, eu não acredito nisso! – o cara mais alto exclamou. Ele estendeu a mão gigante e apertou a de Jimmy, depois a de Sheba, em seguida a minha e por fim a de Izzy.

– Estamos comprando discos – Izzy falou, e o homem riu.

– Olha o cabelo dela! Olha que fofo! – a garota comentou sobre Izzy. Ela era alta e o rosto dela tinha o formato de um círculo perfeito.

– A Mary Jane vai comprar músicas de shows para mim! – Izzy disse, e o grandalhão riu de novo, e então se abaixou e pegou Izzy no colo. Ele parecia ainda maior com Izzy, como um gigante segurando um duende.

O restante da multidão se curvou para a frente e apertou nossas mãos, e então os clientes começaram a notar Jimmy e Sheba. Imediatamente, três dos caras que trabalhavam lá fizeram uma barricada, como guarda-costas.

– Deixem eles fazerem suas compras! – um cara gritou. – Vamos dar espaço para eles.

– Vocês querem uma raspadinha? – a menina perguntou. – Meu primo tem uma loja de raspadinha no final do quarteirão. Eu posso pegar algumas para vocês.

– Estou bem, apenas feliz em estar aqui – Jimmy falou calmamente. Eu podia ver que ele gostava das pessoas que estavam nos ajudando, mas não gostava de ser incomodado. Sheba, por outro lado, ficou um tempo com cada pessoa que apertou sua mão. Ela fazia perguntas: *Qual é seu nome? Você cresceu em Baltimore?*. Cada pessoa com quem ela falava parecia mudada, como se tivessem sido ungidas, munidas de algum tipo de poder que passou de Sheba para elas.

Andando pela loja, nos movíamos como uma grande massa. O grandalhão, cujo nome era Gabriel, era o líder. Os guarda-costas mantinham todos que não faziam parte do nosso grupo alguns metros atrás enquanto andávamos.

Começamos na seção Rock.

– Minha sobrinha precisa expandir um pouco o mundo dela – Sheba disse sobre mim para Gabriel, que ainda estava segurando Izzy.

– Ela tem uma voz sensacional. – Jimmy acenou para mim. – Você vai ouvi-la em um disco em breve.

– Um dos seus? – Gabriel perguntou.

– Ah, sim. Definitivamente. – Jimmy piscou para mim, e eu não sabia se isso significava que ele estava brincando ou falando sério. Eu não podia me deixar pensar nisso. Estava com medo de acabar descontroladamente decepcionada.

Jimmy, Sheba e Gabriel escolheram discos para mim e os entregaram a um cara chamado Pequeno Hank. Logo descobri que ele era ou se chamava Pequeno Hank porque o outro cara que nos ajudava era o Médio Hank. Não perguntei onde estava o Grande Hank; talvez fosse seu dia de folga.

O Pequeno Hank se aproximou de mim e examinou os discos que tinham escolhido para mim.

– Você vai adorar este aqui. – Eu olhei para o disco que ele colocou em cima da pilha. Na capa estava uma mulher de cabelos azulados, cercada por uma longa sanfona.

– Little Feat é a banda ou Dixie Chicken?

O Pequeno Hank riu tanto que se curvou.

– Não, cara, a banda é Little Feat. – Ele pegou o segundo disco da pilha. Na capa havia a foto de um homem adulto andando na praia usando uma sunga preta muito pequena.

– Boz Scaggs, *Slow Dancer*. Esse é o nome da banda ou o nome do álbum?

– Não é à toa que eles estão comprando discos para você! Nenhuma sobrinha do Jimmy e da Sheba deveria ser tão desinformada. *Slow Dancer* é o nome do álbum. Boz Scaggs é o nome desse cara. – O Pequeno Hank apontou o dedo para o cara de sunga na foto.

– Um cara chamado Boz? Esse é o nome verdadeiro dele?

– Caramba, não sei. – O Pequeno Hank continuou olhando os discos. Ele puxou Steely Dan, de quem eu tinha ouvido falar, e Rod Stewart, de que eu também já tinha ouvido falar. Eu nunca tinha ouvido falar de Dr. John, mas o título do álbum, *Cut Me While I'm Hot*, me fez querer ouvir.

Na seção Folk, Jimmy escolheu John Prine e Gram Parsons. Eu tinha ouvido falar de ambos porque Sheba e a sra. Cone conversaram sobre eles uma noite. Jimmy entregou um álbum de Joni Mitchell para o Pequeno Hank.

– Mandou bem, Jimmy! – o Pequeno Hank disse. Então ele se aproximou de mim e quase sussurrou. – Ela tem suingue. Eu não sabia quem ela era até começar a trabalhar aqui, mas o Gabriel, cara, ele me apresenta todo tipo de música.

Eu queria ser o Pequeno Hank para poder ouvir todo tipo de música. Então percebi que já era uma versão do Pequeno Hank, pois agora ele estava me apresentando – bem, não todo tipo – muitos tipos de música. Por mais que eu gostasse de vagar pela loja de discos, estava pronta para vazar dali e correr para casa, para começar a escutar tudo.

214

O Pequeno Hank e eu corremos para alcançar o grupo. Eles passaram para Soul/ R&B. Os guarda-costas afastaram as pessoas para que pudéssemos entrar no círculo interno.

– Ele está ouvindo black music – o Pequeno Hank me disse enquanto Jimmy e Gabriel conversavam sobre diferentes álbuns. – É isso o que músicos de verdade ouvem.

Gabriel entregou uma pilha de discos para o Pequeno Hank, que os examinou um a um para que eu pudesse ver todas as opções.

– Já ouvi falar de Earth, Wind & Fire – falei. – Eu acho. Talvez não. Existe outra banda com um nome parecido?

O Pequeno Hank me achou hilária. Ele riu, balançou a cabeça e me mostrou o restante dos álbuns: Al Green, Parliament, The Meters, The Isley Brothers, Sly and the Family Stone, Labelle e Stevie Wonder.

– Esse cara é cego. – Ele apontou para a imagem de Stevie Wonder na capa do disco que estava no topo da pilha. – E ele toca piano. Ele é maneiro. Todo mundo gosta dele.

Eu tinha ouvido falar de Stevie Wonder, mas não sabia que era cego. Talvez minha mãe gostasse dele, pois acreditava que Deus tinha dado aos cegos e surdos uma bondade extra, já que havia tirado um dos seus sentidos. Um homem cego frequentava nossa igreja e mamãe sempre se certificava de que ele estivesse sentado perto do banco da frente, perto da nossa família, onde ela poderia ajudá-lo a entrar e sair.

Sheba entregou mais dois discos ao Pequeno Hank.

– Estes são para mim, mas você vai amá-los, Mary Jane. Vamos cantá-los esta noite.

– Ah, você vai cantar bem alto! – disse o Pequeno Hank. Nós olhamos para os álbuns; o primeiro era de Shirley Brown, *Woman to Woman*. Gostei das cores do álbum, rosa e marrom, e gostei da foto também, porque mostrava apenas ela: de cabeça para baixo e de cabeça para cima. De frente para si mesma. Ao contrário da maioria dos outros álbuns com mulheres na frente, a cantora não posou de uma maneira sexy. Isso me deixou curiosa sobre ela. Em seguida, olhei para Millie Jackson, *Caught Up*. A capa exibia um homem e duas mulheres presos em uma teia de aranha. A contracapa mostrava apenas a mulher – Millie Jackson, imaginei – falando ao telefone com uma teia de aranha emoldurando seu cabelo. Ela parecia meio triste na foto, como se estivesse tendo seu coração partido através do telefone. Havia outro álbum de Millie Jackson. Este era chamado *Still Caught Up*. Na foto, ela estava usando um grande chapéu e seus lábios estavam entreabertos, como se estivesse prestes a beijar alguém. Era definitivamente sexy, e me perguntei se Jimmy e Sheba a conheciam e se Jimmy, em seu casamento aberto, tinha permissão para fazer sexo com ela.

– Minha vez! – Izzy gritou, e Gabriel a ajeitou sobre seus ombros. Ela estava tão alta que fiquei com medo de que ela batesse a cabeça em uma das placas penduradas no teto.

A multidão se reuniu na seção de trilhas sonoras. Gabriel sorriu para mim.

– Então, o que estamos procurando?

– Hmm... – Será que essa multidão experiente pensaria que eu era estúpida por gostar de músicas de shows? – Apenas algo para Izzy cantar na banheira, sabe? – Eu estava com medo de dizer em qual estava pensando, que era *Guys and Dolls*. E se, apesar do meu grande amor por *Guys and Dolls*, fosse realmente a trilha sonora mais idiota já feita?

– Algo para cantar na banheira, né? – Gabriel puxou os tornozelos de Izzy e ela riu.

– Nós poderíamos tentar *Guys and Dolls*? – falei isso como se a ideia tivesse acabado de me ocorrer.

– Eu amo *Guys and Dolls*! – Gabriel disse, e eu respirei, aliviada. Ele tirou o disco de uma caixa e o entregou ao Pequeno Hank. – Que tal *Hair*? Quer tentar esse também?

– *Hair*? – Eu não conhecia. Esse nós não tínhamos recebido do Clube Mensal de Músicas de Espetáculo.

– Ah, sim – Jimmy falou. – Tem gente correndo nua por todo o parque.[11]

---

11   O musical "Hair" estreiou no Biltmore Theatre, em Nova York, no dia 29 de abril de 1968, e causou polêmica por seus atores aparecerem nus no palco. "Hair" conta a história de Claude, um jovem que chega a Nova York para se alistar na Guerra do Vietnã e acaba conhecendo um grupo de hippies. O musical acabou sendo um enorme sucesso de público, foi adaptado para o cinema em 1979. [N.E.]

– Eu quero *Hair*! – Izzy gritou.

– Esse é o nome da música? – perguntei ao Pequeno Hank. – "Gente correndo nua por todo o parque"?

O Pequeno Hank quase caiu no chão de tanto rir. Gabriel acrescentou *Hair* à pilha que o Pequeno Hank estava carregando, e todos nós fomos até o caixa.

Gabriel deslizou Izzy dos ombros para o quadril como se a carregasse desde o nascimento.

– Vocês se importam se tirarmos uma ou duas fotos? Para fins de posteridade. Nunca ninguém tão famoso quanto Jimmy e Sheba pôs os pés nesta loja.

– Claro – Jimmy assentiu, mas seu rosto não parecia feliz.

– E temos que tirar uma foto da Mary Jane antes que ela se torne famosa demais para falar conosco.

– Ah, eu sempre falaria com vocês – eu disse, e todos riram.

Gabriel levou Izzy com ele e voltou apenas um segundo depois com uma câmera gigante que tinha um grande flash retangular. Ele entregou a câmera a um dos guarda-costas e lhe deu uma explicação rápida sobre como focar a câmera.

Gabriel ficou no meio e içou Izzy de volta aos ombros. Ele soltou os tornozelos de Izzy e passou um braço em torno de Jimmy e o outro em torno de Sheba. Izzy parecia perfeitamente equilibrada, seus punhos minúsculos presos no cabelo de Gabriel. Jimmy me puxou para perto dele, como se quisesse se proteger da multidão. O restante das pessoas que estavam no nosso grupo se reuniu em cada lado, e o guarda-costas com a câmera tirou três fotos. Então ele se aproximou, talvez enquadrando apenas Jimmy, Sheba e Gabriel, e tirou mais algumas fotos.

– Mais uma, só para ter certeza de que pegamos uma boa – pediu Gabriel. – E dê um passo para trás para aparecer a Izzy nos meus ombros e a placa acima da caixa registradora.

Eu me virei e olhei para cima para ver do que ele estava falando. Acima da caixa registradora havia uma placa enorme que dizia: "Night Train Music: A Maior Loja de Discos da América".

O flash disparou quando meu rosto se virou.

– Estou pronto para ir – Jimmy sussurrou no meu ouvido, e o flash disparou mais duas vezes.

O Pequeno Hank passou os discos no caixa enquanto Jimmy e Sheba conversavam com os funcionários que estavam nos ajudando a comprar. Peguei a nota de dez dólares que estava carregando no bolso e a entreguei ao Pequeno Hank.

– O Jimmy me deu um cartão de crédito – o Pequeno Hank disse, ignorando a nota sem parar um minuto no caixa. Seus dedos longos se moviam tão rápido nas teclas que soavam como música.

Eu me aproximei de Jimmy e lhe entreguei a nota. Ele abaixou a cabeça na minha direção, olhando para o dinheiro. Eu podia ver nos seus olhos que ele queria tanto ir embora que sairia da sua própria pele e abandonaria seu corpo na loja se pudesse.

– O que é isso? – Jimmy sussurrou.

– Estou pagando pelos discos da Izzy. Eles são um presente meu.

– Tudo bem. – Jimmy olhou para cima, apenas com os olhos, à medida que uma mulher, uma cliente, entrava no círculo para falar com ele. Ela vestia um macacão que estava aberto quase até a cintura, revelando seios esmagados como dois pães. A mulher imediatamente começou a falar em uma frase corrida, como se quisesse dizer tudo o que pudesse antes que alguém a afastasse de Jimmy.

– Minha babá levou discos do Running Water para a nossa casa porque não tínhamos nenhum, olhe só, e agora ela também é viciada em heroína, assim como você, sabe, e eu ainda ouço Running Water...

– Aham. – Jimmy assentiu. Seus olhos pareciam desfocados e embaçados. Ele estendeu o braço na minha direção e senti um pequeno puxão no bolso traseiro dos shorts. Jimmy tinha enfiado a nota ali.

Um dos guarda-costas escoltou a mulher para longe de Jimmy e depois afastou os outros funcionários para que Jimmy pudesse assinar o recibo. Izzy e eu carregamos as duas sacolas de discos enquanto a multidão de funcionários nos levava para fora da loja e para o carro, a multidão de fãs e clientes seguindo atrás.

Gabriel riu quando Sheba colocou a chave na porta do passageiro.

218

– Você deve estar brincando comigo, cara. Jimmy e Sheba dirigem uma caminhonete!

– Bem, nós temos as crianças. – Jimmy acenou para mim e para Izzy e então entrou no carro e não baixou a janela. Izzy e eu entramos também. Izzy baixou a janela e inclinou metade do corpo para fora, observando todos darem abraços ou beijos de despedida em Sheba.

– Vamos nessa, amor, vamos, vamos, vamos – Jimmy disse quando Sheba finalmente entrou no carro e fechou a porta.

Sheba deu partida no carro lentamente. A multidão caminhava atrás de nós, com as mãos na janela traseira e no capô. Levou um longo e lento tempo para que conseguíssemos sair da rua e, finalmente, nos afastarmos.

Uma vez que não conseguíamos mais ver a Night Train Records atrás de nós, Sheba bateu no volante com a mão.

– Aquele lugar era fabuloso. Não faltava nada ali. Nada que eles não tivessem. E o Gabriel sabia tudo sobre qualquer pessoa que já fez um disco. Ele sabia tudo sobre música.

– Sim, foi legal. – Jimmy baixou a janela e respirou fundo. – Se voltarmos, vou ligar para o Gabriel com antecedência e pedir para entrarmos depois do expediente.

– Ele vai fazer isso? – perguntei.

– Ah, sim – respondeu Sheba. – O Jimmy e eu geralmente só compramos em lojas fechadas para nós.

– Acho que não precisamos de mais discos. – Izzy tirou os discos de uma sacola e os espalhou no nosso colo. Ela pegou *Hair* e olhou para a capa, para o homem com um afro vermelho e amarelo neon que irradiava como um sol ardente. As letras verdes acima da sua cabeça repetiam a palavra *hair hair hair hair hair* – para baixo e para cima e para os lados. Imaginei pessoas cantando essa palavra em harmonia de dez partes. Minha cabeça estava um pouco tonta e inerte, da maneira mais feliz possível.

A sra. Cone parecia magoada por termos ido até a loja de discos sem ela. Pelo resto da tarde, ela agiu como se fosse uma estranha na casa. Enquanto Sheba, Izzy e eu tocávamos os discos novos na vitrola da sala de jantar, a sra. Cone se sentou em uma cadeira à mesa, com uma taça de vinho na mão. Ela raramente cantava junto e não parecia estar se divertindo.

Eu estava preocupada com a sra. Cone, mas principalmente estava animada para ouvir os novos discos. Havia tantos que começamos tocando apenas uma música da maioria deles, e duas músicas de alguns. Sheba escolheu as músicas. A cada uma que tocava, eu achava que era a melhor que já tinha ouvido, até tocar a próxima, aí eu achava que *aquela* era a melhor música. Izzy pediu que repetíssemos "Family Affair" de Sly and the Family Stone três vezes porque ela adorava cantar e ficar de mãos dadas comigo e Sheba. "Temos que cantar porque somos uma família", ela explicou. Assim que terminamos de experimentar todos os álbuns, voltamos para *Blue*, de Joni Mitchell. Sheba queria praticar as harmonias em "A Case of You", e queria que eu a memorizasse para que pudéssemos cantar juntas essa noite.

Eu tinha memorizado a melodia depois de ouvi-la apenas uma vez. A letra demorou um pouco mais, e eu não conseguia descobrir o que elas significavam. Uma vez que eu tinha decorado, Izzy e eu fomos para a cozinha fazer macarrão com queijo.

Estávamos mexendo o molho de queijo e cantando Joni Mitchell quando Izzy fez todas as perguntas que eu tinha sobre a música.

– O que é "um engradado de você"?

– Eu tenho me perguntado a mesma coisa.

– Como você bebe alguém?

– Não sei. Talvez seja sobre amor? Sobre beber amor?

– Como você bebe amor?

– Deixe a panela de macarrão parada. – Coloquei o molho de queijo sobre o macarrão enquanto Izzy segurava a panela, cada mão de um lado. Ela realmente não precisava fazer isso, a panela não estava prestes a se mover, mas eu gostava de fazê-la sentir que estava envolvida em cada processo.

– Você poderia beber um engradado de mim?

– Sim! Eu te amo tanto que poderia beber um caminhão de você. – Entreguei para Izzy a tigela de farinha de rosca que tínhamos preparado mais cedo. Ela polvilhou sobre o macarrão com queijo lentamente, como se o ritmo fosse importante. Quando a panela estava coberta, ela despejou o restante no centro para que houvesse um pequeno monte de farelos. Alisei o monte com a mão. Então Izzy pôs a mão sobre o que eu havia alisado e alisou novamente. Minha mãe não acreditava em tocar na comida que você preparava – todo contato era feito por meio de um utensílio: faca, garfo, espátula, colher. Mesmo ao fazer uma massa de torta, minha mãe a pressionava na panela usando duas colheres rasas. Mas, desde que eu estava cozinhando com Izzy, descobri que pôr as mãos na comida, tocar, mover, rasgar, dobrar e polvilhar ingredientes direto com os dedos dava uma noção melhor do que você queria e tornava a tarefa mais eficaz. Pode ter sido minha imaginação, mas achei que a comida que preparei tinha um gosto melhor quando minhas mãos estavam nela. Meus dedos sabiam coisas que uma colher ou espátula não sabia.

Depois do jantar, Jimmy pegou seu violão enquanto Izzy e eu servimos sorvete de baunilha com biscoito amanteigado e três cerejas ao marrasquino por cima. Ele estava ensaiando músicas diferentes quando o dr. Cone falou.

– Eu conheço essa.

– Cante, Richard! – Sheba disse. O dr. Cone raramente cantava conosco. Geralmente ele dava tapinhas nas coxas ou batia na mesa e balançava a cabeça com a batida.

– Não, o que eu quis dizer é que sei tocá-la no violão.

Jimmy sorriu e balançou a cabeça.

– Doutor. Qual é. Nós estivemos aqui durante todo o verão e só agora você conta que sabe tocar violão?

O dr. Cone sorriu.

– Eu tinha uma banda quando a Bonnie e eu nos conhecemos.

– Você está brincando! – Sheba riu.

– Eu tocava guitarra. E fazia alguns vocais de apoio.

– Mas você mal canta agora! – Sheba parecia duvidar que o dr. Cone pudesse ter feito parte de uma banda. Não pareceu estranho quando a sra. Cone me contou, mas quando olhei para o dr. Cone agora, curvado sobre sua tigela de sorvete vazia, entendi por que Sheba estava rindo.

A sra. Cone afastou o sorvete, como se tivesse acabado.

– Eu toco flauta.

– Pegue o violão, Richard! – Sheba deu outra colherada no sorvete e a sra. Cone puxou sua tigela de volta e deu mais uma colherada também.

– E, Bonnie, pegue a flauta. – Jimmy continuou dedilhando.

O dr. Cone olhou para a sra. Cone, e eu vi um sorrindo para o outro pela primeira vez desde que voltamos da praia. Ele se levantou da mesa e voltou logo com um violão e um pequeno estojo branco, que entregou à sra. Cone. Eu nunca tinha visto o violão na casa, o que significava que devia estar no armário do quarto do doutor e da sra. Cone. Aquele era o único espaço da casa em que eu nunca havia entrado.

– Espere! – Izzy saiu correndo da sala e voltou com um pandeiro. Ela colocou no meu colo.

– Não, toque você. Você é boa no pandeiro.

Observei a sra. Cone montar sua flauta. Ela finalmente parecia re-laxada e até um pouco feliz. O dr. Cone tentou afinar o violão, e então Jimmy largou seu violão, deu a volta na mesa e pegou o violão do dr. Cone da mão dele. Em cerca de um minuto, Jimmy o afinou.

– O.k. Aqui vamos nós. "Stairway to Heaven" – O dr. Cone começou a dedilhar o violão, a cabeça baixa, os olhos cravados nos dedos. Jimmy estava tocando a mesma melodia, mas olhando para o dr. Cone. Cada vez que o dr. Cone fazia besteira, Jimmy corrigia o acorde, e então o dr. Cone tocava de novo. A sra. Cone pegava sua flauta e tocava junto. Fiquei surpresa com quão suave e puro soava. Izzy pegou o pandeiro, bateu uma vez na coxa e depois olhou para mim.

– Não gosto dessa música. Parece assustadora.

– O.k. Vamos limpar a mesa.

– Acho que essa música está chamando a bruxa.

– Hum, acho que não. Bruxas não gostam de música. Nem mesmo músicas assustadoras.

Eu me levantei e comecei a recolher os pratos. Sheba tinha colocado um papel de seda na mesa da sala de jantar e o enchia de maconha, cantando algumas partes de "Stairway to Heaven". Izzy e eu deixamos todos os pratos na cozinha e depois voltamos para a sala de jantar para dar boa-noite a todos. O doutor e a sra. Cone estavam tão concentrados em tocar as músicas que mal conseguiram olhar para cima para dar um beijo em Izzy. Sheba estava enrolando um segundo baseado. O primeiro estava entre os lábios de Jimmy.

– Podemos cantar músicas de *Hair*? – Izzy perguntou enquanto subíamos as escadas.

– Podemos. Você se lembra delas?

– Sim. – Izzy começou a cantar baixinho – *Wearing smells from Labradors... patching my future on films in space... I believe that God believes in clothes that spin, that spin...*

A letra estava errada, mas eu a deixei continuar. Quando ela chegou à parte que começa com *Let the sun shine*, cantei junto com ela.

Cantamos durante todo o banho, a letra quase toda errada, e então fomos para a cama. Adormeci no meio da leitura de um livro de Richard Scarry. Quando acordei, Izzy estava aconchegada em mim, seu rosto esmagado no meu ombro, dormindo profundamente. Saí da cama e vesti em silêncio o short e a blusa que minha mãe tinha comprado para mim no início do verão.

Sheba me levou para casa sozinha enquanto Jimmy continuava tocando música com o doutor e a sra. Cone. Quando passamos pela casa de Beanie Jones, Sheba ergueu o dedo do meio, como fazia todas as noites desde que voltamos da praia.

Depois que paramos na frente da casa dos Riley, que era vizinha da minha, Sheba se aproximou de mim e me beijou na bochecha.

– Vejo você de manhã, boneca.

Eu queria dizer que a amava.

– Vou fazer pássaros no ninho para o café da manhã – falei, em vez disso.

– Maravilhoso – Sheba disse. – Estou morrendo de vontade de pássaro no ninho.

Saí do carro e acenei enquanto ela se afastava.

12

Na manhã seguinte, quando desci para a cozinha, meus pais estavam sentados à mesa. Ninguém estava falando. Ninguém estava se movendo. O Baltimore Sun estava no centro da mesa.

– Hmm, tudo bem? – Eu estava preocupada que alguém tivesse morrido. Um avô em Idaho, ou talvez um membro da nossa igreja.

– Me diga você, Mary Jane. – Meu pai olhou para mim com olhos duros. Ele parecia um estranho, irreconhecível enquanto me encarava e sustentava meu olhar.

– Dizer o quê? – Eu me sentei em frente ao meu pai. Minha mãe olhou para o jornal. Segui seus olhos e então, com uma sensação de desânimo, puxei o jornal para mim.

Ali, na primeira página, havia uma foto minha, de Izzy, Jimmy e Sheba com a equipe da Night Train Music: A Maior Loja de Discos da América. Todo mundo estava sorrindo, exceto Jimmy, que estava encostado no meu ouvido. A manchete dizia "SHEBA E JIMMY VISITAM A CIDADE CHARMOSA!".

– E então? – meu pai questionou.

Olhei para a foto novamente. Eu estava com o short de veludo que Sheba tinha comprado para mim e uma regata sem sutiã. Eu sabia que Jimmy estava sussurrando para mim, mas parecia que ele estava me beijando. A tatuagem de gigante no braço dele quase saltou da página em três dimensões. A combinação daquela tatuagem e sua boca contra minha orelha certamente multiplicou qualquer crime que meus pais estivessem imaginando que eu tivesse cometido.

– Hmm... – murmurei. Eu não conseguia recuperar o fôlego.

– A Beanie Jones me ligou às seis da manhã para perguntar se eu tinha visto o jornal – minha mãe falou. Eu não sabia dizer se ela estava mais chateada com a foto ou com o fato de que ela teve que ouvir sobre isso através de Beanie Jones.

– A Beanie Jones... – comecei, depois parei. O que eu poderia dizer sobre Beanie Jones que não piorasse essa situação? Se meus pais soubessem que Jimmy esteve nu com alguém enquanto eu estava de babá, eles ficariam ainda mais zangados do que estavam agora. Além disso, eu não tinha o vocabulário adequado para dizer aos meus pais o que Beanie Jones e Jimmy tinham feito. Eu não ousaria dizer as palavras "sexo" ou "relações sexuais" ou "casamento aberto". Minha mãe e eu nem falamos sobre minha menstruação. Cerca de um ano antes da minha primeira menstruação, uma caixa de absorventes higiênicos e outra de lenços umedecidos íntimos apareceram embaixo da pia do meu banheiro. Depois que comecei a usá--los, as caixas foram reabastecidas a cada mês, como mágica.

– EXPLIQUE. – Meu pai deu um soco na mesa e eu pulei. Pensei em Izzy Cone. Como provavelmente nunca houve um segundo na sua vida em que ela sentiu medo dos pais. O medo, percebi de repente, era uma emoção que percorria minha casa como a corrente constante e vibrante de um eletrodoméstico conectado na tomada.

Achei que fosse melhor começar com a situação médica.

– Então, o sr. Cone está tratando o Jimmy...

– Jimmy. – Meu pai bufou. – Você já tem essa intimidade com um adulto?

– A Beanie Jones me disse que ele é viciado em heroína. – Minha mãe fungou, então piscou. Eu nunca a tinha visto chorar, e estava preocupada que ela chorasse.

– Ninguém deveria saber que ele está na cidade por causa da... Bem, por causa da confidencialidade médico-paciente. – Fiquei feliz por me lembrar das palavras exatas que o dr. Cone havia usado.

– A Beanie Jones certamente sabia! – minha mãe disse.

– O dr. Cone me pediu para não contar a ninguém.

– Por que você estava com eles se o dr. Cone estava tratando Jimmy? E por que um viciado em heroína está perambulando pela cidade com você, afinal? – Minha mãe olhou para o papel e depois de volta para mim.

– Eles estão ficando no terceiro andar da casa dos Cone. O dr. Cone o atende no seu escritório o dia todo e a sra. Cone entretém a Sheba. É por isso que estou cuidando da Izzy. – A verdade parecia a explicação menos prejudicial de todas.

– Que tipo de médico ele é? Tratando um paciente o dia todo? Ele é um médico de verdade? – meu pai questionou.

– Ela não tem câncer? – minha mãe perguntou.

– Ele é psiquiatra. O consultório dele fica na garagem, que foi convertida em escritório. E ela não tem câncer. – Senti uma emoção, como a que eu estava sentindo com os Cone durante todo o verão, brotando em mim. Lágrimas começaram a rolar pelo meu rosto.

Meu pai parecia despreocupado com a mentira do câncer.

– Por que o Jimmy está *beijando* você?

– Ele está sussurrando no meu ouvido. Não me beijando. – Eu empurrei as palavras para fora do que parecia ser um sapo preso na minha garganta.

– Por quê?

– Ele não queria tirar as fotos. Ele queria ir embora. Ele estava me dizendo isso.

– Por que ele estava dizendo isso para *você*? Este homem tirou sua virgindade?

– O quê? Não! Não, pai! – O fato de ele ter pensado no meu "desfloramento" foi um choque. Até onde eu sabia, meu pai não tinha ideia nem de que eu menstruava.

– Fale a verdade para nós. – Os olhos do meu pai estavam me perfurando novamente.

– Juro. Eu nunca nem beijei um menino.

Essa última frase saiu como um sussurro, um segredo que, a meu ver, meu pai – que nunca tinha me feito uma pergunta pessoal na vida – não tinha o direito de saber. Um segredo que eu não havia me importado em contar aos Cone e a Jimmy e Sheba na praia.

– E onde você conseguiu essas roupas!? – Minha mãe fungou novamente. Seus olhos pareciam úmidos.

– Mamãe. Eu... de-desculpe. – Eu gaguejei e engasguei com minha última palavra. Então minha garganta se abriu e eu estava chorando completamente.

– Pare com esse choro. Vá para o seu quarto – meu pai disse.

Isso era impossível. Permaneci no meu lugar, as costas subindo e descendo enquanto eu soluçava. Em vez de me esvaziar, o choro funcionou como uma bomba e me permitiu convocar a pessoa que me tornei nos Cone. Pela primeira vez na vida, desafiei meu pai.

– Não posso. Eu não vou. Eu preciso cuidar da Izzy.

– PARA O SEU QUARTO. – Meu pai se levantou, veio para o outro lado da mesa e pairou sobre mim. Eu me encolhi.

– Mas eles estão esperando por mim!

Como o bote de uma cobra, a mão do meu pai estava instantaneamente ao redor do meu braço. Ele me tirou da cadeira e me puxou até as escadas. Eu sabia que havia crianças no mundo que eram realmente agredidas pelos seus pais ou cuidadores, e sabia que o que estava acontecendo comigo e com o meu pai não estava perto disso. Ainda assim, parecia tão invasivo e destrutivo quanto eu imaginava que um soco seria. Eu me libertei, como se quisesse salvar minha vida, e corri para o meu quarto.

Segundos depois, ouvi a porta da frente bater.

Eu estava de bruços, chorando e tremendo por causa da discussão com meu pai, quando minha mãe entrou. Eu me sentei e olhei para ela.

– Mamãe! Eles precisam de mim. Não posso deixar de trabalhar.

– Seu pai foi até lá falar com eles. – Minha mãe se sentou na ponta da minha cama e olhou para mim.

– Eles precisam de mim, mãe. Eles precisam que eu cuide da Izzy! – Eu não sabia dizer o que me fez chorar mais: sentir falta dos Cone ou me sentir maltratada pelo meu pai.

– Aquele Jimmy já usou drogas na sua frente?

– Não! – Respirei fundo algumas vezes, inspirando e expirando, até conseguir diminuir o choro. – O dr. Cone ajudou o Jimmy a largar as drogas. É por isso que ele está aqui.

Minha mãe piscou.

– Por que os Cone seriam tão descuidados a ponto de deixar um viciado em drogas entrar na casa deles com uma garotinha e você lá?

– Mamãe! – Engoli as lágrimas que estavam prestes a rolar novamente. – Você me deixa assistir ao programa da Sheba na televisão. Você sabe que ela é uma boa pessoa! Ele também é bom.

228

– Quão boa ela pode ser se é casada com um viciado em heroína?

– A Sheba gosta da igreja, mãe. Cantamos canções da igreja juntas. – Eu podia sentir meu corpo desacelerando. Acalmando. Afundando na cama.

– A Beanie Jones disse que sabia que isso estava acontecendo durante todo o verão. Ela disse que eles andaram fumando maconha e que outras coisas desagradáveis estão acontecendo na casa.

– Mamãe. – Funguei. Respirei fundo outra vez. – A Beanie Jones é uma fofoqueira intrometida e uma mentirosa. A casa dos Cone não tem nada de desagradável. Eu cuido da Izzy. O dr. Cone cuida do Jimmy. E a sra. Cone entretém a Sheba. Isso é tudo o que acontece.

– Eles estavam na praia com você?

– Sim. – Olhei para o meu colo.

– Por que você foi à loja de discos com eles? Por que eles levariam você até aquela loja?

– Porque é a melhor loja de discos da cidade.

Minha mãe bufou.

– Duvido muito disso.

– É verdade! As pessoas naquela loja sabem tudo sobre todos os tipos de música. O proprietário ama *Guys and Dolls*, assim como eu. E havia uma parede inteira de música clássica e ópera.

– Na North Avenue? Não, querida. Não minta para mim.

– Não estou mentindo, mãe. – Eu estava quase envergonhada por ela. Ela achava que os negros só ouviam Jackson 5?

Minha mãe suspirou.

– O que vamos fazer com você? Você mentiu para mim. Todos os dias quando você saía desta casa, você estava mentindo para mim.

– Eu sei que menti para você. – Tinha sido difícil no começo, mas depois ficou tão fácil que mal percebi. Eu me senti mal por isso, por ter me tornado alguém que cuspia mentiras tão rapidamente que eram mais uma reação involuntária do que uma decisão. – Mas, de verdade, meus dias foram gastos cuidando da Izzy e fazendo o jantar. Tem sido principalmente o que você imaginou. A única coisa diferente é que o Jimmy e a Sheba entravam e saíam de casa.

– Onde você conseguiu as roupas que está usando na foto?

– A Sheba comprou para mim na praia. Eu as deixei na casa dos Cone.

– O doutor e a sra. Cone não se importam de ter uma babá de verão vestida como uma... Como... Vestida de maneira inadequada?!

Eu me lembrei de Sheba dizendo que a mãe dela a chamava de vadia e prostituta. À sua maneira, minha mãe estava dizendo a mesma coisa. Mas ela estava errada.

– Os Cone não pensam em coisas como se vestir de maneira inadequada, mãe. Eles só querem que as pessoas sejam felizes e estejam confortáveis.

Minha mãe balançou a cabeça.

– Você ficará aqui o dia todo. – Ela se levantou e saiu do meu quarto.

Eu rolei de bruços e chorei um pouco mais. Tentei imaginar meu pai falando com o dr. Cone. Cabelos penteados de frente para cabelos rebeldes. Um rosto barbeado olhando para um rosto com costeletas caprinas. Olhos azuis severos encarando olhos castanho-claros. Jimmy conheceria meu pai? Sheba? E a sra. Cone? Os mamilos da sra. Cone estavam sempre aparecendo. Será que meu pai ia notar coisas assim? E se ele notasse, eu seria banida da residência dos Cone para sempre?

Ao meio-dia, minha mãe entrou com um sanduíche de presunto e um copo de leite em uma bandeja. Ela depositou a bandeja na ponta da cama e olhou para mim. Eu podia sentir que meus olhos estavam quase fechados de tão inchados. Meu nariz provavelmente estava vermelho também.

– Bem, espero que você esteja chorando de arrependimento.

Eu não estava.

– O papai falou com o dr. Cone?

– Sim. Ele o informou que você não voltaria pelo resto deste verão.

– Faltam apenas duas semanas. Eu não posso voltar por duas semanas?

Minha mãe olhou para mim como se eu tivesse me transformado de menina em cabra.

– Claro que não.

– Mas quem vai cuidar da Izzy?

– Isso não é da sua conta, Mary Jane. Você não entende o que aconteceu? Você, sem o conhecimento dos seus pais, passou o verão com hippies e um viciado em drogas enquanto se vestia como uma garota que... Como uma garota que mora em Hampden!

Hampden era o lugar onde o dr. Cone nos levou para comer hambúrgueres no Little Tavern. Eu pensei que provavelmente era melhor não mencionar isso.

Eu tive permissão para sair do meu quarto para ajudar minha mãe com o jantar. Nós não falamos uma palavra enquanto preparávamos uma caçarola de frango e arroz com ervilhas. Quando meu pai chegou à mesa, ele colocou o jornal ao lado do prato e ergueu os olhos.

– Pelo menos não puseram no jornal da noite.

Minha mãe suspirou.

– Eu sinto muito – murmurei. Eu não sentia nada.

– Você sabe como isso é humilhante? – meu pai me perguntou. – Todo o escritório, cada homem com quem trabalho, cada um, viu uma foto sua vestida como uma prostituta, com um astro do rock viciado em heroína e um bando de negros em uma loja de discos. Você entende como isso afeta nossa posição na comunidade?

Pensei no que meu pai tinha acabado de dizer. Os Cone pareciam despreocupados com coisas como a *posição na comunidade*. Era como se eles estivessem em um Roland Park diferente, um Roland Park onde as pessoas não cuidavam da vida umas das outras. Onde as pessoas estavam apenas fazendo o que queriam, sem se preocupar com a forma como isso era visto. Talvez a *posição* de uma pessoa na *comunidade* fosse uma ilusão. Como a bruxa da casa dos Cone. Um mal imaginado que criava regras desnecessárias.

Quando eu não respondi, meu pai chamou minha atenção.

– Eu lhe fiz uma pergunta.

– Desculpe – eu disse automaticamente.

Meu pai postou as mãos na mesa em posição de oração. Minha mãe fez o mesmo, então eu fiz também.

– Querido Senhor, perdoe minha filha pelos seus pecados e ajude-a a encontrar seu caminho para a pureza. Deus abençoe nossos parentes em Idaho, Deus abençoe esta família e Deus abençoe o presidente dos Estados Unidos da América e a esposa e a família dele.

– Amém – minha mãe e eu dissemos em uníssono. Olhei para o presidente Ford na parede. O sorriso dele parecia tingido de raiva.

Meu pai leu o jornal durante o jantar e minha mãe não falou uma palavra. Eu não estava com fome, mas comi toda a comida do meu prato. Depois de limpar a mesa e ajudar minha mãe a lavar a louça, voltei para o meu quarto.

Eu já tinha ouvido falar sobre depressão antes, mas só consegui entender o que era naquela semana que passei no meu quarto. Eu me sentia cansada o tempo todo, mas não conseguia dormir. Não conseguia ler. Eu não tinha vontade de cantar nem de ouvir música, ou mesmo de assistir à tevê. Não que eu pudesse, de qualquer maneira, pois a tevê e o aparelho de som estavam na sala de estar. Eu me perguntava se eu era uma pessoa ruim por ter enganado meus pais, ou se eu era uma pessoa ruim por me permitir criticar meus pais por serem racistas e conservadores. Mas eu não podia deixar de me sentir crítica. Não conseguia tapar os olhos para o que tinha descoberto a respeito deles neste verão.

No domingo de manhã, minha mãe entrou sem bater e me acordou para ir à igreja. Eu tinha adormecido quando o sol já estava alto, então provavelmente só tinha dormido uma hora.

– Eu quero que você use meia-calça com seu vestido hoje. – Minha mãe estava ereta e rígida como uma vassoura. Essa era a maneira dela de me dizer que ainda estava com raiva e eu ainda estava sendo punida.

– O.k.

– E eu quero que você fique na primeira fila do coral de verão. Você precisa mostrar para a congregação que você não mudou.

– Está bem. – Eu tinha mudado. Mas o que as pessoas veriam? Que eu sabia que meus pais eram racistas? Que agora eu entendia que limpeza e organização eram coisas boas, mas que dar amor, sentir amor e demonstrar amor superava o trabalho doméstico? Que eu tinha visto que os adultos nem sempre estavam certos e podiam ficar tão confusos e cometer tantos erros quanto as crianças? Que eu sabia que quando as pessoas erravam, elas ainda mereciam nosso amor e carinho? Que eu estava ouvindo músicas incríveis feitas por vários tipos diferentes de pessoas? Que eu tinha certeza de que o sexo não era apenas algo para se envergonhar ou esconder, e que algumas pessoas o exploravam de maneiras que eu nunca havia imaginado (casamento aberto!), e isso não as tornava pervertidas? Que eu tinha experimentado quão bom era usar um biquíni e sentir o ar e a água na minha pele? Ou que estava tudo bem quando eu pensava em um pênis enquanto olhava para um pepino ou uma abobrinha e sabia que não era uma viciada em sexo?

– Se alguém lhe perguntar sobre a foto no jornal, quero que você diga que estava trabalhando como babá de verão para Izzy Cone e acabou sendo puxada para a foto.

– O.k.

– Se eles perguntarem por que você estava naquele bairro, eu quero que você diga a eles que o dr. Cone pediu um certo disco que só era vendido lá.

– O.k. – Eu não conseguia imaginar ninguém além da minha mãe perguntando por que eu estava naquele bairro, embora fosse possível que alguém perguntasse por que eu estava na foto. A legenda abaixo da foto dizia que Jimmy e Sheba estavam "de passagem" pela cidade e que amavam Baltimore e a Night Train Records: A Maior Loja de Discos da América. Ninguém mais na foto, além de Gabriel, foi nomeado, embora a legenda listasse alguns dos discos que Jimmy e Sheba haviam comprado.

– Você tem um par de meia-calça sem furos?

– Eu tenho um par novo de L'eggs[12] na cor bronze. – Elas estavam guardadas no mesmo envoltório oval de plástico branco em que foram compradas.

– Ótimo. Guarde de volta no ovo depois de usar.

– O.k. – Na sexta série, fui a uma festa do pijama onde a aniversariante pegou todos os ovos das meias-calças L'eggs da mãe dela e os distribuiu para que as metades abertas vazias pudessem ser usadas como peitos falsos por baixo das nossas camisolas. Um lado do ovo era ligeiramente pontudo e o outro era redondo, então trocamos até que cada uma de nós tivesse um par correspondente.

---

12 L'eggs é uma marca de meia-calça lançada em 1969, que mudou radicalmente o mercado de meias. A grande novidade foram as embalagens plásticas em forma de ovo. [N.T.]

– E talvez um chapéu.

– Mamãe, estamos em 1975. Ninguém usa chapéu a não ser as senhoras de oitenta anos.

Minha mãe não se comoveu.

– Precisamos restaurar sua reputação.

– Você nunca usou um chapéu para ir à igreja. O único chapéu que eu tenho é aquele rosa que vovó Dillard me deu e eu só o usei em Idaho.

Minha mãe olhou para o teto como se estivesse pensando a respeito.

– Está bem. Meia-calça. E sem furos! – Ela fechou a porta atrás de si quando saiu.

As crianças na catequese agiram como se não me vissem há meses, embora eu só tivesse faltado uma semana, quando estávamos na praia. Eles eram todos fofos e engraçados, mas eu sentia muita falta de Izzy e preferiria não ver criança nenhuma se não pudesse vê-la.

O sr. Forge, o diretor do coral, também estava animado em me ver.

– Mary Jane! Você estava confraternizando com o Jimmy e a Sheba!

– Sim. – Tentei lembrar o que minha mãe queria que eu dissesse.

– Por acaso você estava na loja de discos? – A sra. Clockshire perguntou. Ela era redonda em todos os sentidos. Até a palma aberta da mão dela parecia um círculo perfeito.

– Sim. Com a Izzy. A menina de quem eu cuidei durante todo o verão. – Meu rosto ardeu e meu coração doeu. Eu ansiava por estar de volta à casa dos Cone.

O restante do coral se reuniu ao meu redor. Eu me senti como uma raposa encurralada por cachorros, mas ninguém disse nada sobre as roupas que eu estava usando na foto. Ou sobre a vizinhança onde ficava a Night Train Records. Ou mesmo sobre Jimmy grudado no meu ouvido. Eles estavam simplesmente animados por eu ter conhecido Sheba e Jimmy.

Quando chegou a hora de o culto começar, fui direto para a primeira fila dos assentos do coral, exatamente como minha mãe havia instruído. Olhei para os bancos e vi meus pais. Meu pai estava olhando

234

para o nada. Minha mãe estava me observando como se eu estivesse em liberdade condicional recente com risco de fuga. Eu lancei um pequeno meio-sorriso para ela. Ela não sorriu de volta.

Quando o coral se levantou para a primeira música, comecei a cantar baixinho, mas acabei me deixando levar. O sr. Forge gostava de colocar uma música moderna a cada semana, e neste domingo ele escolheu "Imagine" do John Lennon. No entanto, ele mudou um pouco a letra, então cantamos *"there's more heaven"* em vez de *"no heaven"*. Ele também adaptou *"no religion"* para *"no warring"*.

Quando a música acabou, olhei para a congregação. A maioria das pessoas tinha uma expressão no rosto que me dizia que eles amavam essa música e a forma como a cantamos. Meu pai ainda estava olhando para o nada. Minha mãe não tinha expressão. Talvez ela estivesse tão traumatizada com minha foto no jornal que estar na igreja naquele dia era uma tortura para ela.

Olhei para além de onde minha mãe estava e quase gritei. Na última fileira estavam Jimmy, Sheba e Izzy. Izzy parecia estar de pé no banco para ver melhor. Sheba estava com um sorriso tão grande que era como se seu rosto fosse feito de dentes brancos. Ela estava usando a peruca preta que lhe caía até os ombros e tinha uma franja, e usava um par de óculos de aro de tartaruga, como o que a bibliotecária da escola usava. Jimmy estava com um boné de beisebol, óculos, camisa de botão e gravata, que deviam pertencer ao dr. Cone. A única outra vez que vi Jimmy escondendo seu peito peludo foi quando fomos jantar no Morgan Millard.

Eu não acenei, pois não queria direcionar a atenção para eles, mas Izzy acenou freneticamente para mim até que Sheba a puxou para o colo. Eu pisquei. E sorri. Pisquei os olhos. E então olhei para minha mãe, que se virou em seu assento para ver o que eu estava olhando. Eu tinha certeza de que ela não podia vê-los através das cabeças nos assentos, no entanto ela teria reconhecido Izzy e saberia que Jimmy e Sheba estavam sentados com ela.

Cantei as três músicas restantes como se estivesse cantando apenas para Jimmy, Sheba e Izzy. Na minha cabeça, eu podia ouvir Sheba harmonizando. Podia ouvir a voz borbulhante de Jimmy. Eu podia até ouvir Izzy navegando dentro e fora do tom. Tentei não olhar muito para eles, com medo de que minha mãe se levantasse e marchasse até os fundos da igreja.

Quando o culto terminou, fui a primeira a levantar da cadeira e a sair pela porta lateral que dava no porão, onde penduramos nossas vestes do coral. Em vez de voltar a subir as escadas para a igreja, fui pela porta que dava para fora. O ar quente bateu contra meu rosto enquanto eu corria até as portas da frente da igreja. Meus pais sempre se demoravam nos seus bancos, porque conversavam com as pessoas que sentavam perto de nós. Assim, eu teria alguns minutos para cumprimentar Jimmy, Sheba e Izzy.

As portas duplas vermelhas brilhantes estavam abertas; e as pessoas, espalhadas do lado de fora. Enquanto eu subia os degraus de mármore, a sra. Cranger me parou.

– Mary Jane, eu reconheci você no jornal!

– Ah sim! Curioso eu aparecer lá, não é? – falei sem parar.

Mas, quando entrei, Jimmy, Sheba e Izzy tinham sumido. Meu estômago parecia estar totalmente revirado. Meus pais estavam conversando no corredor, minha mãe com a mão no cotovelo do cego, sr. Blackstone.

Eu me virei e fui para fora. E então vi a caminhonete dos Cone estacionada no meio-fio, já ligada.

– MARY JANE! – Izzy se pendurou na janela aberta, acenando com os braços para mim.

Comecei a caminhar até ela quando o pastor Fearson me parou. Ele pôs as duas mãos sobre uma das minhas, como se estivesse aquecendo meus dedos gelados e, em seguida, inclinou a cabeça na minha direção.

– Mary Jane! Que surpresa ver sua foto no jornal!

– Sim. Foi uma surpresa mesmo. – Eu podia ouvir a voz miúda de Izzy chamando meu nome acima do murmúrio da congregação. As pessoas estavam agora preenchendo os largos degraus de mármore que levavam à calçada. Olhei ao redor do pastor Fearson em direção à caminhonete. Izzy deu sinal para que eu fosse até ela.

Mas, antes que eu pudesse me mover, minha mãe apareceu do meu lado e agarrou meu braço.

– A Mary Jane era a babá de verão do dr. e da sra. Cone. Eles a levaram para a loja de discos.

– E que visita abençoada foi essa! – O pastor Fearson soltou minha mão. – Não sei quem era aquele homem, mas adorava o programa da Sheba. Assisti a quase todos.

– Mary Jane! Venha me ver! – Escutei. A cabeça da minha mãe se virou na direção da caminhonete dos Cone. Meu pai se postou entre minha mãe e eu. Era como a execução de uma manobra militar.

– Pastor – meu pai disse, estendendo a mão para um aperto. – Nos vemos na próxima semana.

Meu pai colocou uma das mãos na parte inferior das minhas costas e prendeu seu braço livre no da minha mãe. Ele nos guiou, acorrentadas desse jeito, em meio à multidão.

Uma buzina soou duas vezes, rapidamente, e minha mãe, meu pai e eu olhamos para a caminhonete. Sheba estava ao volante.

– Ah, não – minha mãe bufou.

Meu pai moveu a mão para o meu braço.

– Vou ligar para o dr. Cone quando chegarmos a nossa casa. Ele precisa manter seus pacientes sob controle.

Estávamos na calçada agora. Caminhando em direção a nossa casa. Sheba parou a caminhonete ao nosso lado. Izzy se inclinou para fora da janela.

– Mary Jane! Por que você não foi me ver?!

– Qual é o problema dessas pessoas? – minha mãe sibilou.

Os dedos do meu pai apertaram meu braço. Sheba continuou a dirigir lentamente ao nosso lado. Ela e Jimmy estavam olhando para a frente, como se estivessem cruzando, por acaso, a mesma rua por onde estávamos andando. Mas Izzy não escondeu nada. Seus braços estavam pendurados para fora da janela. Ela olhou para nós, sua boca aberta, seus olhos selvagens e confusos.

Viramos a esquina e o carro virou também. Sheba acelerou a caminhonete para que ficasse meio quarteirão depois de nós, e então parou. Jimmy saiu, deu a volta para o outro lado e abriu a porta dos fundos. O motor ainda estava ligado.

Meu pai apertou meu braço e me puxou para a frente. Minha mãe engasgou.

Olhei para Jimmy. Ele acenou com a cabeça e a apontou em direção ao carro.

– O que eles querem? – minha mãe perguntou. – Faça-os ir embora.

Meu pai me puxou com mais força. Ele acelerou o passo. Os sapatos pontiagudos da minha mãe faziam um som de clique enquanto ela trotava para acompanhá-lo.

E então, onde a calçada se curvava em torno de uma enorme árvore, havia uma haste de apoio de caule levantada. Minha mãe tropeçou e meu pai soltou meu braço para acudi-la.

E eu corri.

– VAMOS, MARY JANE! VAMOS! – Izzy gritou.

Corri em direção à sua voz, em direção à porta aberta. O carro começou a se mover e eu mergulhei de cabeça, estilo Starsky e Hutch. Jimmy pulou para dentro atrás de mim, enquanto Sheba se afastava. Izzy caiu em cima de mim, rindo e gritando e me cobrindo de beijos.

O carro disparou pela rua. Passando pela minha casa, bonita como um cartão-postal. Passando pela casa de Beanie Jones, o dedo do meio de Sheba no ar. Passando pela linda e bagunçada casa dos Cone.

Saindo de Roland Park.

Jimmy subiu no banco da frente quando Sheba entrou na via expressa. Izzy se sentou no meu colo e eu passei meus braços ao redor dela e enfiei meu nariz no seu cabelo encaracolado. Eu estava tão feliz, não conseguia falar. A janela ainda estava abaixada e o ar quente entrou no carro como uma tocha.

– Eu senti tanta saudade de todos vocês – falei finalmente.

– E nós sentimos saudades de você! – Sheba arrancou a peruca e a jogou para trás. Aterrissou no assento ao lado de Izzy e de mim.

Izzy virou a cabeça e beijou minha bochecha.

– Chorei todas as noites. A família não era a mesma sem você.

– *It's a family af-faaaair...* – Jimmy começou a cantar a música "Sly and the Family Stone", que Izzy adorava.

– *It's a family af-faaaaair...* – Sheba cantou. E então Izzy e eu cantamos junto também.

238

13

A primeira coisa que vi foi minha mãe, sentada em uma cadeira na sala dos Cone. As grossas meias bege-alaranjadas que ela usava pareciam velcro nos seus tornozelos cruzados. Então houve a visão ainda mais surpreendente do meu pai no sofá. Ao lado dele, a sra. Cone estava vestindo uma blusa de seda dourada aberta. Os mamilos dela se projetavam através do tecido fino. O dr. Cone estava perto da lareira, uma das mãos apoiada nela. A casa estava só um pouco mais bagunçada do que eu tinha deixado, então Sheba ou Izzy deveriam estar arrumando na minha ausência.

Nossa fuga *à la* "Starsky e Hutch" durou cerca de vinte minutos, então meus pais não deviam estar sentados lá por muito tempo. Sheba estava preocupada que eles chamassem a polícia, então voltamos para a casa dos Cone com a ideia de que faríamos um lanche rápido e então Sheba me levaria para casa e seduziria – palavras dela – meus pais com um perdão geral: a fuga, as roupas, as mentiras. Chegamos a ponto de planejar a roupa que Sheba usaria, um lindo vestido cor-de-rosa que não fosse muito curto ou revelador. Eu conhecia o vestido de que Sheba estava falando, já o tinha visto no armário dela. Era algo que minha mãe nunca usaria, mas era a única peça de roupa que Sheba trouxera que minha mãe não poderia criticar.

Izzy e eu estávamos de mãos dadas. Uma de nós estava suando, eu podia sentir a umidade se acumulando nas nossas palmas. Jimmy e Sheba estavam atrás de nós.

Ninguém falou por uma fração de segundo, até o dr. Cone quebrar o silêncio.

– Mary Jane, sentimos sua falta! – Ele deu um passo à frente e me engoliu em um abraço que foi ao mesmo tempo maravilhoso e aterrorizante. Eu não conseguia olhar para meu pai. O que ele poderia pensar desse homem adulto, desse homem adulto *judeu*, me tocando?

– Ah, Mary Jane! – A sra. Cone se levantou do sofá e me deu um beijo.

– A gente voltou para a Mary Jane não ter problemas. – Izzy se virou para mim e encostou a cabeça na minha barriga. Eu a peguei no colo e a segurei perto de mim, sua cabeça agora enfiada no meu pescoço.

– Gerald Dillard. – Meu pai se levantou. Ele caminhou ao redor da mesa de café e apertou a mão de Jimmy primeiro, e em seguida a de Sheba. Minha mãe fez o mesmo e depois se sentou na cadeira. Eu sabia que meu pai não se sentaria novamente até que Sheba o fizesse, e talvez Sheba também soubesse disso, quando foi para o sofá e se sentou. Jimmy tinha se apoderado da outra cadeira, então o único lugar lógico para meu pai se acomodar era entre Sheba e a sra. Cone.

– Mary Jane – Izzy sussurrou em voz alta. – Eu estou com fome.

– Tudo bem se eu levar a Izzy até a cozinha para um lanche rápido? – perguntei. Eu não sabia para quem estava perguntando. Meus pais? O dr. e a sra. Cone? E eu não sabia para onde olhar, então olhei para uma espiral desordenada no tapete felpudo em frente à cadeira do Jimmy.

– Ah, isso seria maravilhoso – a sra. Cone disse. – Ela não almoçou. Ela parece não gostar de nada que eu lhe preparo agora! Senhora Dillard, você transformou sua filha em uma chef incrível. Tínhamos um jantar soberbo a cada noite.

Minha mãe sorriu, então tomei isso como um *sim* e fugi para a cozinha com Izzy ainda debruçada sobre mim. Afastamos a banqueta e Izzy desceu dos meus braços. Senti um sopro de ar frio no meu pescoço úmido de suor.

– Mary Jane – Izzy sussurrou. – Eles vão enfiar você na prisão domiciliar de novo? – Era assim que Jimmy tinha falado no carro. Ele queria saber o que eles me davam na prisão e se eu podia ir ao banheiro sem escolta. Tivemos de explicar a Izzy o que significava "escoltada" e "desacompanhada", e ela ressaltou que raramente ia ao banheiro desacompanhada, pois sentia falta de todos quando estava lá sozinha.

– Espero que não. – Eu me curvei e beijei o topo da cabeça da Izzy. Seu cheiro argiloso e doce e a sensação dos seus cachos no meu rosto me acalmaram. – Vamos comer.

Saí da banqueta e fui até a geladeira. Quando a abri, descobri, para meu alívio, que ainda estava limpa, embora menos abastecida do que eu a mantinha.

– Pássaros no ninho!

– Tudo bem. – Tirei os ovos. – Quem preparou o jantar enquanto eu estive fora?

– Ninguém.

– Ninguém? – Peguei a tigela e comecei a quebrar os ovos.

– Hmm, o Jimmy fez um café da manhã-jantar uma noite.

– Pão na chapa com bacon?

– Uh-hum. E a gente comeu hambúrguer do Little Tavern.

– É mesmo? – Eu estava quebrando muito mais ovos do que o necessário para mim e Izzy. Os outros entrariam e comeriam? Ou eu estava prestes a ser levada de volta para a prisão domiciliar?

– E não consigo me lembrar das outras noites. – Izzy olhou para cima, pensando. – CHINÊS! Pedimos comida chinesa.

– Bem lembrado! – Bati os ovos e depois peguei o leite. – O que mais você fez quando eu não estava aqui?

Enquanto eu misturava a massa de panqueca e aquecia a frigideira, Izzy subiu no banco laranja e falou sobre seus dias e noites sem mim. Nada de particularmente empolgante tinha acontecido, mas ainda assim eu sentia que tinha perdido coisas simplesmente por não ter feito parte da rotina diária deles.

Izzy estava salgando os pássaros no ninho quando minha mãe e a sra. Cone entraram.

– Oh, você está fazendo ovos no ninho? – A sra. Cone bateu palmas.

– PÁSSAROS no ninho! – Izzy exclamou.

Minha mãe se inclinou sobre a panela.

– Você colocou manteiga demais.

– É assim que a Izzy gosta. – Eu virei um dos ninhos na panela.

– Nós amamos muito as refeições da Mary Jane – a sra. Cone disse. A boca da minha mãe se ergueu em um sorriso forçado.

– Ela ainda tem muito a aprender. – Eu a vi olhar em volta para a cozinha, os pratos na pia, os livros sobre a mesa, o Buda de jade no parapeito da janela, o chão não varrido.

Meu pai entrou na cozinha com o dr. Cone.

– O.k., Mary Jane. Vamos agora. – A voz dele era firme e rápida.

– Deixe só eu pôr a comida nos pratos. – Fui até o armário e peguei quatro pratos. Minha mãe jogou a cabeça para trás enquanto ela observava. Para ela, deixar uma garota de catorze anos tomar conta de uma cozinha era como entregar os controles de um jato voador para um passageiro aleatório.

Passei os pratos para Izzy, que os arrumou na mesa.

O dr. Cone pôs a mão no ombro do meu pai.

– Tem certeza de que não pode almoçar conosco?

– Já planejei o almoço – minha mãe interrompeu. – Seria uma pena desperdiçar a comida.

Ansiosa, salguei novamente o que Izzy já havia salgado. Meu coração tiquetaqueou como um cronômetro.

– Xarope? – Izzy perguntou.

– Na porta da geladeira – respondi.

Com a luva de forno vermelha que eu mantive escondida atrás da torradeira, levantei a frigideira e a levei até a mesa. Todos assistiram enquanto eu deslizava um pássaro no ninho em cada um dos pratos.

– É muito mais fácil, querida, se você levar os pratos até a panela – minha mãe falou.

– Mary Jane, você não vai comer com a gente? – Izzy abraçou minhas pernas.

– Eu sinto muito. – Coloquei a panela vazia no fogão e então peguei Izzy e enterrei meu rosto no seu pescoço. A vontade de chorar subiu do meu peito para minha garganta como uma onda prestes a quebrar. Mas eu engoli e segurei.

242

Beijei Izzy na bochecha e então a levei para a banqueta e a ajeitei na frente de um prato. Não havia talheres, então fui rapidamente até a gaveta de talheres. Mantive a gaveta aberta por um momento, admirando quão limpa estava. Na semana passada, Izzy e eu removemos a bandeja de talheres e a esvaziamos. Tanto a bandeja quanto a gaveta que a guardava estavam cheias de migalhas, manchas de geleia, sementes não identificáveis e até insetos mortos. Eu queria mostrar como a gaveta estava limpa para minha mãe. Era algo que ela poderia apreciar.

– Precisamos ir, querida. – Minha mãe cruzou os braços e me encarou.

Rapidamente, peguei as facas e os garfos e os coloquei sobre a mesa. Aproximei-me do ouvido de Izzy.

– Eu prometo que estarei de volta, mas pode não ser até que as aulas comecem de novo. – Izzy olhou para mim, seus olhos enormes e úmidos. Eu a beijei rapidamente antes que os sentimentos dela passassem para mim e fossem duplicados, e então segui meus pais para fora da cozinha.

O doutor e a sra. Cone nos acompanharam até o hall de entrada. Ninguém falou até que o dr. Cone abriu a porta da frente.

– Essa umidade pode matar um jogador de golfe – meu pai falou.

– Tenho certeza que sim – o dr. Cone disse. – Eu aguento uns quinze graus mais quente do que isso quando não há umidade.

– Você também joga golfe? – a sra. Cone perguntou para a minha mãe.

– Prefiro tênis.

– Ela é uma garota de duplas – meu pai comentou. – Jogos individuais neste calor arruínam o penteado dela.

Minha mãe sorriu e então acariciou seu cabelo duro.

– Bem, muito obrigada por nos receber.

– Seria ótimo se a Mary Jane pudesse voltar até o final do verão – o dr. Cone disse.

– Que pena que ela não pode – minha mãe falou, e deu um sorriso largo e rígido, como se ela estivesse posando para uma foto que não queria que fosse tirada.

Olhei para os degraus, esperando ver Jimmy ou Sheba descendo. Parecia impossível que eu saísse por aquela porta e simplesmente nunca mais os visse.

– Adeus – meu pai anunciou, e então eu estava na calçada mais uma vez, entre meus pais, indo em direção à nossa casa. Virei a cabeça para trás várias vezes, esperando que alguém da casa Cone, até mesmo o próprio dr. Cone, pudesse sair correndo e me implorar para voltar. Mas ninguém o fez.

Minha mãe destrancou a porta da frente, e então nós três entramos no frio estéril do ar. Meu pai foi imediatamente para sua cadeira.

– Arrume a mesa para o almoço – minha mãe ordenou.

Eu a segui até a cozinha. Ela tirou uma panela da geladeira e colocou no fogão.

– Sopa de macarrão com frango.

Peguei três tigelas e as ajeitei na mesa da cozinha. Então abri a gaveta de talheres. Eu tinha de admirar a limpeza brilhante e organizada. As colheres estavam aninhadas, abraçadas. As facas estavam alinhadas como sardinhas enlatadas. E os garfos estavam empilhados um sobre o outro em duas pilhas organizadas. Olhei para a minha mãe, mexendo lentamente a sopa, sua boca em uma carranca rebaixada. Antes que eu pudesse pensar demais a respeito, coloquei minha mão nos garfos e desmanchei a pilha. Depois fiz o mesmo com as facas. As colheres pareciam grudadas umas nas outras, como gatinhos adormecidos. Virei metade delas de cabeça para baixo e depois peguei três.

Como se quisesse cobrir meus rastros, parei perto do fogão.

– Isso parece ótimo. – Quando minha mãe não respondeu, fiz uma pergunta. – Você gostou dos Cone? O que você achou da Sheba?

Minha mãe colocou a colher de mexer a sopa em um suporte de cerâmica no formato de uma colher gigante e foi até a geladeira.

– Aquela gente toda certamente admira você. – Ela tirou da geladeira um saco de pão de fôrma, manteiga na manteigueira de vidro e uma pilha de fatias de queijo embrulhadas individualmente em celofane.

– Você quer que eu faça os sanduíches de queijo?

– Você usa manteiga demais. – Ela despejou tudo no balcão e então foi até a gaveta de talheres e a abriu. Meu coração afundou no estômago como uma pedra em um lago.

244

Minha mãe olhou para a bagunça por um momento. Rapidamente, ela endireitou todos os talheres, puxou uma faca, cortou um pedaço de manteiga, jogou em uma frigideira e acendeu o fogo.

– Vou tentar usar menos manteiga da próxima vez. – Minha voz estava calma, hesitante.

– E você definitivamente exagera no sal. – Mamãe colocou três fatias de pão na panela.

– Eu posso ser mais cuidadosa.

– Nunca devemos ser descuidadas ou improvisar ao cozinhar. Particularmente quando se trata de manteiga e sal. – Ela desembrulhou as fatias de queijo e as colocou no pão.

– Você gostou da Izzy? Você não acha que ela é fofa? – Me senti desesperada para que minha mãe entendesse a magia da residência dos Cone.

– Como aquelas pessoas comiam antes de você chegar? Eles falaram de você como se você fosse Gandhi alimentando as massas famintas.

Havia alguma coisa que eu pudesse dizer que mudaria o foco da minha mãe de menosprezar os Cone para apreciá-los? Ou, pelo menos, talvez ela pudesse apreciar que eu era parte integrante da família?

– Bem... – Fiz uma pausa enquanto tentava responder à pergunta sem trair a família Cone. – Antes de eu começar a cozinhar para eles, eles compravam comida preparada no Eddie's. E às vezes eles pediam comida chinesa ou iam ao Little Tavern.

Minha mãe olhou para mim como se eu tivesse lhe dito que eles comiam cocô de cachorro na calçada.

– Aquela pobre, pobre criança. – Ela se voltou para os sanduíches. – Tem alguma coisa errada com aquela mãe dela.

Abri o armário, peguei três pratos e os coloquei no balcão perto da frigideira.

– O que você acha que há de errado com ela? – Minha curiosidade era sincera.

– A maneira como ela estava vestida. O fato de ela não alimentar a filha.

– Mas ela ama muito a Izzy. Acho que ela simplesmente não quer ser dona de casa.

– Use guardanapos de papel e os dobre em três. – Minha mãe apontou em direção ao porta-guardanapos de plástico amarelo que sempre ficava na mesa da cozinha. – Se ela não queria ser dona de casa, então ela não deveria ter tido uma filha. E ela definitivamente não deveria ter posto aquela criança em perigo com aquelas pessoas na casa.

– Eu estava no comando, cuidando da Izzy. – Como minha mãe não sabia disso? O que ela achava que eu estava fazendo durante todo o verão? – Ela nunca esteve em perigo.

– Você não deveria estar no comando de nada. Você é uma criança. Você deveria ter sido uma ajudante. – Minha mãe usou uma espátula para virar os sanduíches. – Eu nunca deveria ter permitido que você aceitasse aquele emprego.

– Mamãe. – Eu me senti estranhamente sufocada. Queria dizer a ela que tinha certeza de que tinha feito um ótimo trabalho cuidando da Izzy e cuidando da casa também. E eu queria dizer a ela o quanto eu adorava cozinhar para os Cone. Como cozinhar para as pessoas que você ama parece menos uma tarefa e mais uma maneira de dizer *eu te amo*. E, na verdade, eu herdei isso dela, cozinhar, criar os filhos e cuidar da casa. Minha mãe é uma mãe muito boa para mim de várias maneiras. Ela me ensinou tanto. E ela havia sido uma excelente companhia. Até não ser mais.

– Mãe – repeti.

Minha mãe não respondeu. Peguei um guardanapo, dobrei em três e o coloquei embaixo da primeira colher. Então dobrei o segundo e o terceiro guardanapo. Uma vez que eles estavam postos, peguei as tigelas de sopa e as levei para o balcão perto do fogão. Eu estava tentando antecipar as ordens da minha mãe antes que elas saíssem da sua boca.

– Mãe. – Tentei mais uma vez.

– Fale logo, Mary Jane. – Minha mãe bateu a colher de sopa na lateral da panela e depois a colocou no suporte.

– Você fez um ótimo trabalho me ensinando a cuidar da casa e a cozinhar. Todos ficaram maravilhados com minha comida, e aprendi tudo isso com você. – Pisquei rapidamente para evitar que meus olhos se enchessem de lágrimas.

Minha mãe começou a pôr a sopa nas tigelas, então entregou as tigelas para mim sem sequer olhar no meu rosto. Nós duas ficamos em silêncio enquanto eu andava de um lado para o outro, colocando as tigelas de sopa na mesa, uma a uma.

– Não entendo por que a Sheba está com aquele viciado em drogas – ela disse por fim.

– Ele está recuperado.

– As tatuagens parecem tão sujas. Eu queria pegar uma esponja de aço e esfregá-las.

A vontade de chorar desapareceu e eu realmente ri.

– É estranha a rapidez com que você se acostuma com essas coisas. Eu nem as vejo mais. É igual com a Karen Stiltson na escola. Quando ela apareceu pela primeira vez em Roland Park, tinha esse problema de dicção como se dissesse "cadalços" em vez de "cadarços". – Levei dois pratos com queijo grelhado de volta à mesa.

– Não seja malvada.

– Não, não estou sendo má. Só estou dizendo que notei o problema na dicção quando ela chegou à escola. Mas no final do ano eu nem reparava mais. Meus ouvidos simplesmente pararam de registrá-lo.

Minha mãe trouxe o terceiro prato para a mesa.

– Espero que você nunca tenha dito nada a ela sobre isso. – Ela estava meio que me repreendendo, mas seu tom era leve. Talvez eu estivesse sendo perdoada.

– Não disse, mãe. – Fui até o armário, peguei três copos e os coloquei sobre a mesa. – Mas foi a mesma coisa com as tatuagens do Jimmy.

– Eu gostaria que você não chamasse essas pessoas pelo primeiro nome!

– O.k. Bem, foi o mesmo com as tatuagens. Eu parei de reparar nelas depois de um tempo. E eu não via a Sheba... Mãe, ela abandonou o sobrenome legalmente, ela nem tem um...

Minha mãe balançou a cabeça. Ela colocou a frigideira na pia para ser lavada depois de comermos.

– Então, com a Sheba, esqueci que ela era uma grande estrela. Ela se tornou apenas uma moça. Ela é supergentil e atenciosa, mãe. Ela

247

não odeia ninguém, nem mesmo viciados em drogas nem pastores ou políticos. Ela adora cantar e ama a igreja.

Minha mãe apontou para a mesa.

– Leite para mim. Você pode tomar refrigerante de laranja hoje, se quiser. – Agora eu sabia que o perdão estava vindo.

Peguei o refrigerante de laranja da geladeira e servi dois copos, um para mim e outro para meu pai. Então peguei o leite e enchi o copo da minha mãe. Era tão espesso que parecia tinta fresca. Pensei no dia em que Jimmy, Izzy e eu tomamos leite direto da caixa.

Quando devolvi o leite à geladeira, minha mãe estava de pé ao lado do fogão olhando para mim. Eu podia ver o lábio inferior dela tremendo.

– Mãe – eu disse, e agora meu lábio estava tremendo também.

– Eu só não entendo por que você mentiu para nós. – Uma lágrima escorreu pelo rosto da minha mãe. Meu estômago embrulhou. Meu corpo paralisou. Eu não tinha certeza do que fazer.

– Hmm... – Meu peito subia e descia enquanto eu tentava respirar. – Eu queria muito trabalhar com os Cone. Eu adorava o trabalho e sabia que você não me deixaria continuar se...

– Exatamente, Mary Jane. Você sabia que *não deveria* estar em uma casa como aquela.

– Não, mãe. Eu sabia que vocês não aprovariam. Mas vocês estavam errados. Aquelas pessoas são maravilhosas. Foi o melhor verão da minha vida.

Minha mãe olhou para mim e eu olhei de volta. Nós duas estávamos respirando com dificuldade, como se nossos pulmões fossem foles. Eu nunca tinha dito a ela que ela estava errada sobre qualquer coisa. E até este verão, eu nunca tinha pensado que minha mãe estava errada sobre nada.

– Vá dizer para o seu pai que o almoço está pronto. – Ela enxugou a lágrima e se recompôs em uma plácida reviravolta, depois se sentou à mesa e eu fui buscar meu pai.

14

Minha sentença de prisão domiciliar continuaria, com menos restrições, até que as aulas começassem. Agora eu poderia sair de casa com minha mãe, embora eu ainda não pudesse ver as gêmeas Kellogg, que tinham voltado do acampamento. Fiquei surpresa com quão pouco eu estava chateada por não vê-las. Eu não me sentia solitária. Minha cabeça estava ocupada – pensando, lembrando, sonhando acordada. Descobrindo quem eu tinha me tornado depois de passar tanto tempo com Sheba, Jimmy e os Cone. Imaginei que encontraria meu caminho de volta para as gêmeas em breve.

Minha mãe e eu fizemos todas as coisas de sempre: compras no Eddie's, almoçar e tomar chá no Elkridge Club, preparar refeições, trabalhar no jardim e ir à igreja no domingo. Depois da nossa conversa na cozinha, minha mãe não parecia mais zangada. Ela preenchia o ar entre nós com orientações, comentários e conversas sobre a casa, o jardim, as refeições, o bairro e os vizinhos.

Foi só nos dois últimos dias de agosto, que eu sabia serem os últimos de Jimmy e Sheba em Baltimore, que pensei em me esgueirar até a casa dos Cone só para me despedir. Eu estava lamentando o fato de que esse verão maravilhoso ficaria para trás, nunca mais aconteceria novamente, e as únicas lembranças que eu tinha eram os pensamentos na minha cabeça. As roupas e os discos que Jimmy e Sheba tinham comprado para mim, junto com a Polaroid que eu havia guardado, ainda estavam na casa dos Cone. A essa altura, eles provavelmente estavam enterrados sob outras roupas, discos, pratos, panos de prato, sapatos, caixas e lixo eletrônico.

Ao longo desses dois dias, eu estava desesperada por um encontro acidental com alguém da residência Cone. Chequei os corredores do Eddie's, olhei para os bancos da igreja e mantive meus olhos nas calçadas enquanto cruzávamos as ruas de Roland Park. Minha mãe não passava pela casa dos Cone desde o sequestro fracassado. Em vez disso, ela dirigia pelas ruas paralelas.

Quando chegou a hora das compras de volta às aulas, eu sabia que não havia esperança de ter um momento de despedida com Jimmy e Sheba. Izzy parecia tão fora de alcance quanto eles, presumindo que a sra. Cone não fazia compras de volta às aulas ou fazia fora dos limites do eixo norte de Baltimore que amarrava minha família. Ainda assim, vasculhei as lojas no momento em que entramos, até mesmo em nossa tradicional parada final, Van Dyke & Bacon, onde meus sapatos escolares eram comprados todos os anos desde o jardim de infância. Minha mãe estava convencida de que, como eu usava chinelos que não tinham restrição e expunham meus pés a doses diretas de vitamina D, meus pés se expandiam um pouco todos os dias no verão. Ela gostava de esperar até que esse período de sol terminasse antes de comprarmos meus sapatos escolares – sapatos preto e branco ou oxfords marrons com apenas três ilhós de cada lado.

Na Van Dyke & Bacon havia apenas sapatos, vendedores e mães com filhos que se pareciam com minha mãe e eu. Eu me joguei no banco vermelho de couro com uma tristeza pesada pelo fato de que meu verão estava agora absoluta e inteiramente acabado.

Minha mãe abordou um vendedor e o trouxe até mim. Ele usava um avental verde e tinha um bigode que o fazia parecer uma morsa. Em sua mão estava o medidor de pé de prata plana.

– Pé direito – ele disse, pondo a medida no chão diante de mim.

Tirei meu chinelo e fiquei em pé na passarela fria de metal. O vendedor delineou meu pé com as barbatanas deslizantes.

– Uh-huh – ele murmurou. Pisei fora do medidor, o vendedor virou a prancha e esperou pelo meu pé esquerdo. – Uh-huh – ele disse novamente enquanto media.

– Ela cresceu neste verão – minha mãe comentou. – Você viu como os dedos dos pés dela pendiam da borda do chinelo?

– Eu não percebi. – O vendedor deu um tapinha no banco vermelho de couro. – Pode se sentar.

Eu me sentei e ele enfiou uma pequena meia de nylon em cada um dos meus pés. As mãos dele eram quase tão frias quanto a prancha de medição.

– É o sol – mamãe continuou a puxar conversa. – Ela começou com os dedos dos pés lá atrás. – Ela pegou um chinelo e pôs o dedo no local onde imaginou que meus dedos estavam no início do verão. Eu não conseguia me lembrar se ela estava certa.

– Uh-hum. – O vendedor não se interessou. – Roland Park Country School, certo? – ele perguntou para mim.

– Isso – minha mãe respondeu, e o vendedor foi embora. Cada escola particular tinha seus próprios requisitos de calçados. Até onde eu sabia, a Van Dyke & Bacon era a única loja de sapatos da cidade.

Embora eu me perguntasse se, assim como a Night Train Records, não haveria lojas de sapatos incríveis, modernas e divertidas em Baltimore que minha mãe nunca entraria.

– Vamos comprar sapatos novos para a igreja também – disse minha mãe. – Você poderia usá-los para o baile de boas-vindas.

– Hmm, podemos pegar esses mais tarde? – perguntei. Minhas visitas à Van Dyke & Bacon no passado pareciam monótonas. Era fácil encontrar sapatos que eu gostava. Mas agora que eu estivera fazendo compras com Sheba, enxergava o estoque de um jeito diferente.

O vendedor voltou com duas caixas e se sentou no banco à minha frente. Assim que ele estava enfiando os sapatos de fivela nos meus pés, Beanie Jones entrou na loja. Ela estava usando uma faixa rosa brilhante que puxava seu cabelo loiro e grosso para trás do rosto. A tiara era exatamente do mesmo tom rosa do seu vestido, um vestido estampado de favo de mel que caía acima dos seus joelhos bronzeados. Suas unhas das mãos e dos pés estavam pintadas de um branco espesso de leite integral. A faixa rosa das suas sandálias cruzava seus pés bronzeados. Tudo o que eu conseguia pensar era "Eu já vi você pelada".

– Olá, vocês duas! – Beanie Jones nos cumprimentou.

– Olá! – minha mãe respondeu, alegre demais, pensei. Quando eu não respondi, ela me lançou um olhar.

– Oi, sra. Jones – murmurei.

– Você está comprando sapatos para a escola, Mary Jane? Ouvi dizer que é aqui que todo mundo recebe os últimos modelos de outono. – Beanie Jones pegou um par de Oxfords em exposição.

– A Mary Jane estuda na escola Roland Park Country, as meninas de lá só podem usar dois modelos de sapatos – minha mãe disse. Eu duvidava que Beanie Jones estivesse interessada.

O vendedor bateu duas vezes na parte de trás da minha panturrilha como se eu fosse um cavalo que precisava ser cutucado. Eu pulei. Eu tinha me esquecido de que ele estava lá.

– Levante-se – ele pediu.

Eu me levantei e andei em círculo.

– Eu me lembro dos sapatos de fivela que tive de usar na Rosemary Hall. – Beanie Jones olhou para os meus pés, sorrindo. Então ela pôs a mão no braço da minha mãe. – Ah! Você ficou sabendo?

– Está confortável? – o vendedor perguntou para mim.

– Sabendo do quê? – Os olhos da minha mãe oscilavam entre meus pés e o rosto de Beanie.

– Sim, está perfeito – eu respondi.

– Embora eu não saiba por que eu deveria estar chocada, considerando o que aconteceu com os Cone neste verão – Beanie meio que sussurrou, como se ela estivesse tentando manter um segredo, mas não muito.

O vendedor se abaixou e empurrou a ponta do sapato para ver quanto espaço havia entre ele e meu dedão do pé.

– Agora o Oxford. – Ele bateu na parte de trás da minha panturrilha novamente. Eu me sentei enquanto ele tirava os sapatos de fivela. Eu não conseguia tirar os olhos de Beanie Jones.

– Oh, céus. O que aconteceu? – Minha mãe deu meio passo para mais perto de Beanie.

– A Bonnie fez as malas, levou a Izzy com ela e se mudou para uma daquelas casinhas pequenas naquele bairro Rodgers Forge. – Beanie sacudiu o cabelo louro espesso de forma enérgica.

– Levante-se. – O vendedor me deu um tapinha na panturrilha mais uma vez. – Pode andar.

Minha cabeça e meu estômago pareciam pesados enquanto eu andava em um círculo lento e fechado em torno de Beanie Jones e minha mãe. Beanie Jones desprezava a casa geminada em que a sra. Cone e Izzy moravam, bem como a ideia de que a sra. Cone deixaria o dr. Cone completamente *sozinho* naquela casa grande.

– Tenho quase certeza de que algo íntimo estava acontecendo entre a Bonnie e o Jimmy.

Minha mãe engasgou.

– Isso não é verdade. – Parei e encarei Beanie Jones. Meu rosto estava vermelho e quente. Parecia que eu tinha borrifado perfume nos olhos. – Você sabe que isso não é verdade.

– Mary Jane! – Minha mãe lançou a cabeça para a frente, como uma galinha bicando milho. – Cadê seus modos?

Beanie Jones abriu seu rosto em um sorriso.

– Querida, não fique chateada. – Ela pôs a mão no meu braço. Eu queria me livrar disso, mas estava com medo do que minha mãe faria se eu o fizesse. – Às vezes, o mundo adulto é muito complicado e confuso para entender até você chegar lá.

Pensei no dr. Cone procurando as chaves do carro, sem ninguém para ajudá-lo. Izzy de repente longe do quarto que estava protegido contra a bruxa, o banheiro com o banquinho embaixo da pia, a cozinha com o canto da janela para sentar, a sala de jantar com os discos no chão, a sala familiar com os equipamentos de passar roupas, e a sala de estar com todos os livros que tínhamos arrumado tão cuidadosamente em ordem alfabética. Meu coração doeu. Minha cabeça doeu. E meu orgulho doeu um pouco também, por saber com certeza que depois do sequestro estilo "Starsky e Hutch", todo mundo tinha desistido de mim.

– Esses ficaram bons. – O vendedor estava me empurrando novamente. Então ele bateu na parte de trás da minha panturrilha e eu me sentei.

– Vamos levar os dois – minha mãe falou.

– Pobre Izzy – eu disse.

– Ouvi dizer que ela está matriculada em uma *escola pública* lá no bairro.

Beanie Jones disse isso como se a escola pública no condado de Baltimore fosse como uma educação especial para os assassinos em série em um sistema prisional.

– Colhemos o que plantamos – minha mãe comentou, e eu sabia que ela estava tentando encerrar a conversa.

– Você teve notícias de algum deles, Mary Jane? – Beanie Jones ignorou minha mãe e abriu seu sorriso gigante para mim.

– Ah, não, Mary Jane não tem mais nada a ver com nenhum deles. – Minha mãe indicou com os dedos para que eu ficasse de pé. O vendedor estava a caminho do caixa com os dois pares de sapatos.

– É claro – Beanie Jones falou para a minha mãe, e então piscou para mim, como se soubesse mais do que eu estava dizendo.

Eu me virei e comecei a andar a caminho do caixa.

– Mary Jane – minha mãe me chamou com a voz firme.

– Ah, me desculpe. – Eu me virei de novo. – Muito bom ver você, sra. Jones. – Forcei minha boca em um sorriso grande e rígido. Eu esperava que ela pensasse que eu era amiga íntima de Jimmy e de Sheba, que não passava um dia sem trocar uma carta com novas notícias. Beanie Jones era a única pessoa que eu conhecia que entendia quão excitante e deslumbrante era estar com Jimmy – e Sheba. Ela foi a única testemunha do meu verão secreto. Mas ela era alguém com quem eu não queria compartilhar nada daquilo.

15

Algumas semanas depois do início do ano letivo, o sr. Forge me perguntou se eu me juntaria ao coral de adultos, que assumiu o lugar dos cultos de domingo quando o verão terminou – deixando o coral infantil para apresentações especiais nos feriados. Aos catorze, o sr. Forbes tinha dito que eu seria a voz mais jovem que o coral adulto já teve. A única pessoa a quem eu queria contar essa notícia era Sheba. Imaginei o rosto dela, quão feliz e orgulhosa ela parecia quando me viu cantar na igreja.

Depois do meu primeiro culto no coral de adultos, quando estávamos pendurando nossas vestes, o sr. Forge me entregou uma caixa coberta de papel e colada com fita adesiva do tamanho de um bloco de queijo cheddar.

– Isso chegou para você há alguns dias, Mary Jane. Como é emocionante receber correspondência! – O sr. Forge bateu palmas duas vezes, imagino que para aplaudir o fato de eu ter recebido um pacote.

A caixa foi endereçada a mim aos cuidados da igreja. Meu coração disparou quando vi que meu nome e as palavras "Igreja Presbiteriana de Roland Park" estavam escritas na caligrafia elegante e perfeita de Sheba. O endereço da igreja e o endereço do remetente – sem nome, mas vindo de um prédio no Central Park West – estavam escritos em uma caligrafia diferente. Um assistente? A governanta que passava todas as roupas da Sheba? Certamente não eram os rabiscos gigantes de Jimmy.

O sr. Forge ficou olhando, como se esperasse que eu abrisse o pacote na frente dele e compartilhasse o que estava dentro. Olhei para cima, sorri e depois me virei e peguei o roupão que tinha acabado de pendurar.

– Obrigada por isso. Então, hmm, vejo você no ensaio! – Rapidamente embrulhei a caixa no roupão e a segurei contra meu peito. Antes que o sr. Forge pudesse dizer mais alguma coisa, subi correndo as escadas e saí pela porta lateral para a frente da igreja, onde fiquei no último degrau esperando meus pais. Quando eles finalmente saíram, minha mãe estava segurando o cotovelo do cego, sr. Blackstone. Meu pai olhava para o além, como de costume. Pareceu que se passaram horas antes de minha mãe soltar o sr. Blackstone na calçada com sua bengala branca de ponta vermelha.

– Vou correr para casa. Eu tenho que ir ao banheiro – falei, me curvando em direção à minha mãe.

Minha mãe inclinou a cabeça para o lado como um cachorrinho. Ela esfregou a mão sobre a barriga indicando que faria uma pergunta.

– Sim! – respondi. – Posso ficar com a chave da casa?

– Podemos andar rápido. – Minha mãe enfiou o braço no do meu pai para que eles ficassem conectados pelo cotovelo.

– Mamãe. Isso é uma *emergência*.

– O que está debaixo do seu braço?

– Meu manto do coral. Tem um buraco que preciso consertar. Mãe, eu realmente *preciso ir*.

– Dê a ela a maldita chave – meu pai disse.

Minha mãe abriu o fecho de metal no topo da bolsa brilhante e rígida, estendeu a mão e depois me entregou seu chaveiro esmaltado com a bandeira de Maryland.

– Deixe a porta destrancada e coloque as chaves no piano – ela falou. Eu já estava correndo pela rua.

Já em casa, subi as escadas, entrei no banheiro e tranquei a porta. Fechei a tampa do vaso sanitário e me sentei, depois enfiei a unha por baixo da fita e desembrulhei cuidadosamente o papel, tomando cuidado para não rasgar nenhum dos selos. Por baixo do papel, encontrei uma caixa branca de papelão. Dentro da caixa havia um pedaço de papel dobrado. Embaixo, uma fita cassete laranja com uma etiqueta. No rótulo, um rabisco de Jimmy, dizia: *Para Mary Jane*.

Desdobrei o papel. A visão de uma página inteira preenchida com a caligrafia de Sheba me fez sentir algo que eu só conseguia identificar como amor. Li a carta uma vez, mas não absorvi tudo. O simples fato de Sheba ter me escrito fez um barulho na minha cabeça que apagou o significado de metade das palavras. Li a carta uma segunda vez. Mais devagar.

Oi, boneca,

Sinto muito que não pudemos te ver outra vez antes de deixarmos a cidade, mas todos nós ficamos preocupados que você pudesse ficar em prisão domiciliar por anos se tentássemos entrar em contato com você.

A casa dos Cone não era mais a mesma depois que você foi embora. Em primeiro lugar, a Bonnie começou a cozinhar, e digamos que ela é uma mulher que precisa encontrar um uso melhor para as mãos. A Izzy queria refazer tudo que preparou com você. A Bonnie até tentou e tal, mas os cachorros-quentes foram um fracasso. Em segundo lugar, não cantávamos mais com a mesma frequência. Não era divertido sem sua voz preenchendo a melodia (ou a harmonia). Em terceiro lugar, aquela casa está uma bagunça! Eles tinham empregada antes de você aparecer? Eu fiquei com vergonha de perguntar, mas, cara, eles precisavam de uma! Claro, não podíamos arrastar qualquer velha para dentro, não com o Jimmy fazendo o trabalho que ele estava fazendo com o Richard, e comigo tentando ser invisível no seu bairro engraçado. (A propósito, espero que você mostre o dedo do meio para aquela fodida da Beanie Jones toda vez que passar pela casa dela. Alguém precisa carregar a tocha agora que eu fui embora.)

O Jimmy ainda está sóbrio, Mary Jane, e isso facilita tanto minha vida quanto a dele. Ele está no estúdio com o JJ e o Aaron, e um novo baterista que eles estão chamando de Tiny Finn. O baterista antigo (Stan para o mundo; STAIN para Jimmy, JJ e Aaron) decidiu que é intelectual demais para o Running Water. Ele disse a eles que quer estar com alguém que vai durar mais que o estilo de qualquer década em particular e agora está tocando com Morris Albert. Você sabe quem ele é, certo? Aquele cara que canta a música "Feelings". Quando o Stain saiu, o Jimmy demitiu o produtor, Roger, também. Eu nunca gostei dele mesmo. O cabelo dele parece um esfregão velho e sujo, ele tem as mãos de uma menina criada a leite com pera e age como se fosse o rei do mundo. O Jimmy está produzindo a coisa toda, e eu juro para você, Mary Jane, acho que esse será o melhor álbum do Running Water até agora. O Jimmy queria que você tivesse uma cópia da música-título, então ele gravou isso para você. Tenha em mente, o que você vai ouvir não é a versão final, mas acho que você vai gostar do mesmo jeito.

Quanto a mim, boneca, estou lendo roteiros e acho que encontrei um bom. É sobre uma mulher que descobre um esquema de corrupção em uma usina nuclear. Definitivamente, não é um papel glamoroso, e eu certamente não ficarei bonita com o macacão idiota de trabalhador e os óculos ridículos que terei que usar. Mas, você sabe, talvez não haja problema em não ser glamorosa ou bonita o tempo todo.

Acho que fizemos tudo certo naqueles dois meses, não é? Comida boa, música boa e muita diversão. Nunca deixe ninguém te dizer que a diversão não é importante porque, caramba, Mary Jane, se existe uma coisa que aprendi na minha vida estranha é que a diversão conta.

Estou te enviando amor de longe, boneca – toneladas de amor de mim e do Jimmy também, é claro.

Sheba

Obs. Não acredito que esqueci!

1. Deixei minha camisola, suas roupas novas e seus discos escondidos no armário do quarto que o Jimmy e eu usamos. Espero que você consiga, sorrateiramente, levar tudo para a sua casa, de alguma forma.

2. O Richard e a Bonnie se divorciaram. Coitadinha da Izzy. Coisa fofa. Mas, honestamente, há casamentos que não valem o esforço.

Beijinhos!

Peguei a fita cassete e a virei para ver se alguma coisa estava escrita do outro lado. Meu pai tinha um toca-fitas no escritório dele, embora eu não soubesse por que ou o que ele fazia com ele. Eu teria de esperar até que ele fosse trabalhar no dia seguinte para entrar lá e usá-lo.

Enfiei a fita de volta na caixa e li a carta de Sheba pela terceira vez. Assim que eu estava terminando, ouvi meus pais entrarem em casa. As escadas eram acarpetadas, mas eu podia ouvir minha mãe tamborilando na minha direção. Como esperado, um minuto depois uma batida soou na porta.

– Como você está, querida?

– Estou bem. – Estiquei o braço para trás de mim e dei descarga no vaso sanitário.

– Vou pegar o Pepto-Bismol.

– Obrigada, mãe.

– Você mediu sua temperatura?

– Sim. Está normal.

Houve silêncio por um momento enquanto minha mãe pensava.

– Deve ter sido alguma coisa que você comeu.

Olhei para a fita e a carta. Eu podia sentir minha mãe respirando do outro lado da porta.

– Você comeu alguma coisa depois do café da manhã?

– Nem.

– Não fale com essas gírias.

– Não – corrigi.

– Você não comeu nada na igreja?

Eu pensei por um segundo. Eu tinha me tornado uma mentirosa tão competente durante o verão que foi fácil responder.

– Sim. Havia biscoitos no quarto onde estava o roupão.

– Quem levou?

– Não faço a menor ideia. Eram cookies. Eles estavam macios demais.

– Hum. Mal assados, provavelmente.

– Pode crer.

– Não fale isso.

– Sim. – Meus olhos estavam na fita cassete. Na caligrafia de Jimmy. No meu nome. Dei a descarga novamente, depois dobrei a carta e a enfiei de volta na caixa com a fita cassete. Enquanto o vaso sanitário ainda estava enchendo, escondi a caixa na parte de trás da gaveta de baixo da penteadeira, debaixo de um recipiente de plástico com bobs de esponja rosa. Então abri a torneira e lavei as mãos. Não saí até ouvir o barulho suave da minha mãe descendo as escadas.

Na manhã seguinte, depois que meu pai saiu para o trabalho e enquanto minha mãe estava no chuveiro, eu me esgueirei pelo corredor até o escritório do meu pai. Atrás da mesa maciça havia armários embutidos, e em um dos armários havia um gravador.

Abri o armário e olhei ao redor. Eu não queria tirar nada do lugar, a menos que fosse absolutamente necessário. Enfiei o braço pelo móvel e transpassei duas pilhas de documentos. Meus dedos bateram em algo duro de plástico.

Cuidadosamente, removi uma pilha de documentos e a depositei no chão. Então peguei o gravador e o coloquei na mesa do meu pai.

Enfiei a cabeça para fora da porta do escritório para ter certeza de que minha mãe ainda estava no chuveiro, depois me voltei para o toca-fitas e apertei o botão parar/ ejetar. O painel transparente se abriu e eu encaixei a fita cassete dentro dele, ressoando um clique prazeroso de barulho de plástico. Fechei o compartimento – outro clique prazeroso – e apertei o play.

A voz de Jimmy encheu a sala, tão clara que parecia que ele estava ao meu lado. "*Mary Jane! Caramba, garota, você faz falta! Aqui está a faixa--título do meu novo álbum. Eu espero pra caralho que você goste.*" Balancei a cabeça, sorrindo, como se Jimmy pudesse me ver.

Eu me aproximei do gravador e ouvi algum barulho de fundo seguido de silêncio. E então a música começou com uma batida simples que tinha um som de madeira. Em seguida, um baixo entrou, dedilhando uma batida de dois por quatro. Havia impaciência na música; eu podia ouvi-la crescendo. Justo quando não conseguia aguentar a tensão de esperar, a voz grave e rouca de Jimmy começou. "*Mary Jane!*" Meu corpo estremeceu ao som do meu nome. Minha pele parecia inflamada. Eu queria me estapear toda, como se estivesse apagando um fogo na minha própria carne. Enquanto a música continuava, eu não estava mais no escritório do meu pai, ao lado do toca-fitas. Eu estava na cozinha dos Cone. O cheiro de pássaros no ninho no fogão. O cabelo de Izzy brilhando no sol que entrava pela janela. E Jimmy ao lado dela, seu peito peludo exposto, tocando violão e cantando como o resmungo de uma motocicleta baixa.

"*Mary Jane!*", Jimmy cantou. Minha cabeça zumbiu com pequenas explosões enquanto eu imaginava uma versão de mim que combinava com as palavras guturais de Jimmy... "*Ela cozinha para nóoos, e ela nunca, nunca, nunca, nunca, nunca vai nos magooooar...*" Logo o zumbido se acalmou, e parecia que uma luz branca brilhante fluía direto do gravador para minhas veias. Eu estava sendo preenchida. Flutuando. Essa música, a música de Jimmy, era sobre o eu que me tornei na casa dos Cone. Não era alguém que meus pais reconheceriam. Pode não ter sido alguém que eles queriam que eu fosse. Mas, talvez, eu esperava realmente ser essa pessoa agora. Ser a garota que Jimmy viu quando cantou: "*Ela não fuma, não...*". Tudo ficou em silêncio por um instante e então – "*MARY JANE! Uma voz doce como mel, SUGAR, mel, GOTAS, mel, MEIGAS, mel, BABY, doce, MARY JANE!*".

À medida que o verso final chegava, a música voltava ao som da bateria e da voz de Jimmy, que resmungava: "*Mary Jane, Mary Jane... escutem o que tenho a dizer, vocês todos, porque estou falando sobre a doce Mary Jane*". A música parou e então Jimmy disse: "*Bawlmore. É como chamam essa cidade aqui. Bawlmore*".

Olhei para meus braços para ver se os arrepios que eu sentia eram visíveis – não eram. Pus a mão no coração. Estava batendo a mil por hora. Meus pulmões estavam tomando grandes goles de ar. À medida que meu coração desacelerou e minha respiração se acalmou, me senti solidificada. Eu era a *Mary Jane* de Jimmy! E nada, nem prisão domiciliar, nem meu pai, nem minha mãe, e nem mesmo o presidente Ford poderia acabar com a pessoa que eu me tornei.

Olhei para o corredor de novo. A porta dos meus pais ainda estava fechada. Apertei o botão de rebobinar e voltei a fita até o começo, e então apertei o play mais uma vez. Com o polegar no botão da lateral do gravador, aumentei o volume. Apenas um pouco. Apenas o suficiente para que eu pudesse sentir mais a música ao meu redor. Dessa vez, cantei baixinho para que minha mãe não pudesse ouvir. "*Mary Jane!*"

Quando a música terminou, peguei a fita, enfiei-a no bolso da camisola e rapidamente guardei o gravador do meu pai.

Encontrei minha mãe no corredor. Ela estava totalmente vestida, com uma saia xadrez e blusa branca, meias e sapatos. O cabelo dela tinha um cacho na parte de baixo, o que significava que ela usara uma touca no chuveiro para mantê-lo no estilo da igreja.

– Por que você não está vestida para a escola? Seu estômago ainda está te incomodando?

– Um pouco. Mas eu vou para a escola de qualquer maneira. – Corri para o meu quarto, tentando escapar antes que houvesse mais perguntas.

– Talvez você devesse pular o treino do coral e voltar para casa logo depois da sua última aula. Eu ia trocar as caixas de plantio e colocar os crisântemos. Você pode me ajudar com isso.

Eu estava ao lado da minha cama, olhando para minha mãe. A música estava tocando na minha cabeça. A Mary Jane de Jimmy era "corajosa como o inferno" e "não iludia ninguém". Eu precisava ser mais como ela.

– Vou te buscar e vamos até Radebaugh para comprar os crisântemos. Eu estava pensando em fazer tudo branco este ano. Sem aqueles dourados. – Minha mãe tinha as mãos no quadril.

– Mamãe. – Toquei a fita no bolso da minha camisola. – Mamãe. Eu...

– Fale logo, Mary Jane. Não tenho tempo para enrolação.

– O Jimmy escreveu uma música sobre mim.

Minha mãe cresceu dois centímetros ao endireitar as costas.

– Você tem falado com essas pessoas?

– Não. A Sheba me mandou uma fita cassete. Ela enviou para mim na igreja. E minha música é a música-título do novo álbum do Jimmy.

– Você precisa mesmo chamá-los pelo primeiro nome?

– É a música-título do novo álbum do sr. Jimmy.

– Mary Jane, eu nem entendo o que você está querendo dizer. Qual é a música-título do novo álbum do sr. Jimmy?

– "Mary Jane". Esse é o nome da música.

– Ele escreveu uma música sobre você?

– Sim.

– O que um viciado em drogas poderia cantar sobre você? – Por que minha mãe não conseguia ver o que Jimmy, Sheba e os Cone viram em mim? Eu me escondi tanto em casa que fiquei praticamente invisível?

262

– Bem, que eu cozinho. E canto. Só... você sabe.

– Não. Não sei.

– Eu meio que... Mãe, eu meio que gostaria que você soubesse.

– Saber do quê, Mary Jane? O que você está falando não faz sentido algum aqui! – Minha mãe olhou para seu fino relógio de ouro, como se estivéssemos muito atrasadas. Nós não estávamos. Estávamos sempre adiantadas.

Respirei fundo e ganhei coragem.

– Eu gostaria que você soubesse quem eu sou. Ou como as outras pessoas me veem. Eu posso tocar a música para você.

Minha mãe ergueu o pulso novamente, como se o tempo estivesse avançando mais rápido do que o normal.

– Qual a duração da música? Você precisa ir para a escola, e daqui a pouco eu preciso estar em Elkridge para tomar um café na varanda com as senhoras.

– Sei lá. Quer dizer, eu não sei. Talvez dois minutos e meio.

– Você já ouviu?

– Toquei no gravador do papai enquanto você estava no chuveiro.

Minha mãe respirou tão fundo que seu corpo inteiro se expandiu e se contraiu.

– Isso não me deixa feliz.

– Eu sei, mãe. Eu sei. Você não gosta de como eu mudei neste verão. Mas eu sim. Essa música é importante para mim. É... E sobre o eu que me tornei com os Cone, o Jimmy e a Sheba. Eu gosto mais de mim agora do que de quem eu costumava ser. Eu gosto de ser a pessoa que eles enxergaram. – Meu rosto queimou. Eu estava envergonhada com o que tinha acabado de dizer. Sempre tive a sensação de que era indelicado e vaidoso para uma garota realmente gostar de quem ela era. Mas Sheba claramente amava a si mesma. E isso me pareceu legal.

Minha mãe olhou para mim como se estivesse tentando focar os olhos em uma imagem.

– Ah, Mary Jane. Espero gostar da Mary Jane que essas pessoas viram também. – Ela se virou e marchou em direção ao escritório do meu pai. Eu a segui.

Minha mãe sabia exatamente onde estava o gravador. Ela o puxou, colocou sobre a mesa do meu pai, e então apontou para ele, como se quisesse me direcionar.

Eu apertei o botão parar/ ejetar, e a porta de plástico se abriu. Encaixei a fita, fechei o compartilhamento para ouvir o clique prazeroso e apertei o play. Jimmy disse: "*Mary Jane! Caramba, garota, você faz falta! Aqui está a faixa-título do meu novo álbum. Eu espero pra caralho que você goste*". O corpo da minha mãe estremeceu. Ela fechou os olhos e levantou a mão como se dissesse chega. Eu pressionei parar/ ejetar.

Minha mãe abriu os olhos.

– Você sabe que essa linguagem é exatamente o motivo pelo qual você não deve confraternizar com pessoas como ele.

– Eu entendo seus sentimentos sobre isso. Mas se você puder superar a linguagem...

– E as tatuagens. E as drogas. – Minha mãe fechou os olhos novamente. Ela os manteve assim por tanto tempo que pensei que talvez estivesse orando. Por fim, ela os abriu.

– Eu gostaria de ouvir a música – ela disse.

Apertei o play novamente. Antes que a primeira palavra fosse cantada, coloquei o polegar no botão lateral e aumentei o volume. Minha mãe me observou como as pessoas nos filmes observam alguém cortando os fios para impedir que uma bomba exploda.

"*Mary Jane!*" Jimmy cantou, e os olhos da minha mãe piscaram rapidamente ao som do meu nome. Eu não aguentava mais olhar para ela, então olhei para o gravador.

Foi só depois que a música terminou que eu finalmente levantei minha cabeça. Minha pele ficou instantaneamente gelada, elétrica, quando vi que minha mãe estava sorrindo. Seu lábio inferior tremeu, apenas ligeiramente.

– Ó meu Deus. – O sorriso dela se alargou e aquela sensação elétrica se transformou em um zumbido que cobriu meu corpo inteiro com algo que parecia felicidade. Naquele momento, eu soube que minha mãe estava orgulhosa de mim.

16

– MARY JANE! – Izzy jogou os braços em volta de mim e me apertou como uma pequena videira. – Eu senti tanto sua falta!

Olhei para trás de mim, na direção da minha mãe. Ela estava sorrindo. Era difícil não sorrir com a exuberância de Izzy Cone, seus cachos, sua afeição desmedida. Eu me inclinei e beijei o topo da cabeça de Izzy. Seu cheiro de barro era tão familiar, tão perto do meu coração.

Ao som de passos, minha mãe e eu olhamos para a escada estreita, ainda mais estreita pelas pilhas de livros e roupas lavadas alinhadas de um lado. A sra. Cone desceu trotando, descalça como sempre. Ela estava de jeans e um suéter laranja macio que não mostrava nada dos seus mamilos. Seu cabelo ruivo estava mais escuro do que no final do verão, e seus lábios estavam lustrosos e brilhantes com batom.

– Você está aqui! – ela disse. A sra. Cone me abraçou, e então estendeu a mão e agarrou a mão da minha mãe mais do que apertou.

– Precisamos ir rápido! – Izzy falou.

– Vamos entrando! – a sra. Cone disse. – A Izzy e eu fizemos biscoitos. O rádio já está ligado.

A casa era estreita, com janelas apenas na frente e atrás. Passamos da sala de estar para a cozinha, que dava para um pequeno quintal. No centro da mesa redonda de carvalho havia um prato de biscoitos de chocolate, as bordas enegrecidas e queimadas.

– Você quer café? – A sra. Cone perguntou para a minha mãe. – Comecei a fazer um bule esta manhã, depois me distraí e nunca terminei. – Ela riu e minha mãe riu também. Acho que mamãe já estava acostumada com a sra. Cone. Nós vínhamos visitá-las todas as semanas desde que o álbum de Jimmy fora lançado. Meu pai nunca perguntou onde íamos aos domingos depois da igreja. Até onde eu sabia, ele estava contente sentado sozinho na cozinha, comendo o almoço que minha mãe tinha deixado para ele.

– Deixe eu te ajudar – minha mãe falou, e ela e a sra. Cone foram até o balcão e conversaram baixinho enquanto Izzy pegou minha mão e me levou para uma cadeira.

Um rádio transistor prateado com uma longa antena estava sobre a mesa. Parecia exatamente com o que eu tinha comprado na RadioShack com meus ganhos do verão. O volume estava baixo, mas eu podia ouvir Labelle cantando "Lady Marmalade". Era uma das minhas músicas favoritas e eu comprara recentemente a 45 RPM. Izzy aumentou o volume e subiu no meu colo quando Labelle começou a cantar em francês.

– *Voulez-vous coucher avec moi?* – Izzy cantou, eu ri, abraçando-a e beijando-a um pouco mais.

– Meninas, vocês querem leite?! – A sra. Cone gritou como se estivéssemos em um corredor, embora estivéssemos a apenas alguns metros de distância.

– Sim! – Izzy respondeu.

– Claro – eu falei.

– Acho que você está certa sobre a bruxa – Izzy disse. Estávamos discutindo sobre ela toda vez que nos encontrávamos. E na sexta-feira anterior, quando eu tomava conta de Izzy na casa de Roland Park, onde o dr. Cone agora morava sozinho, procuramos a bruxa usando lanternas que encontrei no banheiro.

– Ela definitivamente se mudou, certo?

– SIM! – Izzy ergueu um pequeno punho. – E também não a vi por aqui.

– Não. Eu te disse, bruxas não gostam de casas geminadas. Ela nunca vai aparecer aqui.

– Mas, Mary Jane... – Izzy se virou e se aproximou de mim; seu rosto ficou sombrio e sério.

– Sim?

– Eu encontrei cerejas macarino na geladeira – ela sussurrou.

– Sua mãe pôs as cerejas lá – sussurrei de volta.

– Ela pôs? – Izzy ainda sussurrava.

– Sim. Com certeza. – Eu encontrei a sra. Cone na semana passada. Estávamos bem perto dos potes de cereja ao marrasquino e confessei ter contado a Izzy sobre a bruxa que tinha abastecido a geladeira com cerejas ao marrasquino. Ela riu, pegou um pote e o colocou no carrinho.

– Então não tem realmente NENHUMA BRUXA aqui! – Izzy pegou um biscoito de fundo preto e o mordeu.

Minha mãe e a sra. Cone trouxeram dois copos de leite e dois cafés cor de camurça para a mesa. Elas estavam conversando como duas mães fariam. Não era nada como as conversas que a sra. Cone costumava ter com Sheba, mas também não soava falso.

– O divórcio nunca é fácil – minha mãe falou. Até onde eu sabia, ela não tinha amigos divorciados.

– Não, mas o Richard torna isso mais fácil do que a maioria. Foi um verão tão estranho, sabe. Realmente incrível e lindo de várias maneiras. Mas também me fez enxergar coisas sobre mim. O jeito que eu anulei quem eu realmente era e o que eu realmente queria.

– Você queria se casar com uma estrela do rock – eu disse calmamente. Então eu empurrei minha cabeça para baixo em direção a Izzy no meu colo. Felizmente, ela estava aérea, focada inteiramente no biscoito que estava quebrando em pedaços duros como pedra em suas mãos.

– Você se lembra! Sim. Eu queria. – O rosto da sra. Cone parecia mais sardento à luz do sol que entrava pela janela. Eu podia ver a versão mais jovem dela: bochechas gordas, cabelos cor de morango, sonhando com vocalistas tatuados e uma vida totalmente diferente da vida que a mãe dela levava.

– Quanto tempo mais temos que esperar? – Izzy se virou no meu colo para me encarar. Ela estava com gosma de chocolate nos dentes.

Minha mãe levantou o pulso e olhou para o relógio.

– Seis minutos.

– Seis minutos. – Izzy enfiou a última fatia de biscoito em formato de lua crescente na boca.

– Eu tenho que dizer... – a sra. Cone disse para minha mãe, como se a interrupção de Izzy não tivesse acontecido. – Como eu me sinto aliviada e livre apenas sendo eu. Não a esposa de um médico. Não uma dona de casa de Roland Park. Apenas eu!

– Ser esposa é muito mais trabalhoso do que os maridos nos dão crédito! – a minha mãe falou.

– Quanto tempo agora? – Izzy perguntou.

Minha mãe olhou para o relógio novamente.

– Cinco minutos.

– ESPERE! – Izzy gritou. – Quero gravar em fita. – Ela pulou do meu colo e saiu correndo da cozinha. Eu podia ouvir os pés dela subindo as escadas.

– Ah, Mary Jane! – a sra. Cone disse. – Estava conversando com o Richard esta manhã, e ele queria que eu lhe dissesse que aquele gancho de chave que você o convenceu a comprar está funcionando maravilhosamente bem. Ele só perdeu as chaves uma vez esta semana.

– Isso é ótimo! – Eu tinha visto a placa de cerâmica com ganchos na Gundy's Gifts, na esquina do Eddie's. Quando contei ao dr. Cone sobre a peça, ele concordou com a cabeça de um jeito resignado, mas depois foi até lá e comprou.

– O PAI VEM HOJE? – Izzy gritou lá de cima. Até onde eu sabia, o dr. e a sra. Cone se viam várias vezes por semana. E toda vez que eu estava em uma casa, a outra ligava. Eu não conhecia ninguém cujos pais haviam se divorciado, mas de qualquer maneira nunca imaginei que fosse assim. Em vez de um prolongado cabo de guerra entre duas pessoas que queriam se destruir, o divórcio dos Cone parecia ser um rearranjo tranquilo de moradia e tempo.

– NÃO! – a sra. Cone gritou em direção à escada. Então ela olhou para mim e para minha mãe. – Sabe, o Richard ainda fica com ciúmes do Jimmy. Vocês acreditam nisso? Ele precisa entender que eu não fui a única pessoa que se apaixonou por ele. Aquele homem lança um feitiço em todos que o conhecem.

– Eu o amo, mas não estava apaixonada por ele – eu disse.

Minha mãe riu nervosamente.

– Ah, esperamos que não!

A sra. Cone riu tranquila.

– Não, Mary Jane era a pessoa mais sã da casa. Ela era a adulta enquanto o resto de nós estava fazendo birras, brigando e brincando de se vestir. Sabe? – A sra. Cone deu de ombros.

Minha mãe tomou um gole gigante do café cremoso.

– A Mary Jane é sempre tão sensata.

Izzy entrou na sala segurando um gravador de fita de plástico preto. Ela bateu na mesa com tanta força que os biscoitos se mexeram no prato.

– Você aperta aqui e aqui e grava. – Izzy empurrou o gravador para mim. – Estamos gravando agora, viu?

– Está quase na hora. – Minha mãe olhou para o relógio novamente. Ela estava franzindo os lábios como se estivesse retendo a animação.

Izzy aumentou o volume do rádio. Esperamos até o final de "Rhinestone Cowboy" e então Casey Kasem apareceu, falando com sua voz nasalada e mal-humorada. *"Uma conquista impressionante para o virginiano de trinta e três anos Jimmy Bendinger..."*

– JIMMY! – Izzy sussurrou-gritou. Ela se sentou no banco ao meu lado. A sra. Cone estava à minha frente, e minha mãe estava do meu outro lado.

Casey Kasem continuou: *"Bendinger abandonou o ensino médio e se mudou para Nova York, onde morava em um armazém no Meatpacking District com Stan Fry e JJ Apodoca. Fry e Apodoca tinham se mudado de Newport, Rhode Island, para Nova York, onde surfavam juntos e frequentavam a prestigiosa St. George's School. Fry tinha acabado de terminar seus estudos na Columbia University, onde se formou em economia. Apodoca também tinha sido admitido na Columbia, mas não compareceu nem no primeiro dia. Os três escreveram músicas enquanto Fry e Apodoca serviam mesas. Bendinger, um introvertido autoproclamado, tentou servir mesas, mas achou muito cansativo conversar com os clientes. Em vez disso, ele escreveu mais músicas e, por fim, vendeu vários de seus trabalhos solo para Bonnie Louise, The Suarez Brothers e Josh LaLange. Com o dinheiro vindo das músicas, esses meninos compraram novos instrumentos: Bendinger uma guitarra elétrica, Fry novos teclados e Apodoca um baixo elétrico. O único problema era que eles precisavam de um baterista. Quando trouxeram Stan Fuller, ex-colega de quarto de Fry na Columbia, nasceu o Running Water.*

Não demorou muito para que os hits começassem a chegar. A maioria das músicas anteriores do Running Water é creditada no nome de Bendinger, Fry e Apodoca. Neste novo álbum, Fuller se foi, substituído por Finn Martel da Filadélfia, o ex-baterista do Kratom Runs. Seis das doze novas músicas são creditadas exclusivamente a Bendinger, que pode estar encontrando inspiração em sua glamorosa esposa, a estrela de um único nome, Sheba. Embora a faixa-título deste álbum tenha sido claramente escrita sob a influência de uma garota diferente, uma musa, alguém cujos muitos grandes talentos e raízes de Baltimore são saudados na música. Sua identidade permanece um mistério, no entanto, já que Bendinger é tão privado quanto talentoso."

Izzy, a sra. Cone e minha mãe olharam para mim, sorrindo com expectativa. Eu estava sorrindo tanto que os cantos da minha boca tremeram.

Um rufar de tambores tocou. Izzy abriu ainda mais a boca sorridente; os olhos dela eram enormes. Ela estendeu a mão e pegou a minha. Olhei para minha mãe, estendi a mão e ela a pegou. A sra. Cone estendeu as duas mãos e completou o círculo para que todas estivéssemos conectadas.

"Subindo do segundo lugar, com vocês a música mais popular do país, escrita e produzida por Jimmy Bendinger. No topo das paradas, 'Mary Jane', do Running Water."

Os tambores estalaram. A guitarra e os teclados se juntaram. Eu estava mordendo o lábio inferior. Minha mãe apertou minha mão.

"Mary Jane!", Jimmy cantou. E nós quatro cantamos junto.

AGRADECIMENTOS

Sou muito grata a todos os profissionais inovadores, aplicados e talentosos da HarperCollins e da Custom House. Agradecimentos especiais a Liate Stehlik, Jennifer Hart, Eliza Rosenberry, Danielle Finnegan, Rachel Meyers, Elsie Lyons, Paula Szafranski, Kaitlin Severini, Gabriel Barillas, a todos os vendedores dedicados que ainda não conheci, e a Molly Gendell.

Tenho um amor infinito pelas seguintes pessoas que me ofereceram apoio, conselhos, amizade, sabedoria e seu rosto na tela durante os tempos de covid enquanto eu trabalhava neste livro: Celia-Kim Allouche; Sally Beaton; Paula Bomer; Fran Brennan; Jane Delury; Larry Doyle; Lindsay, Bruce e Emily Fleming; Liz Hazen; Lisa Hill; Holly Jones; Matt Klam; Deana Kolencikova; Dylan Landis; Marcia Lerner; Boo Lunt; Jim Magruder; Helen Makohon; Steve, Finn e Phoebe Martel; Scott Price; a família Rende; Danny Rosenblatt; Claire Stancer; a família Treat-Laguens; Tracy Walder; Tracy Wallace; Marion Winik; e por todas as pessoas generosas da La Napoule Art Foundation. Além disso, muito amor às minhas afilhadas, Addie Fleming e Sydney Rende.

E amor e carinho sem fim para minha hilária família: Maddie Tavis, Ella Grossbach, Ilan Rountree, Sebastian Rodriguez, Becca Summers, Satchel e Shiloh Summers, Joshua Blau, Alex Suarez, Sonia Blau Siegel, Sheridan Blau, Cheryl Hogue Smith, e Bonnie Blau e seu gato extraordinariamente fedorento, Mookie.

Se eu pudesse cantar, cantaria para Gail Hochman, a melhor agente desta indústria.

Se eu pudesse compor uma música, escreveria sobre Kate Nintzel, cuja genialidade brilha ao longo destas páginas.

FONTES Lyon, Freight, Matrona
PAPEL Pólen Natural 90 g/m²
IMPRESSÃO Imprensa da Fé